はじめての百人一首

監修（かんしゅう） 吉海直人（よしかいなおと）

すずき出版

はじめに

百人一首は、大歌人・藤原定家によって代表的な和歌百首が集められた歌集です。百人一首は、古典和歌の入門書として長く親しまれてきました。

江戸時代になると、ポルトガルから伝来した「カルタ」を参考にして、日本独自の「歌かるた」が考案されました。古典文化が、かるたという遊戯具に姿を変えたのです。さいわい和歌を読みあげるという伝統は、読み手によって受けつがれました。世界中を見わたしても、カルタ（カードゲーム）に読み手が必要なのは、日本のかるただけのようです。

かるた取りは、読みあげられる和歌を耳で聞いて、いっせいに札を取り合うあそびになっています。人より早く札を取るためには、人より多く歌を暗記していなければなりません。楽しくあそびながら、自然に音読したり暗記したりするなかで、日本の伝統文化に触れることができるのですから、こんな重宝なあそびは他にありません。

小学校の国語の教科書には、百人一首が取り入れられています。教室で百人一首を学び、かるた取りを通じてさらに親しむことができるなんて、すばらしいことですね。もしかるた取りに興味をもったら、ご家族でやってみてはいかがでしょうか。

百人一首は古文で表記されていますから、書かれていることばの意味がよくわからないかもしれません。そんなとき、この『はじめての百人一首』が手元にあると、そういったみなさんたちの疑問に答えてくれるだけでなく、教室では習わないような広い百人一首の世界を知ることができます。

本書は書名にある通り、はじめて百人一首に触れるみなさんを対象に書かれています。もちろんはじめての人でなくても、十分楽しめる内容がもりこまれています。本書を通して、奥深い百人一首の世界へ、そして日本の文化へと分け入っていただくことを心から願っています。

吉海直人

同志社女子大学教授
公益財団法人小倉百人一首文化財団理事
時雨殿※館長

※時雨殿…藤原定家が百人一首を取りまとめた小倉山のふもと・嵐山にある、百人一首ミュージアム。常設展示スペースでは、百人一首の世界を「見て」「感じて」「学ぶ」ことをテーマとした貴重な資料や、歌合のシーンを再現するジオラマなどを展示している。平安時代の装束を体験するコーナーもある。
〒616-8385　京都府京都市右京区嵯峨天龍寺芒ノ馬場町11

もくじ

3章　しくしくポロポロ　切ない片想い

4章 季節の想い

もくじ

この本の使い方

この本では、百人一首の百首の歌から読み取れる作者の心情をポイントにして、5章にふり分けました。歌番号や作者名から探したいときは、巻末の「さくいん」を使いましょう。

◎イラスト

歌の意味や、歌にこめられた想いなどを、イラストでわかりやすく説明しています。

◎作者紹介

作者の生まれた年や本名、人生などを紹介しています。歌によっては、作者と関わりのある百人一首の歌人を「関連人物」として紹介しています。

◎各章のテーマ

歌から読み取れる心情によって、5つの章に分けています。

◎かるた（読み札）

江戸時代につくられた「百人一首かるた」（時雨殿所蔵）の、読み札です。

ちはやぶる　神代も聞かず　竜田川　から紅に　水くくるとは

在原業平朝臣

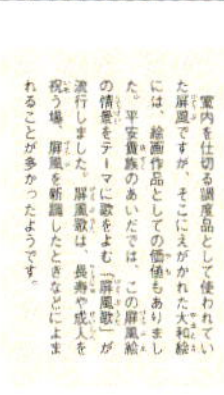

◎歌

歌は、旧仮名づかいで表記しています。歌の左側には、現代仮名づかいをつけてあります。

◎歌の意味

歌の内容を現代語であらわしています。

◎作者名

歌をよんだ作者の名前です。

◎出典

歌がもともと入っていた和歌集名です。

◎歌番号

百人一首で歌につけられた番号です。

◎解説

歌がよまれた背景や、使われていることばの意味や技法、歌を味わうポイントなどをまとめています。

◎もっと知りたい

歌がよまれた時代の文化や風習、歌をもっと味わうのに役立つ豆知識を紹介しています。

【表記について】

※作者名の表記は、「百人一首かるた」（時雨殿所蔵）にそろえています。

【藤原定家の読みについて】

※定家の名前は「ていか」と読む場合もありますが、この本では、読みを「さだいえ」としています。ただし、「権中納言定家」と表記するときは「ていか」としました。

インタビューで知る百人一首の魅力①

まんが家

末次由紀先生

小学6年生のときにかるたに出会った主人公・綾瀬千早が、仲間とともに百人一首「競技かるた」に青春をかけるようすをえがいた、まんが『ちはやふる』。その作者である末次由紀先生に、百人一首と競技かるたの魅力について聞いてみました。

「全国高等学校小倉百人一首かるた選手権」団体戦の決勝戦にいどむ、千早率いる瑞沢高校かるた部。クイーン・若宮詩暢も試合を見守るなか、千早は和歌の意味に想いをたくして積極的に攻めこむ。

Q 『ちはやふる』の題材である百人一首「競技かるた」の世界に興味をもったきっかけを教えてください。

A 小学生のころ、「『あ』ではじまる札から順番に百人一首を覚える」という授業がありました。それが最初に百人一首に出会ったきっかけです。家でも家族と百人一首かるたをやりたいと思っていたのですが、なかなかかなわず、高校生のときに「百人一首クラブ」に入り、がんばって百首暗記をして、源平合戦（↓195ページ）などをしていました。

Q まんがのタイトルを『ちはやふる』、主人公の名前を「綾瀬千早」としたのはなぜでしょうか。

A 『ちはやふる』というタイトルを先に決めていたので、それにちなんだ主人公が必要だと思い「千早」と決めました。じつは、「しのぶれど」もタイトル候補でしたが、「ちはやふる」のミステリアスな響きにひかれてタイトルにしました。心が少しちがっていたら、詩暢ちゃんが主人公の『しのぶれど』がスタートしていたかもしれません。

Q **競技かるたを題材としたまんがのなかに、「歌の世界観を味わうこと」を大切にする、かなちゃんこと大江奏を登場させたのはなぜでしょうか。**

A 競技かるたをやっていない人にとっては、百人一首とその歌の意味は切りはなせないものです。でも競技かるたをやっている人は、そこを切りはなして「音」に注目してしまう。競技かるたをやっている人とやっていない人の溝がどうしても生まれてしまうと考えたので、歌の意味をいちばん愛しているキャラクターをそばにおくことにしました。スポーツさながらの「競技かるた」の世界で頂点をめざす千早と、生きることを支える歌があることを教えてくれるかなちゃん。競技者、そして読者との橋わたしになってくれるとても大事な存在です。

Q **末次先生が子どものころ、好きだった歌、かるたあそびのときに得意だった札はありますか。また、『ちはやふる』をかきはじめてから好きになった歌はありますか。**

A 子どものころは、「天つ風　雲の通ひ路　吹き閉ぢよ　をとめの姿　しばしとどめむ」が好きでした。意味がわかりやすかったのと、「をとめ」の響きが好きでした。おとなになってからは「逢ひ見ての　後の心に比ぶれば　昔は物を　思はざりけり」が好きです。あるできごとのあとで、自分が丸まる変化するようなことが実際にあると気づいてから、特別な歌になりました。ぐうぜんにも両方とも「あ」の歌ですね。小さいころに覚えた歌というのは、やはり長い友だちのような気持ちになります。

Q **末次先生にとって、百人一首の魅力とはなんですか。**

A 和歌がたったの三十一音なのは、いつでも心のなかにもち、思い出すためだと思っています。最近は、なんでも記録していつでも取り出せてべんりになりましたが、それと引きかえに「暗唱する」ことができなくなってきています。なにももっていなくても口ずさめる歌が百首もある頼もしさを、百人一首と出会って感じました。『万葉集』や『古今和歌集』のように膨大な数ではなく、「百首」と数が決まっているところも、じつは魅力のひとつだと思っています。

作品紹介

『ちはやふる』 末次由紀

BE LOVE KC　1～29巻(既刊)　©末次由紀／講談社

百人一首「競技かるた」を題材にした作品。天性の鋭い聴覚をもつ綾瀬千早が、いっしょにかるたをはじめた幼なじみや個性ゆたかなかるた部の部員、かるた会の仲間とともに切磋琢磨し、競技かるたの日本一をめざします。百人一首の歌の意味が、ストーリーのなかでていねいに解説されているところも魅力です。

インタビューで知る百人一首の魅力②

競技かるたクイーン

坪田翼選手

明治37年にはじまり、100年以上の歴史をもつ「競技かるた」。競技かるたの魅力は、性別や年齢に関係なく、だれでも楽しむことができるところにあります。女子選手の日本一（クイーン）に輝いた坪田翼選手に、競技かるたへの想いを聞きました。

Q 百人一首「競技かるた」との出会いを教えてください。

A 小学3年生のとき、担任の先生から国語の授業で百人一首を教わったのがきっかけです。1日十首ずつ覚えることを目標にし、1か月かかったけれど百首覚えました。それからかるた道場へ連れていってもらい、本格的に競技かるたをはじめました。

Q 8歳で競技かるたをはじめた坪田選手。長い競技歴のなかで、いちばん印象に残っているエピソードを教えてください。

A 17歳のとき、はじめてクイーン戦の東日本予選で優勝して、東日本代表になることができました。クイーン戦に出場するチャンスがめぐってきたと高まる気持ちで練習にはげんでいた矢先、練習中に相手の手とぶつかり骨折してしまいました。翌月におこなわれる東西挑戦者決定戦までに治らないと医師にいわれたのですが、棄権したくはなかったので利き手である右手ではなく左手で試合をしました。結果は1勝2敗で敗れ、はじめて挫折を味わいました。しかし、その経験がさらにわたしを強くさせてくれたと思っています。

Q 2015年のクイーン戦には、どのような気持ちでいどみましたか。また、クイーン戦で優勝できた強みはなんだと思いますか。

A 東日本代表に決まってから2週間後に妊娠が判明しました。

体が心配でしたが、クイーン戦まで体調をくずすことなく練習できたことは幸運でした。「クイーンも取るし、子どもも産む！」と覚悟したのを覚えています。「最後のクイーン戦になるかもしれない」と思っていたので、後悔のない試合がしたい、思うぞんぶんかるたを取ろうと決めました。手の届くところにありながら手にすることができないのがクイーンなので、だれが相手でも集中力を切らすことなく、1枚1枚しっかり取ろうと思って臨みました。クイーン戦で勝てたのは、最後まで自分の信念をつらぬき通したからだと思っています。

Q　坪田選手にとって思い入れのある一首、または好きな一首がありましたら教えてください。

A　よく、好きな歌は？　と聞かれるのですが、わたしはよくばりなので一首だけを選ぶことができず「全部」と答えています。一首だけ選ぶとほかの札から見はなされてしまう気もします。思い入れのある一首をあげるとしたら、「おほけなく　憂き世の民に　おほふかな　我が立つ杣に　墨染の袖」ですね。この1枚を取ってクイーンが決まったからです。きっとこの1枚は、これから先も忘れることはないと思います。

Q　坪田選手にとって、百人一首「競技かるた」の魅力とはなんですか。

A　競技かるたは、ただ札を取るだけでなく、相手とのかけひきや心理戦なども勝負に影響するので、自分の考えた作戦がうまく的中したときは楽しいですし、うまくいかなくても、もがく楽しさ、がまんする楽しさなどが味わえます。1試合1時間半のなかでさまざまな感情がめばえ、常に自分自身と向き合う競技なので、自分に打ち勝つことがわたしは好きなんだと思います。

Q　この本を読んで、百人一首やかるたに興味をもった子どもたちに、ひとことメッセージをお願いします。

A　百人一首「競技かるた」と聞くとむずかしく感じるかもしれませんが、百首覚えてしまえば楽しいことが待っています。少しでも興味があったら、ぜひとびこんできてほしいです。やらずに後悔するよりも、やって後悔したほうがいいと思うからです。個人的な話ですが、わたしはかるたを通じて結婚することができました。そんなすてきな出会いも待っていますよ。

プロフィール

坪田 翼

小学3年生で競技かるたをはじめ、かるた歴は20年以上。学生のころから数かずの大会で成績を残し、2004、2010、2015年とクイーン位にいどみ、3度目の挑戦でクイーンの座を手にする。第59期クイーン。大学生のとき、小学4年生で出場した大会で出会った同い年の男子選手と再会し、その後結婚する。

百人一首の成り立ち

百人の歌人の和歌が百首、選ばれ集められた「百人一首」ですが、だれがどのような目的で選んだものなのでしょうか。今ではかるたあそびとして伝わる百人一首の原点を見てみましょう。

山荘のふすまのために選ばれた『小倉百人一首』

百人の歌人の歌を一首ずつ選んでまとめたものを「百人一首」といいます。なかでも広く知られているのが『小倉百人一首』です。

『小倉百人一首』は、もともとふすまを飾る色紙のために選ばれたものでした。当時は、ふすまや屏風に歌を書いた色紙をはることがあり、藤原定家は親せきの宇都宮頼綱（蓮生法師）にたのまれて、京都の嵯峨野にある小倉山の中院山荘のふすまにはる歌を百首選んだのです。こうして定家が選んだ『小倉山荘色紙和歌』が、のちに『小倉百人一首』とよばれるようになり、現在、わたしたちがかるたあそびとして親しんでいる、百人一首のもととなっているのです。

３００年分の歌集から選ばれた百首

定家は、百首すべてを「勅撰和歌集」のなかから選びました。勅撰和歌集とは、天皇や上皇（引退した天皇。「院」とよばれる）の命令によって、その時代のすぐれた歌人が撰者となって選んだ和歌集で、全部で21冊あります。そのなかで、最初の勅撰和歌集である『古今和歌集』から、およそ300年後にまとめられた『続後撰和歌集』までの10冊から、百人一首の歌は選ばれています。

百人一首の特徴

百人一首には、撰者である定家の考え方や好みがあらわれていて、いくつかの特徴が見られます。

● 年代順にならんでいる

テーマごとにならんでいる和歌集が多いなか、百人一首は歌がよまれたおおよその年代順にならんでいます。

● 恋の歌が多い

百人一首の歌は、「春」「夏」「秋」「冬」「恋」「旅」「別れ」「雑」「雑秋」の9つに部立て（分類）することができ、恋の歌が四十三首と半分近くもあります。次に多いのは季節をよんだ歌で、四季を合わせて三十二首※の歌があります。

※この本では、三十三首を四季の歌に分類しています。

● 女流歌人の歌が多い

はなやかな平安時代には、女流歌人も活やくしました。百人一首には、21人の女流歌人の歌が選ばれています。

● 天皇など皇族の歌が多い

百人一首は天皇の歌ではじまり、天皇の歌で終わっています（→193ページ）。10人の皇族の歌が選ばれ、そのうち8人が天皇（院）です。

和歌ってなんだろう?

和歌は、今から1500年ほど前に中国から伝えられた「漢詩（漢字で書かれた中国の伝統的な詩）」と区別するためにつけられた、日本の歌に対するよび名です。

和歌は、ふだんの生活のなかで感じるさまざまな感情をあらわし、それを親しい人に伝え、交流する手段として貴族のあいだに広まっていきました。はじめは、音数の決まりなどなく自由によんでいましたが、和歌がさかんになるにつれ、五音と七音の組み合わせを基本としたルールが生まれ、やがて「三十一文字（みそひともじ）」の文学へと発展していったのです。三十一文字とは、「五・七・五・七・七」のリズムに合わせてつくられた歌で、これが和歌の代表的なかたちとなりました。

恋する気持ちや美しい風景を見て感動した心情を、たった三十一文字で表現する和歌は、貴族のたしなみから、しだいに芸術性を競う文学へと花開いていったのです。

上の句

一句 五　天の原
二句 七　振りさけ見れば
三句 五　春日なる

下の句

四句 七　三笠の山に
五句 七　出でし月かも

五・七・五の部分を「上の句」、七・七の部分を「下の句」というよ。

歌の道を究めた 藤原定家（権中納言定家）

国立国会図書館所蔵

和歌の指導者として有名な皇太后宮大夫俊成（→186ページ）を父にもち、定家は若いころから和歌の才能を発揮しました。一生で四千首以上の和歌をよみ、そのうち四百五十首あまりが勅撰和歌集に選ばれています。

後鳥羽院（→191ページ）に気に入られ、『新古今和歌集』の取りまとめに関わりますが、歌の撰定をめぐり意見が対立します。その後、後鳥羽院を批判する歌をよんだことで、厳しい処分を受けました。後鳥羽院が退いたあとは、ふたたび出世しますが、年を取ってからは出家します。百人一首は、定家が出家したあとに取りまとめたものだといわれています。

百人一首にも選ばれたすぐれた歌人たち

平安時代の人びとは、すぐれた歌人のことを「歌仙」とよんで尊敬していました。百人一首にも歌仙の歌が多く選ばれています。

● 六歌仙

『古今和歌集』の序文（歌集を取りまとめた目的や撰者の考えなどを書き記した前書き。『古今和歌集』の序文は仮名で書かれたことから「仮名序」とよばれた）で、紀貫之（→118ページ）が紹介した、平安時代のはじめころのすぐれた六人の歌人を「六歌仙」といいます。

- **僧正遍昭** →172ページ
- **在原業平**（在原業平朝臣）→136ページ
- **文屋康秀** →138ページ
- **喜撰法師** →166ページ
- **小野小町** →168ページ
- 大友黒主（百人一首に選ばれていない）

● 三十六歌仙

大納言公任（→176ページ）がまとめた『三十六人撰』に選ばれた歌人を「三十六歌仙」といいます。百人一首には25人が選ばれています。

- **柿本人麻呂**（柿本人丸）→18ページ
- **紀貫之** →118ページ
- **凡河内躬恒** →143ページ
- **伊勢** →46ページ
- **大伴家持**（中納言家持）→156ページ
- **山部赤人**（山辺赤人）→154ページ
- **在原業平**（在原業平朝臣）→136ページ
- **僧正遍昭** →172ページ
- **素性法師** →48ページ
- **紀友則** →116ページ
- **猿丸大夫** →134ページ
- **小野小町** →168ページ
- **藤原兼輔**（中納言兼輔）→88ページ
- **藤原朝忠**（中納言朝忠）→56ページ
- **藤原敦忠**（中納言敦忠）→28ページ
- **壬生忠岑** →50ページ
- **藤原敏行**（藤原敏行朝臣）→84ページ
- **源重之** →60ページ
- **源宗于**（源宗于朝臣）→157ページ
- **藤原興風** →175ページ
- **清原元輔** →54ページ
- **坂上是則** →158ページ
- **大中臣能宣**（大中臣能宣朝臣）→94ページ
- **壬生忠見** →26ページ
- **平兼盛** →24ページ

［百人一首に選ばれていない歌人］

藤原高光　源公忠　斎宮女御
大中臣頼基　源信明　藤原清正　源順
藤原元真　小大君　藤原仲文　中務

歌人の肩書き

朝廷に仕える人の地位をあらわす「位階」は、身分の高い一位から二位、三位、四位、五位、六位、七位、八位、初位があり、五位以上が貴族とされました。

百人一首の歌人名に見られるのは「役職」です。位が高い順に「太政大臣」→「左大臣」→「右大臣」→「大納言」→「中納言」→「参議」→「大夫」となります。そのほか、「朝臣」は中級貴族につけた敬称で、「内侍」は女官、「法師」は僧、僧の最高位は「僧正」や「大僧正」とあらわします。

また、皇族のよび名には「天皇」のほか、上皇（→14ページ）や法皇（出家した上皇）をさす「院」、天皇の子をあらわす「親王（男性）」「内親王（女性）」があります。

1章

どきどきキュンキュン♥
恋（こい）する心

あしひきの　山鳥の尾の　垂り尾の
長々し夜を　独りかも寝む

柿本人丸

出典『拾遺和歌集』③

意味 山鳥の、長く長くたれ下がった尾のように、長い長い夜を、わたしはひとりさびしくねむるのでしょうか。

恋しい人のいない夜

夜、ひとりで寝ようとしているとき、さびしく感じることがあるかもしれません。とくに秋は、夜の時間が長くなり、すずしくなるころです。そんなときに、恋人のことを考えると、逢いたくてたまらなくなってしまうのでしょう。

この歌は、秋の夜、恋人に逢えないさびしさでねむれずにいるようすを、山鳥の習性になぞらえてよんだ歌です。歌のなかに「秋」は出てきませんが、「長々し夜」といえば、秋をあらわします。

山鳥は、昼間はオスとメスがいっしょにいて、夜になると谷をへだてて別べつに寝るといわれています。

また、山鳥のオスは、全長約0.9～1.3メートルに対して、約0.4～0.9メートルもの長い尾をもっています。柿本人丸は、恋人に逢えない夜の長さを、山鳥の尾の長さにたとえて、歌にしたのです。

もっと知りたい

人丸？ 人麻呂？ 人麿？

柿本人丸の名前は、時代や歌集によって表記がちがいます。『万葉集』では「人麻呂」、平安時代は「人麿」、百人一首では「人丸」と書かれているのが一般的です。奈良時代初期の歌人・山辺赤人（→154ページ）の姓も、『万葉集』では「山部」、百人一首では「山辺」と書かれています。

この歌をよんだ

柿本人丸ってどんな人？

（？年～？年）
持統天皇の時代に活やくした宮廷歌人といわれ、日本最古の歌集『万葉集』を代表する歌人。のちに「歌聖」（きわめてすぐれた歌人）とよばれる。三十六歌仙（→16ページ）のひとり。

関連人物
持統天皇→124ページ

▲人丸が仕えた、飛鳥時代の天皇。藤原京を築く。

みちのくの　しのぶもぢずり　誰ゆゑに
乱れ初めにし　我ならなくに

河原左大臣

出典『古今和歌集』 14

意味 陸奥でつくられる「しのぶもぢずり」という染め物の乱れ模様のように、わたしの心は乱れています。それはほかのだれでもなく、あなたのせいなのです。

歌をおくって、恋のかけひき？

なんだか最近冷たい、と恋しい人から切り出されたら、どのように返事をすればいいのやら……。この歌は、河原左大臣が女性からそんな手紙をもらったときに返した歌といわれています。

「みちのく」とは、現在の東北地方の一部のことで、その陸奥の信夫地方（現在の福島県の一部）でつくられる「しのぶもぢずり」という染め物の乱れ模様に、自分の恋心をたとえています。

また、「しのぶ」には、「しのぶもぢずり」のほかに、「恋心をしのぶ」という意味がかかっています。『源氏物語』の主人公・光源氏のモデルとされるほど恋河原左大臣さまよりお返事です！

あら、なんて書いてあるのかしらね

わたしの心はあなたのせいで「しのぶもぢずり」のように、恋しい気持ちで乱れまくっています。

アイラブユー

多き男として知られる作者ですが、初恋に心が乱されているようすをよんだという説もあります。

なお、「初めにし（そめにし）」には「なにかを新しくしはじめる」のほかに「布を染める」の意味がかかっています。

もっと知りたい

家は広大な庭つきの大豪邸

河原左大臣は「河原院」という、広大な庭つきの豪邸を建てたことでも有名です。陸奥の名所・塩釜（現在の宮城県の一部）の海岸をまねてつくった庭には、毎月30石（約5.4キロリットル）もの海水が運びこまれ、庭では塩づくりをおこなうこともできました。

この歌をよんだ

河原左大臣ってどんな人？

（822年～895年）
嵯峨天皇の息子。皇族の身分を離れ、「源融」と名乗る。左大臣まで出世し、河原院という立派な屋敷に住んでいたため、河原左大臣とよばれる。

関連人物
恵慶法師→146ページ

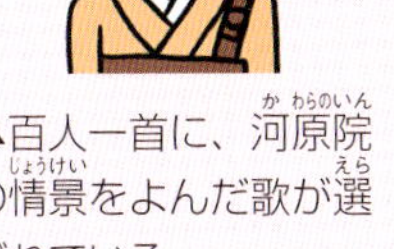

▲百人一首に、河原院の情景をよんだ歌が選ばれている。

侘びぬれば　今はた同じ　難波なる　みをつくしても　逢はむとぞ思ふ

元良親王

出典『後撰和歌集』

20

意味　ふたりのうわさが立ち、思いなやんでいるので、もうどうなっても同じです。難波の澪標のように、身をつくしてもあなたにお逢いしようと思います。

ばれてしまった秘密の関係

けっして愛し合ってはいけないふたりの恋が、世間にばれてしまいました。しかし、ゆるされない恋ほど燃えるもの。この歌は、禁断の恋がばれてしまったあとに、それでもあなたに逢いたい、という激しい恋心をよんだ歌です。

作者である元良親王の禁断の恋のお相手は、宇多法皇の妃のひとり・京極御息所（褒子）でした。法皇の妃とつき合うなんて、こわいもの知らずな人です。そんな元良親王は、30人以上の女性と交際したといわれるプレイボーイでした。情熱的な恋の歌もお手のものです。

「みをつくし」は、船の道しるべとして

海に立てられた杭のことですが、「身をつくす（身をほろぼす）」の意味もかかっている掛詞（→112ページ）です。

もっと知りたい

難波の名物「澪標」

澪標は、水路をしめすために、川などの浅瀬に立てた杭です。船は水深が浅いと、岩などに乗り上げて動けなくなってしまいます。そのため、船が安全に通ることができる水路（澪）と、浅瀬になっていて危険な場所とのあいだに澪標を立てて、目印にしたのです。難波（現在の大阪府の一部）のものが有名でした。

この歌をよんだ

元良親王ってどんな人？

（890年〜943年）
陽成院の息子。天皇にはならなかった。「いみじき色好み」や「一夜めぐりの君」とよばれたプレイボーイ。河原左大臣（→20ページ）と同じく、『源氏物語』の主人公・光源氏のモデルのひとりといわれている。

関連人物
陽成院→82ページ

▲天皇を退位したあとに、元良親王が生まれた。

忍ぶれど　色に出でにけり　我が恋は　物や思ふと　人の問ふまで

平兼盛

出典『拾遺和歌集』 40

意味 恋する心は、人にばれないように、ひたかくしにしてきたつもりだけれど、顔に出てしまっていたようです。恋をしてなやんでいるのでしょう、と人にたずねられてしまうほどに。

「しのぶ恋」をテーマに競った歌

好きな人ができると、思わずソワソワして、いつも通りではいられませんね。恋をしたときの気持ちは、今も昔も変わらないものなのでしょう。この歌には、そんなかくし通せないほどの恋心がよまれています。

百人一首には、ペアで選ばれている歌が一組だけあります。それが、この歌と㊶の壬生忠見（→26ページ）の歌でした。平安時代には「歌合」というあそびがあり、ふたりの歌人が同じお題でよんだ歌の、勝ち負けを決めました。その歌合の場で、平兼盛と壬生忠見が「しのぶ恋」というテーマで競い合ったのです。どち

らも大変よくできた歌で、勝敗をなかなか決められなかったところ、歌合を開催した村上天皇が、「忍ぶれど」と口ずさんだため、兼盛の勝利となりました。

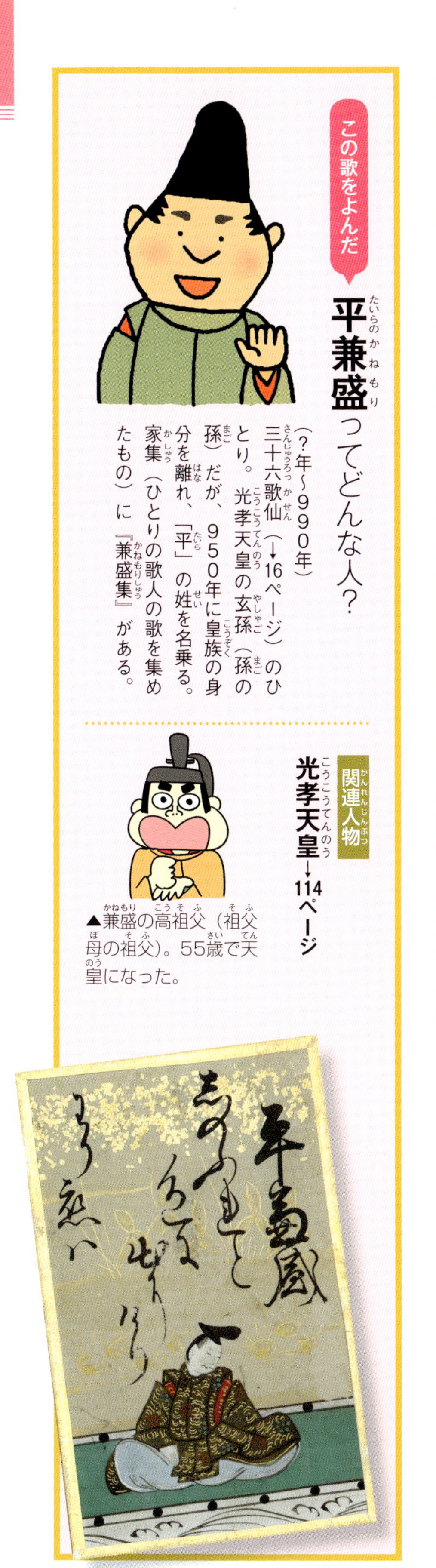

平兼盛ってどんな人？

（？年〜990年）三十六歌仙（→16ページ）のひとり。光孝天皇の玄孫（孫の孫）だが、950年に皇族の身分を離れ、「平」の姓を名乗る。家集（ひとりの歌人の歌を集めたもの）に『兼盛集』がある。

関連人物
光孝天皇 →114ページ

▲兼盛の高祖父（祖父母の祖父）。55歳で天皇になった。

もっと知りたい

和歌のイベント「歌合」

「歌合」は、物の優劣を競う「物合」の一種で、歌の優劣を競います。お題にそった歌をよむ「題詠」でよまれた歌を、左右二組に分かれて読みあげ、審判である「判者」が勝敗を決めます。

歌合は平安時代にさかんにおこなわれましたが、「忍ぶれど㊵」と「恋すてふ㊶」がよまれた「天徳内裏歌合」は、もっとも有名な歌合です。

恋すてふ　我が名はまだき　立ちにけり
人知れずこそ　思ひ初めしか

壬生忠見

出典『拾遺和歌集』

41

意味 恋をしているというわたしのうわさが、あっという間にみんなのあいだで広まってしまいました。だれにもわからないように、心のなかで想いをつのらせはじめたばかりなのに。

すなおな人は、勝負に勝てない？

すなお、正直、それだけでは世のなか生きていけません。この歌は、厳しい勝負の世界でよまれたものです。

天徳内裏歌合（→25ページ）で、平兼盛と対戦したのは、壬生忠見。歌合のお題は「しのぶ恋」です。兼盛の歌が恋を想像してよんだものなのに対して、忠見の歌は、実体験にもとづくすなおな恋心がよまれていますが、結果は忠見の負けとなりました。身分の低い役人であった忠見にとって、この歌に人生がかかっていたのです。そんな大勝負に、自分の体験をよんだ歌で負けてしまったのですから、と

この歌をよんだ

壬生忠見ってどんな人？

（?年～?年）
壬生忠岑の息子。三十六歌仙（→16ページ）のひとり。身分はあまり高くないが、歌の実力は高かった。幼いころは名多といい、その後、忠実、忠見と名前をあらためる。

関連人物
壬生忠岑 →50ページ

▲忠見の父。歌の実力が高く、『古今和歌集』を取りまとめた。

てもくやしかったのでしょう。その後、食事がのどを通らなくなり、死んでしまったという話があるほどです。

歌合では負けてしまいましたが、忠見の歌の記録には「甚だ好し（とてもよい）」という評価が残っています。

もっと知りたい

「忍ぶれど」と「恋すてふ」の順番

「天徳内裏歌合」では、「恋すてふ」「忍ぶれど」の順番で読まれた二首ですが、百人一首では順番が入れかわり、「忍ぶれど㊵」「恋すてふ㊶」のならびになっています。これは、歌合の勝者である平兼盛をたたえたためといわれています。

逢ひ見ての 後の心に 比ぶれば 昔は物を 思はざりけり

中納言敦忠

出典『拾遺和歌集』 43

意味 あなたとともにすごしたあとのこの切ない恋心にくらべれば、逢う前に思いなやんでいたことなど、なにもなかったようなものです。

恋がかなったあとにおくるラブレター

口ではいえない気持ちも、手紙やメールでなら、伝えられることがあります。平安時代、さまざまな気持ちを、くふうをこらして伝えたものが和歌でした。

この歌は「後朝の歌」というもので、好きな女性とはじめていっしょにすごしたその翌朝におくったものです。「きぬぎぬ」とは「衣衣」から来ているとされ、一夜をすごした男女は別れをおしみ、たがいの着物を交換したそうです。

この歌では、恋をすると、相手のことを想って胸が苦しくなりますが、その恋が実ったあとのほうがよっぽど苦しい、とよまれています。逢いたいときに自由

ずっと好きでした
お待ちしておりました
恋がかなうってサイコーだ!
逢いたい!
アレ…
もう逢いたい
逢いたい!!
あっイタイ!

に逢えないもどかしさや、しっとや不安など、両想いになったからこそなやんでしまうこともたくさんあります。そうなると、一夜をすごすまでの自分の片想いのつらさなど、あってなかったようなものだというのです。

もっと知りたい

「垣間見」からはじまる恋

平安時代の貴族の女性は、ふつう家族以外の男性の前にすがたをあらわしませんでした。そのため男性は、ものかげからこっそりと女性をのぞき見る「垣間見」や、うわさ話などから恋をしました。そして、何度も手紙をかわしたあと、やっと恋しい女性と対面できたのです。

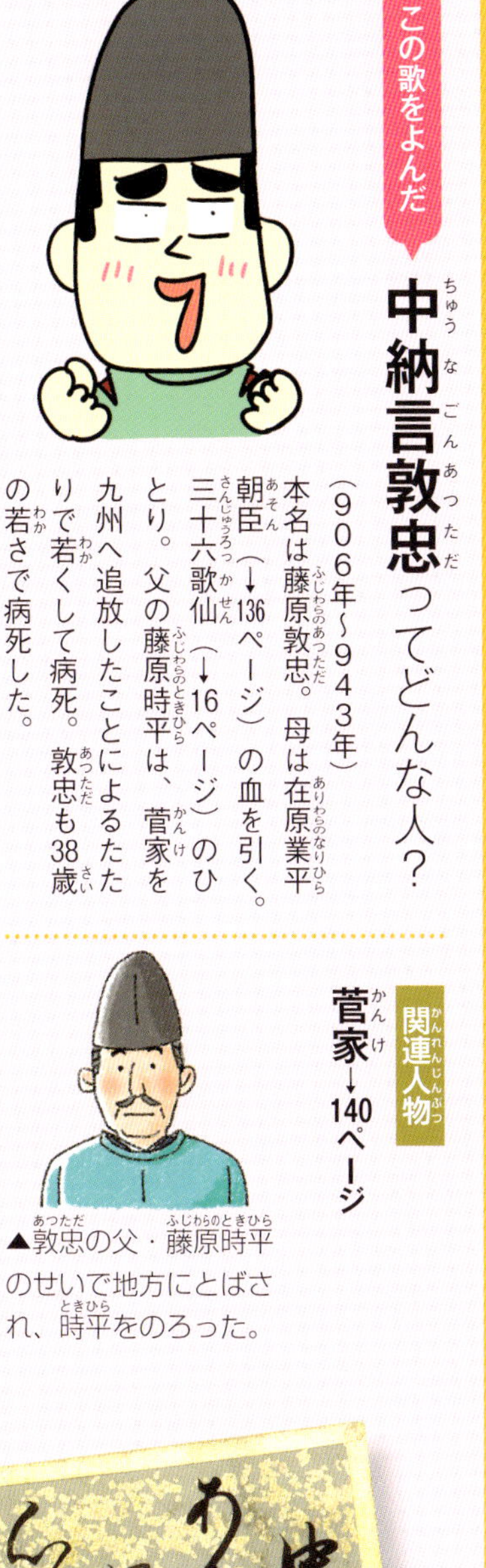

この歌をよんだ

中納言敦忠ってどんな人?

（906年～943年）

本名は藤原敦忠。母は在原業平朝臣（→136ページ）の血を引く。三十六歌仙（→16ページ）のひとり。父の藤原時平は、菅家を九州へ追放したことによるたたりで若くして病死。敦忠も38歳の若さで病死した。

関連人物
菅家→140ページ

▲敦忠の父・藤原時平
のせいで地方にとばされ、時平をのろった。

君がため　惜しからざりし　命さへ　長くもがなと　思ひけるかな

藤原義孝

出典『後拾遺和歌集』

50

意味 あなたに逢うためなら失ってもかまわないとさえ思っていたこの命ですが、あなたに逢った今では、いつまでも長生きしていたいと思うようになりました。

短い命を燃やした恋

手紙やメールのやり取りだけで、顔をしっかり見たことのない人と会うと、相手への気持ちが会う前とは変わります。

この歌は、作者の藤原義孝がはじめて好きな女性と一夜をともにした翌朝に、相手におくった「後朝の歌」です。上の句と下の句で、逢う前、逢ったあと、それぞれの想いがつづられています。

義孝の家系は、義孝の父・謙徳公との権力争いに敗れた藤原朝成にのろわれており、謙徳公は49歳でこの世を去りました。義孝は、自分も先が長くないことをわかっていたといわれています。「あこがれの人に逢えたら、いつ死んでもかま

わない」と思いながら生きていた義孝ですが、実際に恋人と逢ってからは、生きながらえたいという思いがつのりました。けれども、義孝の願いはかないませんでした。病気になり、21歳の若さで亡くなってしまったのです。

もっと知りたい

親子で選ばれた歌人は何組？

百人一首には、十八組もの親子の歌が選ばれています。歌をよむために必要な感性や教養が、親から子へ受けつがれたのでしょう。なお、三代つづけて百人一首に選ばれているのは、大納言経信（→148ページ）、源俊頼朝臣（→104ページ）、俊恵法師（→74ページ）だけです。

この歌をよんだ

藤原義孝ってどんな人？

（954年～974年）

謙徳公の息子。美男子だったが、病気により21歳の若さで亡くなる。熱心な仏教徒であったことを伝えるエピソードが『大鏡』という歴史物語などに記されている。

関連人物
謙徳公→58ページ

▲百人一首には、息子・義孝と同じように恋の歌が選ばれている。

明けぬれば　暮るるものとは　知りながら　なほ恨めしき　朝ぼらけかな

藤原道信朝臣

出典『後拾遺和歌集』

52

意味 夜が明けると、また日がくれ、あなたに逢える夜が来ることは知っているのですが、それでもやはり、暁にあなたとお別れするのは、うらめしいものです。

このまま時が止まればいいのに

だれかと、とても楽しい時間をすごしていて、やがてその終わりが近づくと、このまま時間が止まってほしいと思うことがあります。子ども時代ならば、友だちとあそんでいるときなどが当てはまるでしょう。平安時代の貴族たちは、おもに恋の場面でそんなことを感じていました。

平安時代のデートは、夜に男性が女性の家をおとずれ、暁方（午前3時ころ）に帰るのがふつうでした。「朝ぼらけ」は暁をすぎたころのことで、まだ真っ暗でした。別れをおしんで朝ぼらけをうらめしく思ったというわけです。

この歌は、恋人とのひとときの別れをよんだ「後朝の歌」（→28ページ）です。また、この歌がよまれたのは冬だといわれています。冬の短い昼の時間すらがまんできないと思うほど、恋人といっしょにいたいという想いが伝わってきます。

もっと知りたい

平安時代の夜のよび名

平安時代の人びとは、夜の時間帯を細かく区切ってよび分けていました。夜に入って間もないころを「宵」、夜中を「夜半」、午前3時ころのまだ暗いころを「暁」といい、当時は暁が到来すると日づけが変わりました。暁のあとは「朝」「つとめて」などの時間帯がつづきます。

この歌をよんだ

藤原道信朝臣ってどんな人？

（972年～994年）

謙徳公（→58ページ）の孫。すぐれた才能、容姿をもち「いみじき和歌の上手」と評価されたが、23歳の若さで病死し、多くの人にその死をおしまれたことが『大鏡』に記されている。

関連人物

藤原実方朝臣→96ページ

▲道信の親友。ひんぱんに歌のやり取りをしていた。

忘れじの　行末までは　かたければ
今日を限りの　命ともがな

儀同三司母

出典『新古今和歌集』 54

意味 けっして忘れはしないよ、とあなたはいうけれど、先のことはどうなるかわかりません。ですから、そのことばを聞くことのできた今日、死んでしまえたらと思うのです。

死にたいくらいに幸せよ

だれだって、人生はハッピーエンドであってほしいものです。どうせいつか、人生を終える日がやってくるのなら、最高の幸せを味わっている今このときに……。儀同三司母が、これほどにも強い想いを歌によんだのにはわけがありました。

当時、男性には何人もの妻がいました。たとえ恋が実っても、その人の愛をひとりじめできることはほとんどありません。女性は、どんなにあまいことばをささやかれても、いずれ自分への愛情はうすれてしまうものだ、と考えていたのです。

この歌の相手は藤原道隆。当時、関白という政治の中心的地位にあり、モテモテ

テの男性でした。この歌は、その道隆が儀同三司母のもとへ通いはじめたころの歌です。儀同三司母は道隆に愛をささやかれ、この最高に幸せな瞬間に、いっそ死んでしまいたいとよんだのでした。

もっと知りたい

女性は不安な「通い婚」

平安時代は、男性が三晩つづけて女性のもとへ通うと、夫婦と認められました。しかし、一夫多妻制だったため、結婚しても、妻が夫をひとりじめすることはできません。また、夫が妻の家に通う「通い婚」だったため、結婚してもいっしょに住むことはなく、夫が妻のもとへ通わなくなると離婚が成立しました。

この歌をよんだ

儀同三司母ってどんな人？

（？年〜996年ころ）

高階成忠の娘で、本名は高階貴子。藤原道隆の妻となり、定子・伊周をふくむ三男四女を産む。のちに息子の伊周が儀同三司（内大臣）という官名になるため、儀同三司母とよばれる。

関連人物

清少納言 →36ページ

▲儀同三司母の娘のひとりである、中宮・定子に仕えた。

⬆このかるたでは、「かたけれと」と表記されている。

夜をこめて　鳥の空音は　はかるとも　よに逢坂の　関は許さじ

清少納言

出典『後拾遺和歌集』 62

意味　夜ふけ前に、にわとりの鳴きまねをしたって、あの函谷関ではなく、逢坂の関なのですから、けっして通ることはかないませんよ。

知的な会話で恋愛ゲーム

この歌は、清少納言のもとをおとずれた藤原行成が、夜のふける前にあわただしく帰ってしまったというできごとがきっかけとなっています。

行成は翌朝になって、「にわとりの鳴き声が聞こえたため、急いで帰ってしまいました」と、言い訳の歌をよこしました。そこで清少納言は、「それは、中国の関所・函谷関を開けさせたと伝わるにわとりの鳴きまねのことですか？」と返します。行成は「いいえ。同じ関所でも函谷関ではなく、恋人に逢うためにこえる逢坂の関ですよ（あなたに逢いたい）」と返事をしますが、清少納言はこの歌を

おくり、行成のさそいをクールにことわったのです。「許さじ（ゆるさない）」には、反対に「夜が明けるまで帰さないわよ」という意味がこめられていると、取ることもできます。

もっと知りたい 「函谷関」ってなんだろう？

中国の昔話に出てくる「函谷関」という関所は、一番鶏が鳴かないと門が開きませんでした。孟嘗君という武将が秦の国から脱出するのに、夜中に函谷関を通らなければなりませんでした。そのとき、部下がにわとりの鳴きまねをすると、だまされた門番が門を開けてしまい、孟嘗君は無事に脱出できた、という話です。

この歌をよんだ 清少納言ってどんな人？

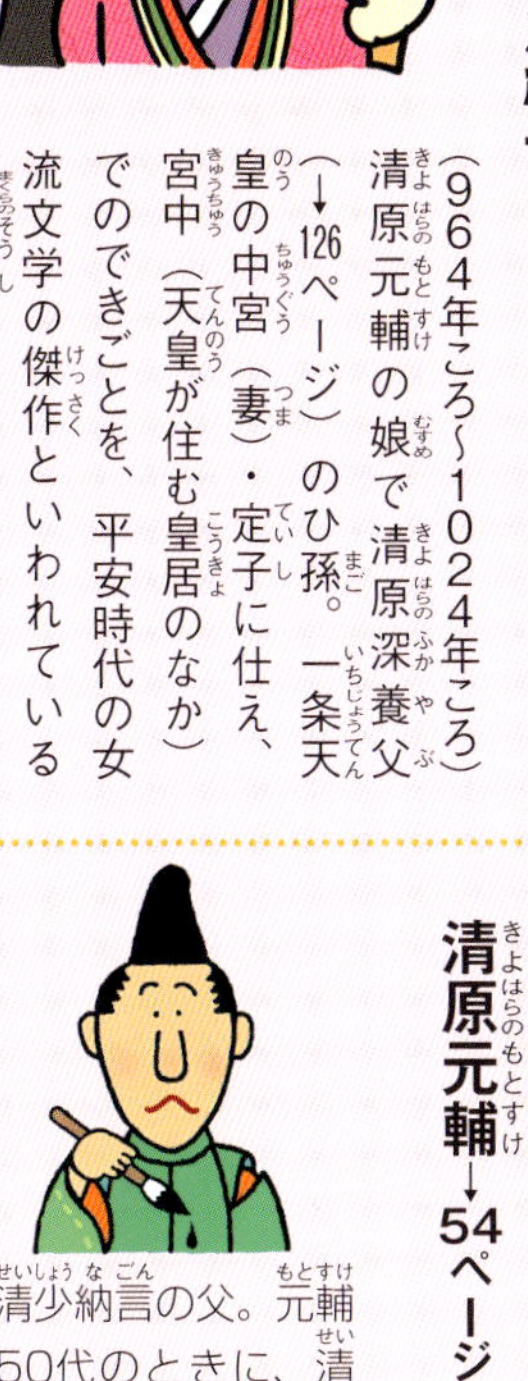

（964年ころ〜1024年ころ）清原元輔の娘で清原深養父（→126ページ）のひ孫。一条天皇の中宮（妻）・定子に仕え、宮中（天皇が住む皇居のなか）でのできごとを、平安時代の女流文学の傑作といわれている『枕草子』につづった。

関連人物 清原元輔→54ページ

▲清少納言の父。元輔が50代のときに、清少納言が生まれた。

瀬を早み　岩にせかるる　滝川の　われても末に　逢はむとぞ思ふ

崇徳院

出典『詞花和歌集』 77

意味 川の流れが速いので、岩にせき止められた急流がふたつに分かれ、あとでまたひとつになるように、今は逢えずとも、将来はきっとまた、あなたと逢おうと思っています。

いつかまた、かならず逢える

離ればなれになった恋人と逢いたい。現代は、電話やメールでかんたんに連絡を取り合うことができますが、平安時代はそうもいきません。

この歌は、遠く離れ、逢えなくなってしまった恋人と将来またいっしょになりたいという、一途な恋心を激しい川の流れにたとえています。

「われても」は、「(川の水の流れが、岩にぶつかって) 分かれても」と「(恋人どうしが) 別れても」のふたつの意味、「逢はむ」は、「(分かれた川の水が) また合流する」と「(別れた恋人たちが) また逢う」のふたつの意味がこめられた

掛詞（→112ページ）です。

権力争いに敗れ、讃岐国（現在の香川県）へ流された崇徳院。京の都へ帰ることのできなかった作者の人生を象徴しているかのような、情熱的な歌です。

もっと知りたい

悲劇の天皇・崇徳院

保元の乱に負け、讃岐の地に流された崇徳院。写経（お経を書き写すこと）をおこない、京におさめてほしいと送りますが、それも送り返され、怒りで天狗のすがたとなってしまいました。怨霊となり、京にたたりをもたらした崇徳院の魂がようやく京にむかえ入れられたのは、死後700年経ってからのことでした。

この歌をよんだ

崇徳院ってどんな人？

（1119年～1164年）

平安時代の天皇。鳥羽天皇の皇子。5歳で即位するが、鳥羽上皇や法性寺入道前関白太政大臣の策略によって20代前半で退位、弟に位をゆずる。保元の乱に敗れて流刑にされ、46歳で死亡。『詞花和歌集』をつくらせた。

関連人物

法性寺入道前関白太政大臣 →185ページ

▲保元の乱では後白河天皇の味方をして、崇徳院の敵となった。

長からむ　心も知らず　黒髪の　乱れて今朝は　物をこそ思へ

待賢門院堀河

出典『千載和歌集』 80

意味 わたしのこの長い黒髪のように、いつまでも長くあなたの心は変わらないかもしれませんが、あなたが帰ってしまった今朝は、黒髪が乱れるように、心も乱れて物思いにしずむばかりです。

髪の乱れは心の乱れ?

髪を、自分の身長よりも長くのばすとどうなるでしょう。現代ではそんな髪型をしていたら、不便でしかたがありません。ですが、平安時代の貴族の女性は、髪をものすごく長くのばしていたのです。それが当時の流行であり、美しい女性のすがたとされていたからです。

もちろん、この歌の作者も髪をのばしていました。その長い髪に、自分の気持ちを重ねて歌によんでいるのです。一夜明けて、乱れてしまった髪のように、将来のことを考えると心が乱れてしまった、と。

当時の恋愛は、男性が女性のもとへ通

い、複数の女性と交際するのがふつうでした。ですから、男性が一度帰ってしまうと、もう二度と来なくなってしまうのではないかと、女性は不安になりました。そんな当時の恋愛事情も、この歌から読み取ることができるのです。

もっと知りたい

平安女子のヘアスタイル

平安時代は、肌の色が白く、髪が黒くて長い女性ほど、美人とされていました。貴族の女性は自分の身長よりも長く髪をのばし、もっとのびるようにと、毎日何度もくしでとかしました。寝るときは枕元の箱に、その髪をとぐろを巻くようにして入れてねむりました。

この歌をよんだ

待賢門院堀河ってどんな人？

（？年〜？年）
源顕仲の娘。崇徳院の生母・待賢門院に仕え、待賢門院堀河とよばれる。崇徳院が天皇の位を退いたのちは、待賢門院とともに出家して、仁和寺に入った。

関連人物
崇徳院→38ページ

▲堀河が仕えた待賢門院と、鳥羽天皇のあいだに生まれた皇子。

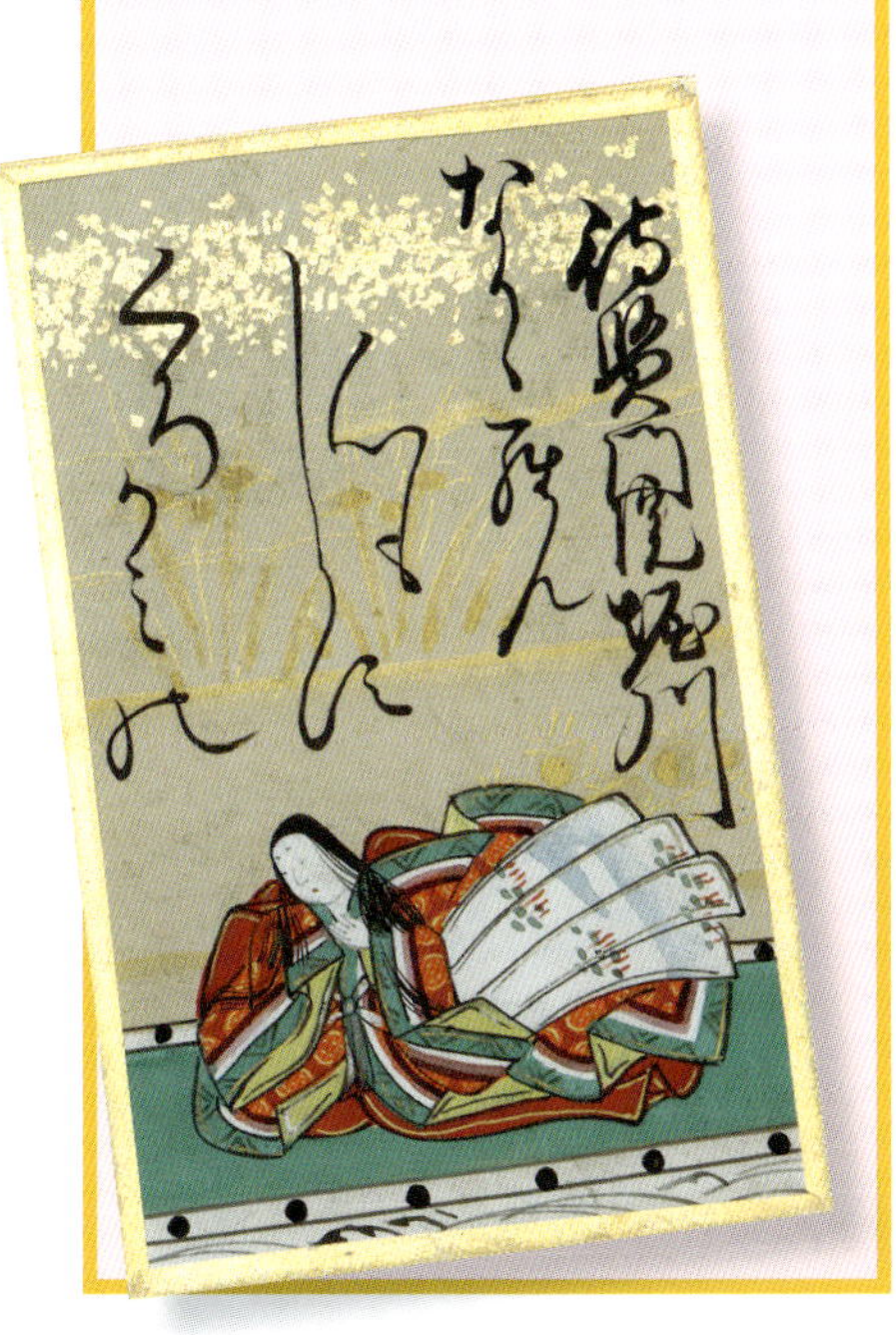

玉の緒よ　絶えなば絶えね　長らへば
忍ぶることの　弱りもぞする

式子内親王

出典『新古今和歌集』89

意味 わたしの命よ、絶えてしまうなら、絶えてしまいなさい。このまま生きながらえていると、この恋心を秘密にしておくことができなくなって、人に知られてしまうかもしれないから。

しのびきれない恋心

けっして人にはいえない恋心。それを口に出してしまうくらいなら、いっそ、死んでしまったほうがいい。そんな激しい恋心がよまれた歌です。

「玉の緒」とは魂を自分の体につなぎとめておくひものことで、命をあらわします。この歌は自分の命に対して、語りかけているのです。

式子内親王は、10歳のころから11年間、賀茂社（現在の京都にある、上賀茂神社と下鴨神社）で、「斎院（→103ページ）」という神に仕える皇女としてすごし、恋愛を禁じられていました。そして、斎院を退いたあとも独身を通し、のちに出家

します。

この歌は「しのぶ恋」というテーマでよまれたものです。恋の相手として、権中納言定家を想ってよんだ、という説もあります。

もっと知りたい

式子内親王と定家の関係は？

式子内親王は、皇太后宮大夫俊成から和歌を学んでいましたが、やがて、俊成の息子・権中納言定家（→78ページ）に学ぶようになりました。式子内親王は定家より10歳以上年上でしたが、和歌を教え、教わるうちに、いつしかふたりは恋に落ちてしまったのかもしれません。

この歌をよんだ

式子内親王ってどんな人？

（1149年～1201年）

後白河天皇の皇女。1159年～1169年まで賀茂社の斎院をつとめ、生涯独身を通し、1194年ころに出家する。皇太后宮大夫俊成に和歌を習う。『新古今和歌集』を代表する女流歌人。

関連人物

皇太后宮大夫俊成→186ページ

▲偉大な歌人で、式子内親王のほか、多くの歌人を指導した。

もっと知りたい！

百人一首によまれた「歌枕」

歌によまれている地名や名所を「歌枕」といいます。くり返し歌によまれることで、人びとはその土地に対して「恋」や「紅葉」など、特定のイメージをもつようになりました。百人一首によまれた歌枕は、日本全国にあります。

百人一首の例

夜をこめて　鳥の空音は　はかるとも
よに逢坂の　関は許さじ
（歌枕：逢坂）
清少納言 62

1 雄島　90見せばやな→76ページ
2 末の松山　42契りきな→54ページ
3 信夫　14みちのくの→20ページ
4 筑波山　13筑波嶺の→82ページ
5 富士山　4田子の浦に→154ページ
6 田子の浦　4田子の浦に→154ページ
7 伊吹山　51かくとだに→96ページ
8 大江山（大枝山）　60大江山→180ページ

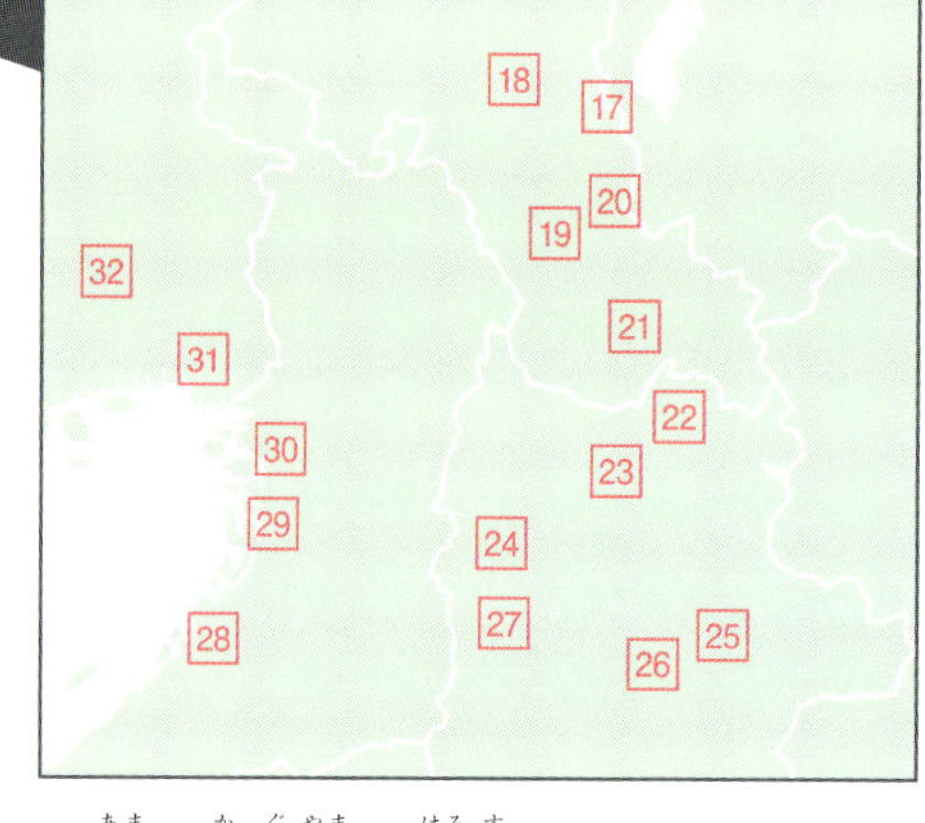

9 吉野　31朝ぼらけ（有明の月と）→158ページ
94み吉野の→152ページ
10 生野　60大江山→180ページ
11 天の橋立　60大江山→180ページ
12 須磨　78淡路島→160ページ
13 高砂　34誰をかも→175ページ
14 因幡山　16立ち別れ→174ページ
15 松帆の浦　97来ぬ人を→78ページ
16 淡路島　78淡路島→160ページ
17 逢坂　10これやこの→170ページ
25名にし負はば→86ページ
62夜をこめて→36ページ
18 小倉山　26小倉山→142ページ
19 宇治川　64朝ぼらけ（宇治の川霧）→159ページ
20 宇治山　8我が庵は→166ページ
21 泉川・瓶原　27みかの原→88ページ
22 春日・三笠山　7天の原→164ページ
23 奈良　61いにしへの→119ページ
24 三室山　69嵐吹く→147ページ
25 初瀬　74憂かりける→104ページ
26 天の香具山　2春過ぎて→124ページ
27 竜田川　17ちはやぶる→136ページ
69嵐吹く→147ページ
28 高師の浜　72音に聞く→68ページ
29 住の江　18住の江の→84ページ
30 難波江・難波潟　19難波潟→46ページ
20侘びぬれば→22ページ
88難波江の→108ページ
31 猪名　58有馬山→62ページ
32 有馬山　58有馬山→62ページ

「逢坂」は、「（男女や人びとが）逢う」ことをイメージする土地とされているよ。

2章

うらみます

いじいじくよくよ

難波潟　短き葦の　ふしの間も　逢はでこの世を　過ぐしてよとや

伊勢

出典『新古今和歌集』 19

意味 難波潟に生えている葦の短い節と節のあいだのような、短い時間すらも、あなたと逢うこともできず、これから一生、生きていけというのですか。

どんなときでも風流であれ

恋人にあきられ、もう二度と逢ってもらえそうにないとわかったら……。平安時代の女性は、自分をふった男性にうらめしい気持ちをこめた歌をおくるときでも、風流なふるまいを忘れませんでした。

この歌では、ほんの少しの時間のことを、難波潟（現在の大阪湾の一部）に生えている葦の短い節と節のあいだにたとえています。ただし実際は、葦の節と節のあいだは長いものだと30センチメートル以上になり、けっして短いとはいえないようです。では、なぜ短いもののたとえとして作者は葦を選んだのでしょうか。

伊勢は、「葦」と「世」のふたつのこ

この歌をよんだ

伊勢ってどんな人？

（872年ころ～938年ころ）三十六歌仙（↓16ページ）のひとり。伊勢守藤原継蔭の娘で、父の役職名から伊勢とよばれた女流歌人。宇多天皇の中宮・温子に仕えた女房（朝廷の人に仕えた女性使用人）。恋多き女性だった。家集に『伊勢集』がある。

関連人物
光孝天皇 ↓114ページ

▲伊勢を愛した宇多天皇の父。

とばを歌に入れることで、男女の仲を表現しました。「世」は、「男女のつき合い」「一生」という意味のほか、葦の節をさす「よ（節）」の意味合いもあります。

このように、ふられてよんだ歌のなかにも、くふうがこらされているのです。

もっと知りたい

恋多き女性、伊勢

この歌は伊勢が仕えていた中宮・温子の兄、藤原仲平への想いをよんだ歌とされています。仲平の兄である藤原時平や宇多天皇と恋仲になった伊勢。宇多天皇の退位後は宇多天皇の皇子・敦慶親王と結婚しました。才女で美しかった伊勢は、多くの男性から愛されました。

今来むと 言ひしばかりに 長月の 有明の月を 待ち出でつるかな

素性法師

出典『古今和歌集』 21

意味 「すぐ逢いに行くから」とあなたがいってよこしたから、そのことばをたよりに毎晩待ちつづけ、いつしか九月下旬の有明の月が出るようになってしまいました。

待たされる女性の心

平安時代のデートは、男性が女性のもとへ通うのがふつうでした。

この歌は、恋人のおとずれを待ちわびる女性の気持ちをよんだ歌です。ですが、作者は男性である素性法師です。当時、歌合などで男性が女性の気持ちをよむことは、めずらしいことではありませんでした。

待ち時間にはふたつの説があるといわれています。ひとつは「一夜説」で、女性はひと晩中待ちつづけたという説。もうひとつは「月来説」で、女性が数か月待ちつづけたという説です。藤原定家は、「月来説」をとなえています。

1週間後
ちょっと おそいわネ…
なんだか、もう 何か月も 待っているような…
と、こんなふうに 男のことばを信じるから 待ちぼうけをくらうのだな

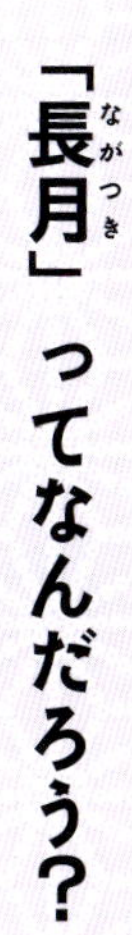

もっと知りたい

「長月」ってなんだろう？

現代の日本で使われている暦（カレンダー）は、太陽の動きにもとづいた「太陽暦」というものです。しかし、平安時代の日本は「※太陰太陽暦」という、月の動きにもとづいた暦を使っていました。「長月」とは、太陰太陽暦で九月をあらわすことばで、平安時代は、12か月のよび方が現代とはちがったのです。

▼太陰太陽暦による12か月のよび方

	よび方		よび方
一月	睦月	七月	文月
二月	如月	八月	葉月
三月	弥生	九月	長月
四月	卯月	十月	神無月
五月	皐月	十一月	霜月
六月	水無月	十二月	師走

※「太陰太陽暦」は「陰暦」、「旧暦」ともいう。

この歌をよんだ

素性法師ってどんな人？

（?年～?年）

出家前の名前は良岑玄利といわれる。僧正遍昭の息子で、父のすすめで僧侶となった歌人。三十六歌仙（→16ページ）のひとり。歌合で活やくしたほか、書に秀でていたことで知られる。

関連人物

僧正遍昭 →172ページ

▲素性法師の父。息子に出家をすすめた。

有明の　つれなく見えし　別れより
暁ばかり　憂き物は無し

壬生忠岑

出典『古今和歌集』30

意味　有明の月がうかんでいた、あの切ない別れ以来、暁の月ほど、わたしをつらい気持ちにさせるものはありません。

月がふたりを引き離す!?

平安時代、男性は夜になってから女性のもとをおとずれ、日づけが変わる暁方になると帰りました。そのとき出ている月を、うらめしく思う気持ちをよんだ歌です。

この歌には、二通りのとらえ方があります。「つれない（冷たい）」のが女性というとらえ方と、月というとらえ方です。「つれない」のが女性であれば、逢ってくれない冷たい女性ということになります。藤原定家は、つれないのは月だと考えました。恋人との別れをおしむ心と、別れの時刻を冷たく告げる月を対比させることで、より味わいのある作品として楽しめると考えたのです。

この歌をよんだ

壬生忠岑ってどんな人？

（?年～?年）

三十六歌仙（→16ページ）のひとり。壬生忠見の父。『古今和歌集』を取りまとめたメンバーのひとりで、身分はあまり高くなかったが、歌人としては一流といわれた。

関連人物

壬生忠見→26ページ

▲忠岑の息子。父・忠岑とともに三十六歌仙に選ばれている。

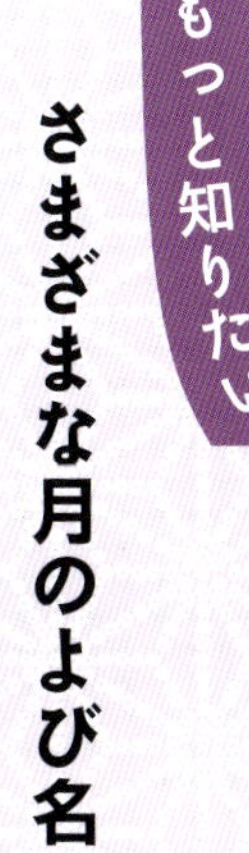

もっと知りたい

さまざまな月のよび名

「有明の月」とは、夜明け前（暁）に空に残っている月のこと。深夜に夜空で輝いている月のことは「夜半の月」といいます。また、満ち欠けによってかたちが変わる月にも、それぞれによび名があります。

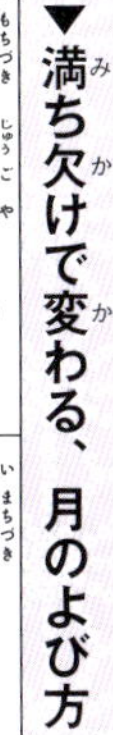

▼満ち欠けで変わる、月のよび方

望月（十五夜の月）	十六夜の月	立待月
15日に出る満月。8月15日の夜の月をさすことが多い。	16日に出る、満月よりも少し欠けた月。	17日の夜に出る月。
居待月	**更待月（宵闇月）**	**新月（つごもり）**
18日の夜に出る月。	20日に出る月。	光っている部分が、まったく見えない時期の月。

※暦は、「太陰太陽暦」（→49ページ）によるもの。

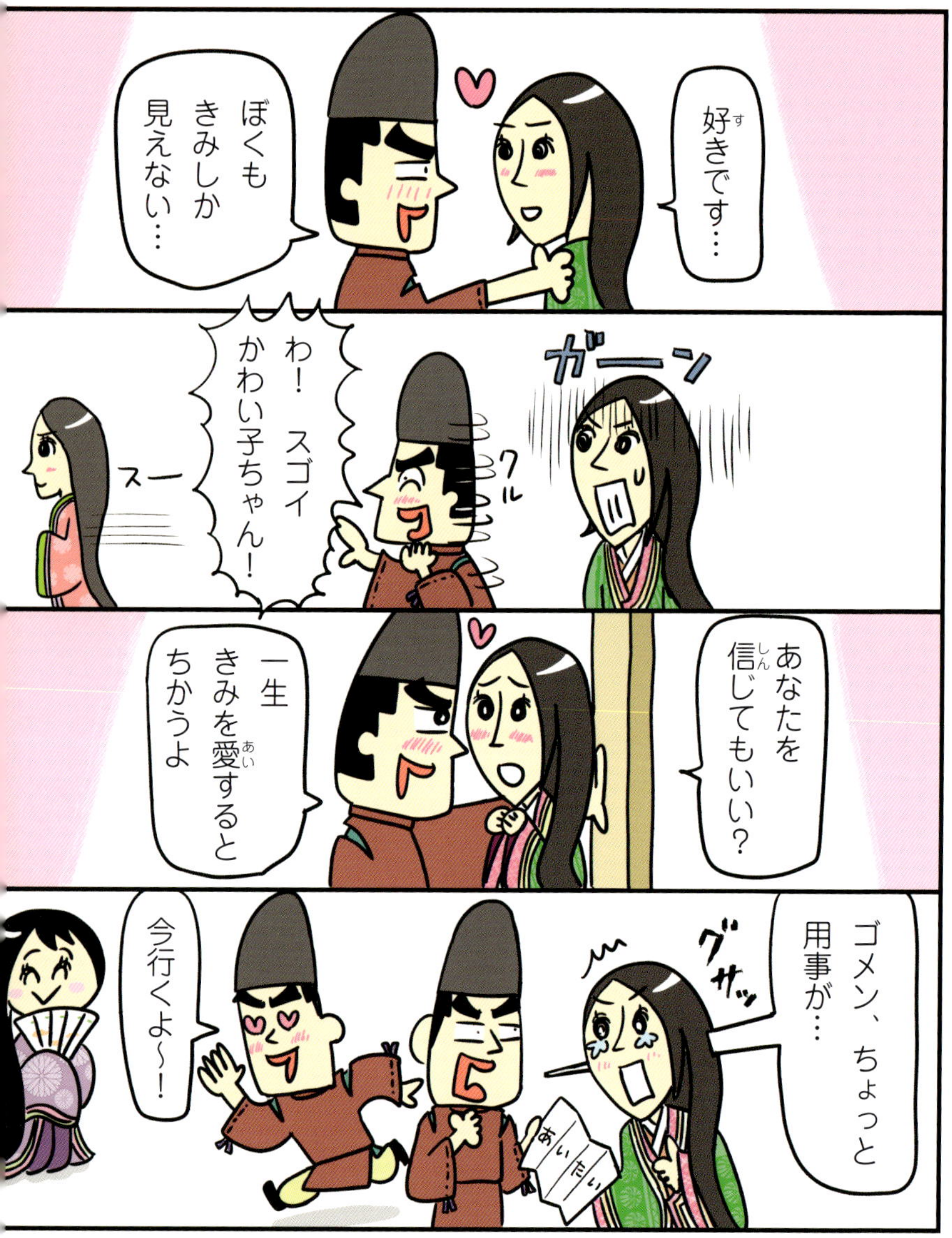

忘らるる　身をば思はず　誓ひてし
人の命の　惜しくもあるかな

出典『拾遺和歌集』 38

右近

意味 忘れられる自分をつらいとは思っておりません。ただ、神に永遠の愛をちかったあなたが、罰を受けて命を落とすことが、心配でならないのです。

わたしはいいけれど……

一生の愛をちかってくれた恋人にふられてしまったとき、人は、どんなことばを相手に残すのでしょう。『大和物語』によると、この歌は、中納言敦忠（→28ページ）に心変わりされてしまった右近がよんだものです。神に永遠の愛をちかったはずの相手の心変わりに対して、「天罰がくだって、その命を落としたら……」と、ふられた自分のことより、相手の身を心配しているようです。けれども、いっぽうでは、「わたしを愛するというちかいを破るということは、死んでもいいってことなのね？」とおどしているようにも読み取れます。

実際、敦忠は若くして亡くなりました。それが天罰のせいかはわかりませんが、敦忠は、菅家（↓140ページ）にのろわれている家系だったため、自分が早く死ぬことをわかっていたといわれます。

もっと知りたい

『大和物語』と右近の恋愛

和歌にまつわる物語がおさめられている、『大和物語』。百七十三段からなり、前半は貴族社会に生きる人物や天皇の話、後半は古代から民間に伝わる伝説が集められています。八十一段から八十五段では、右近のはなやかな恋愛模様がえがかれています。

この歌をよんだ

右近ってどんな人？

（?年〜?年）

右近衛少将藤原季縄の娘であったため、右近とよばれた女流歌人。醍醐天皇の后・穏子に仕えた。恋多き女性といわれ、多くの恋歌をよんだことで知られる。

関連人物

元良親王→22ページ

▲数多くの恋をしたプレイボーイで、右近とも恋人どうしだった。

契りきな　かたみに袖を　しぼりつつ
末の松山　波越さじとは

清原元輔

出典『後拾遺和歌集』

42

意味　かたく約束しましたよね。涙でぬれたそでをたがいにしぼって、あの末の松山を波がこえることがないように、たがいの愛情もけっして変わるまい、と。

あなたの失恋、歌にします

何度も愛をちかい合った仲だからといって、油断をしてはいけません。別れは、ある日突然やってくるのです。

この歌は、恋人に裏切られ、悲しみにくれる男性の想いがよまれた歌です。そでをしぼるとは、涙でぬれたそでをしぼることで、つまり、たがいに激しく涙を流しながら愛をちかい合ったことがあらわされています。「末の松山」は現在の宮城県にあった名所で、波がいちばん奥の松林をこえることはないことから、ありえないことのたとえとして、和歌によまれることが多かったのです。

このように、相手の心変わりを責めて

いる歌ですが、失恋したのは作者ではありません。当時、歌の上手な人に代わりに歌をつくってもらうことは、ふつうのことでした。これは清原元輔が、失恋した男性のために、代わりによんであげた歌だったのです。

もっと知りたい

代理の人がよむ「代詠」

和歌の才能が、人を評価する基準のひとつとされていた平安時代。「代詠」といって、本人に代わってほかの人が歌をよむことがありました。天皇に歌をささげるとき、恋の場面など、勝負のときに和歌の名人に代詠を依頼することは、よくあることだったのです。

この歌をよんだ

清原元輔ってどんな人？

（908年～990年）

三十六歌仙（→16ページ）のひとり。清原深養父の孫で、清少納言（→36ページ）の父。村上天皇に命じられ、『後撰和歌集』を取りまとめた。986年に肥後国（現在の熊本県）に赴任し、その地で亡くなった。

関連人物

清原深養父→126ページ

▲元輔の祖父。夏の夜の月をよんだ歌が百人一首に選ばれている。

逢ふ事のたえてしなくはなかなかに
人をも身をも恨みざらまし

中納言朝忠

出典『拾遺和歌集』 44

意味 もしもあの恋しい人とまったく逢うことがなかったなら、かえって、あの人のつれなさも、わたしの身のつらさも、うらめしく思うことはなかっただろうに。

逢わなければよかった……

恋をすると楽しい気持ちになりますが、たがいの心が通じ合わないとなると、こんなにつらいものはありません。

この歌は、そんなたがいの心が通わないときの恋のつらさをよんだ歌です。藤原定家の考え方では、この歌における「逢ふ」とは、男女が愛し合うことをあらわしています。つまり、ただ出会ったことではなく、一度想いが通じ合ったにもかかわらず、女性に冷たくされて、逢えなくなってしまった苦しみがよまれているのです。こんなことならば、いっそ逢わなければよかった……。中納言朝忠のよんだこの歌は、今の時代の人にも伝

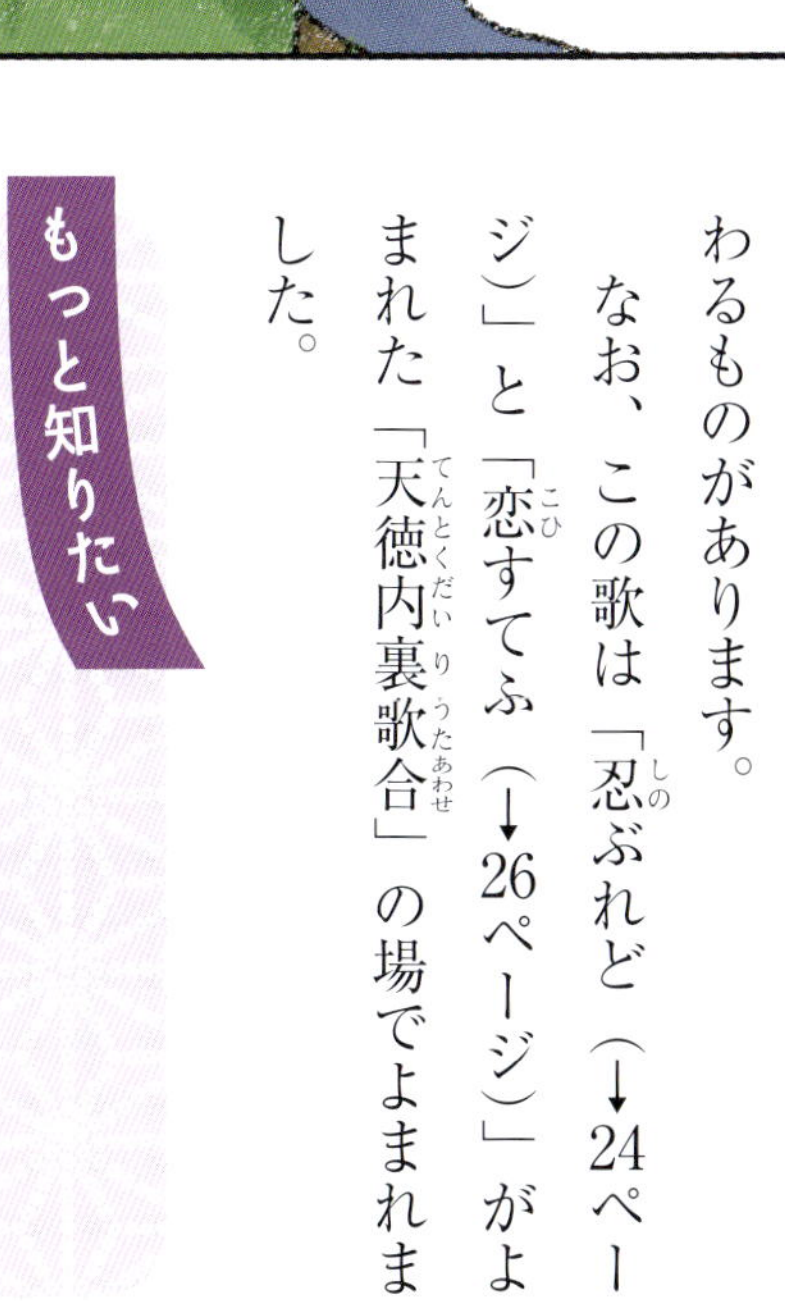

わるものがあります。

なお、この歌は「忍ぶれど（→24ページ）」と「恋すてふ（→26ページ）」がよまれた「天徳内裏歌合」の場でよまれました。

もっと知りたい

同じテーマの歌がある!?

藤原定家は、この歌と「逢ひ見ての（→28ページ）」を、「逢ひて逢はざる恋（一度逢ったあと、なかなか逢えなくて苦しい恋）」という同じテーマの歌と考え、二首を㊸と㊹にならべて配置したという説があります。定家はよい歌を選び、歌の配置にもこだわって百人一首を取りまとめたのです。

この歌をよんだ

中納言朝忠ってどんな人？

（910年〜966年）

本名は藤原朝忠。三条右大臣（→86ページ）の息子。三十六歌仙（→16ページ）のひとり。笙という管楽器の名手。恋多き男性として知られ、数多くの恋愛談が残っている。右近とも恋人どうしだった。

関連人物

右近→52ページ

▲朝忠の恋人。百人一首にはほかの男性におくった歌が選ばれた。

あはれとも 言ふべき人は 思ほえで
身のいたづらに なりぬべきかな

謙徳公

出典『拾遺和歌集』 45

意味 わたしを気の毒がって、あわれだといってくれそうな人も思いつかないので、このままむなしく死んでしまいそうです。

さびしくて死んじゃう……

だれにも相手にされないことほど、つらいことはありません。恋人に相手にされないことも、もちろんつらいですが、そんな自分に対してだれも関心をもってくれないというのは、どうしようもなくさびしいものでしょう。

この歌は、恋人につれなくされ、孤独をなげく男性の気持ちがよまれています。作者である謙徳公自身は、家柄もよく美男子だったので、つれなくされて死んでしまう、と大げさに気持ちを伝えることで、相手にふり向いてもらおうとしていたのではないかともいわれています。

この歌の解釈は、もうひとつあります。

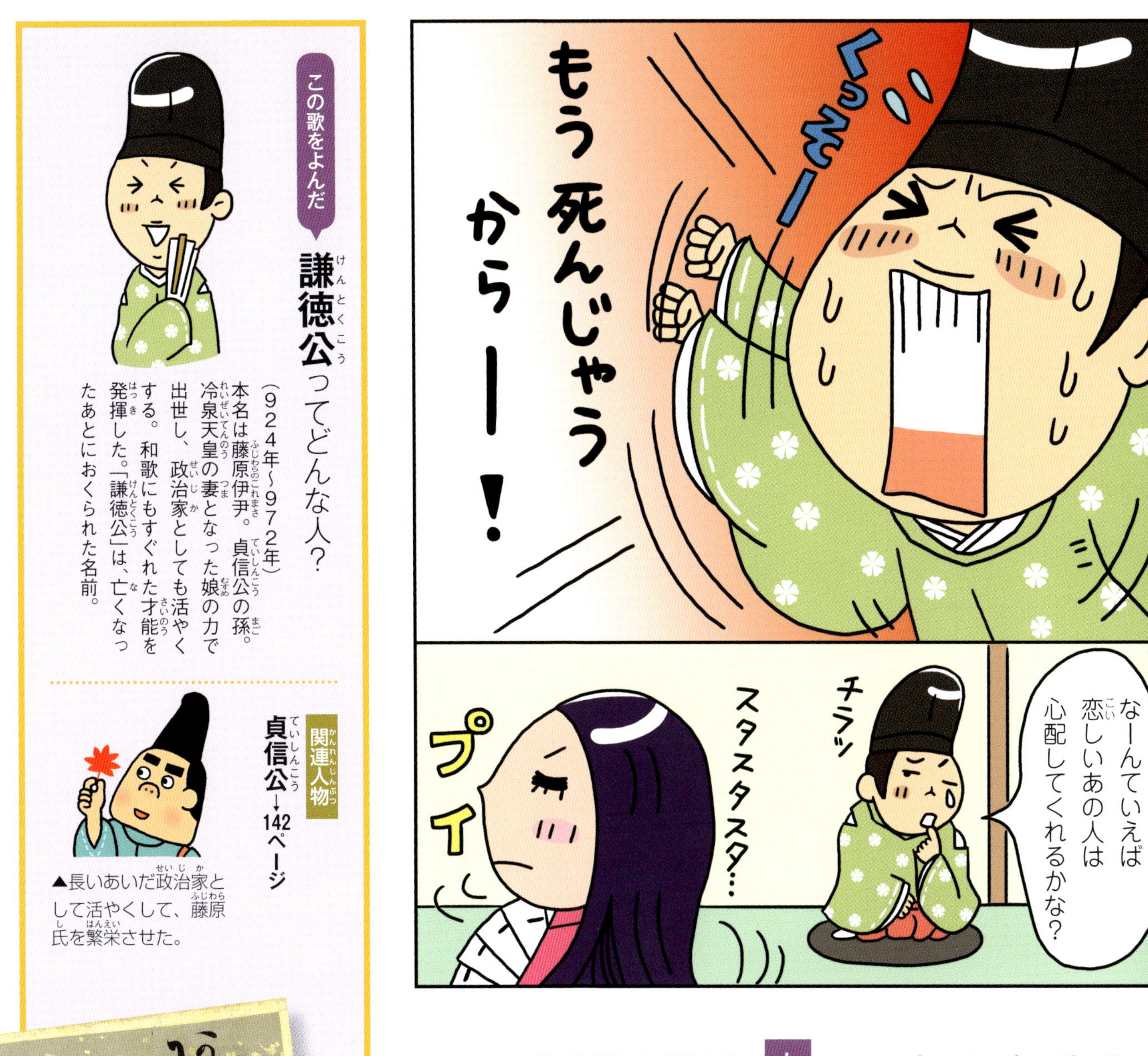

くっそー
もう死んじゃうからーー！
なーんていえば恋しいあの人は心配してくれるかな？
チラッ
スタスタスタ…
プイ

それは、人が生きていくうえで感じるさびしさについてよまれているという説です。「恋のつらさ」と「人生のさびしさ」。ひとつの歌にしこまれた、ふたつの想いを味わいましょう。

もっと知りたい

死後の名前「おくり名」

「謙徳公」という名は、作者が亡くなってからつけられた「おくり名」です。おくり名とは、地位の高い人が亡くなったあとに、生前のおこないをたたえてつけられる名で、「贈り名」という意味をもちます。謙徳公の祖父で「小倉山」をよんだ貞信公の名もおくり名です。

この歌をよんだ

謙徳公ってどんな人？

（924年～972年）本名は藤原伊尹。貞信公の孫。冷泉天皇の妻となった娘の力で出世し、政治家としても活やくする。和歌にもすぐれた才能を発揮した。「謙徳公」は、亡くなったあとにおくられた名前。

関連人物
貞信公
→142ページ

▲長いあいだ政治家として活やくして、藤原氏を繁栄させた。

風をいたみ　岩打つ波の　おのれのみ
砕けて物を　思ふころかな

源重之

出典『詞花和歌集』

48

意味　風がとても強く吹いて、岩にあたった波がくだけ散るように、わたしだけが、あなたのことで心がくだけるほどに思いなやんでいるこのごろです。

くだける波は、わたしの心

自分の想いが通じることなくふられてしまう。いつの時代も、「恋」はむずかしいものです。この歌は、失恋によってくだけてしまった心のことを、波が岩にあたってくだけるさまにたとえてよんだ歌です。

波と岩がぶつかり合うのに、くだけるのは波だけ……。そんな波のように、自分だけが心がくだけるくらいあなたのことを想っています、と源重之は恋心をうったえたのです。

伊勢（→46ページ）の家集『伊勢集』には、「風吹けば　岩打つ波の　おのれのみ　くだけてものを　思ふころかな」

という、この歌によく似た歌がおさめられています。

もっと知りたい 音の響きを味わう

この歌は、上の句で「いたみ」「波」「おのれのみ」と「み」の音がくり返され、音の響きを味わうことができます。百人一首のなかで、この歌のほかに音の響きを楽しめる例としては、「名こそ流れてなほ聞こえけれ（→176ページ）」の「な」の音の重なりや、「久方（ひさかた）の光のどけき　春の日に（→116ページ）」の「は行」の音のくり返しなどがあげられます。

この歌をよんだ 源重之ってどんな人？

（？年〜1000年ころ）三十六歌仙（→16ページ）のひとり。清和天皇のひ孫。九州や東北地方などの役人をつとめた。藤原実方朝臣や平兼盛（→24ページ）と交流があったことが、家集『重之集』に記されている。

関連人物 藤原実方朝臣 →96ページ

▲重之と交流があった歌人。一条天皇によって地方へとばされた。

有馬山　猪名の笹原　風吹けば　いでそよ人を　忘れやはする

大弐三位

出典『後拾遺和歌集』　58

意味　有馬山から猪名の笹原に風が吹くと、笹の葉がそよそよと音を立てます。そう、そうよ（そよ）、お忘れになったのは、あなたのほうですよ。わたしが忘れるはずはありません。

皮肉まじりの愛情表現

恋人からの久しぶりの連絡が「ごめんね。きみが心変わりしたんじゃないかと思って……」なんて言い訳だったら、どう思うでしょう。

この歌は、そんな男性からの言い訳に対して、皮肉をこめて返した歌です。上の句で、笹原に風が吹きわたるさわやかな情景をよみ、下の句で、その笹原のそよぐ音に想いをなぞらえて、相手のことを責めています。一見、さわやかな歌かと思わせて、じつはグサリと心にささる皮肉がこめられていることに気づかされるのです。スパイスのきいたこの歌ですが、下の句の「忘れやはする」には、「わたしはあなたを忘れていませんよ」と、相手を想う愛情がこめられています。

もっと知りたい「有馬山」ってどこ?

「有馬山」は現在の兵庫県の有馬という地域にある山やまの総称。「猪名」は現在の兵庫県に流れる猪名川の周辺のことで、平安時代には一面の笹原でした。『万葉集』のころから、セットでよく使われた歌枕（↓44ページ）です。

兵庫県
猪名の笹原
有馬山
猪名川

この歌をよんだ

大弐三位ってどんな人?

（999年ころ～?年ころ）

本名は藤原賢子で、紫式部の娘。母とともに、一条天皇の中宮・彰子に仕えたのち、後冷泉天皇の乳母となる。『源氏物語』の後半部「宇治十帖」の作者ともいわれている女流歌人。

関連人物 紫式部 →178ページ

▲大弐三位の母。藤原宣孝と結婚し、大弐三位を産んだ。『源氏物語』の作者。

やすらはで　寝なましものを　さ夜更けて
かたぶくまでの　月を見しかな

赤染衛門

出典『後拾遺和歌集』59

意味 あなたがおいでにならないとわかっていたら、ためらわずに寝てしまったのに。ずっとあなたをお待ちしていたせいで、夜がふけて、とうとう西にかたむく月を見てしまいました。

朝が来るまで待ちぼうけ

約束をすっぽかされると悲しい気持ちになりますが、それが好きな相手だったら、なおさらのことです。

平安時代の女性にとって、恋愛は待ち時間とのたたかいでした。夜になるとやってくる恋人を、女性は月を見ながら、今か今かと待っていたのです。

この歌では、「今夜、逢いに行くよ」という男性のことばを信じて待っていたのに、とうとう夜明けをむかえてしまった女性のようすがよまれています。時間が経つにつれて西へしずんでいく月と、男性を待つわが身を重ね合わせることで、恋人に逢えなくてがっかりしている気持

ちを表現したのです。

じつはこの歌は、赤染衛門が姉（または妹）の代わりによんだものといわれています。当時は、和歌の得意な家族や友人に、自分の気持ちをよんでくれるようにたのむことがよくありました。

もっと知りたい

恋のお相手は藤原道隆

この歌の恋のお相手は、少将だったころの藤原道隆だといわれています。道隆はのちに出世をして関白の位までのぼりつめたエリートです。宮中でもモテモテで、多くの女性と恋をしました。そんな道隆のハートを射止めて妻になったのは、儀同三司母（→34ページ）でした。

この歌をよんだ

赤染衛門ってどんな人？

（958年ころ～？年）

父親は赤染時用とも平兼盛ともいわれている女流歌人。紫式部（→178ページ）とともに、一条天皇の中宮・彰子に仕える。学者・大江匡衡の妻。『栄花物語』の作者という説がある。

関連人物

平兼盛→24ページ

▲赤染衛門の母のもとの夫。離婚後、母は赤染時用と再婚した。

恨みわび　干さぬ袖だに　あるものを　恋に朽ちなむ　名こそ惜しけれ

出典『後拾遺和歌集』

65 相模

意味 あなたをうらむ気力もなくなって、そでも涙でぬれつづけてくちてしまいそうなのに、そのうえ、この恋のうわさでくち果てそうなわたしの名が、おしくてなりません。

ゆたかな経験がよませる恋の悲しみ

ひどい思いをしたうえに、自分の評判まで悪くなる。生きているとつらいことがたくさんありますが、この歌もそんな人生のつらい一場面がよまれています。

「そでがぬれつづける」とは、涙を流しつづけることを表現したことばで、多くの場合はかなわない恋に対して使われました。この時代の人たちは、ハンカチの代わりに、着物のそでで涙をふいていたのです。

この歌は、「根合（端午の節句に、菖蒲にそえる和歌の優劣などを競うあそび）」でよまれたものです。作者の相模は恋多き女性でしたが、結婚生活ではな

この歌をよんだ

相模ってどんな人？

（995年ころ～1061年ころ？）相模守大江公資と結婚したので相模とよばれた。離婚後、脩子内親王に仕え、女流歌人として活やく。権中納言定頼など、さまざまな男性と恋に落ちたことで知られる。

関連人物

権中納言定頼→159ページ

▲書なども得意な美男子で、大江公資と別れた相模と恋に落ちた。

やみも多かったようで、離婚も経験しています。この歌をよんだころ、相模は50歳をこえていました。人生経験が豊富で、恋愛を知りつくした相模だからこそ、よめた歌なのかもしれません。

もっと知りたい

泣くほどつらい恋心

百人一首には泣くことを意味する、「そでをぬらす、そでが乾かない」といった表現が多く見られます。「契りきな（→54ページ）」「音に聞く（→68ページ）」「見せばやな（→76ページ）」「我が袖は（→110ページ）」のように、その多くが恋に関する歌です。当時は、女性だけでなく男性もよく泣いたそうです。

音に聞く　高師の浜の　あだ波は　かけじや袖の　濡れもこそすれ

祐子内親王家紀伊

出典『金葉和歌集』 72

意味 あの有名な高師の浜の波にはかからないようにしましょう。浮気者のあなたのことばも、気にかけないようにしましょう。涙でそでがぬれてしまうと、こまりますから。

浮気者にはくどかれない

プレイボーイにくどかれても、きちんとことわる。これが、かんたんなようでいて、なかなかむずかしいものです。

この歌は、「艶書合」という歌合の場でよまれた歌です。艶書合は、男性が女性に恋歌をおくり、女性はその返歌を書いて、どちらがすぐれているかを競うあそびです。この歌は、藤原俊忠の「人しれぬ　思ひありその　浦風に　波のよるこそ　いはまほしけれ（だれにも打ち明けずにいだいているわたしの恋心を、荒磯の浦風に波がよせるように、今夜あなたに打ち明けたい）」という歌への返歌としてよまれました。

俊忠が自分の恋心を波にたとえると、祐子内親王家紀伊は、その波にかからないようにしましょう、泣かされてしまいますから、と返します。歌合の結果は、紀伊の勝利となりました。

もっと知りたい

男女で競う「艶書合」

この歌は、堀河天皇が開いた「堀河院艶書合」でよまれたものとされます。艶書合は歌合のひとつで、貴族の男性と宮中に仕える女房が恋の歌を競い合うものです。堀河院艶書合は2日間おこなわれ、1日目は男性から女性への恋歌とその返歌、2日目は女性から男性へのうらみの歌とその返歌の優劣が競われました。

この歌をよんだ

祐子内親王家紀伊ってどんな人？

（?年〜?年）

後朱雀天皇の皇女・祐子内親王に仕えた女流歌人。多くの歌合に参加したと伝えられる。源俊頼朝臣らが取りまとめた『堀河百首』に歌が選ばれている。

関連人物

源俊頼朝臣→104ページ

▲堀河天皇にささげる歌集『堀河百首』を取りまとめた。

契りおきし　させもが露を　命にて
あはれ今年の　秋もいぬめり

藤原基俊

出典『千載和歌集』 75

意味 お約束してくださった「しめぢが原のさせも草（まかせなさい）」というおことばをたよりにしていたのに、その約束が果たされないようで、今年の秋も、ああ、むなしくすぎていきます。

約束したのに！

「まかせとけ」といわれた約束が果たされないと、文句のひとつもいいたくなりますよね。この歌は、そんな約束が果たされなかった、うらみの歌なのです。

藤原基俊の息子・光覚は奈良の興福寺のお坊さんでした。興福寺では秋に「維摩会」という行事があり、そこで講師（経典の講義をする人）をつとめることが、お坊さんにとっては大変名誉なことでした。

しかし、光覚は維摩会の講師になれたことがなかったのです。そこで基俊は、光覚がなれるよう、法性寺入道前関白太政大臣にたのみこみました。相手は、ある和歌の一節を引用して、「しめぢが原

父上！　わたしは今年も選ばれませんでした！
え〜〜!?
よしよし
「まかせろ」のひとことをたよりにしていたのに…

のさせも草（まかせなさい）」と返事をしました。しかし、秋になると、光覚はまたも講師に選ばれず、約束は果たされなかったのです。そこで、うらんだ基俊がよんだのが、この歌です。

もっと知りたい

千手観音の「させも草」

「しめぢが原のさせも草」は、『新古今和歌集』におさめられている「なほ頼め　しめぢが原の　させも草　わが世の中に　あらむ限りは（わたしをたよりにしなさい。思いなやむことがあっても、わたしがこの世にいるかぎりは）」という歌の一節で、京都の清水寺の千手観音がよんだ歌とされています。

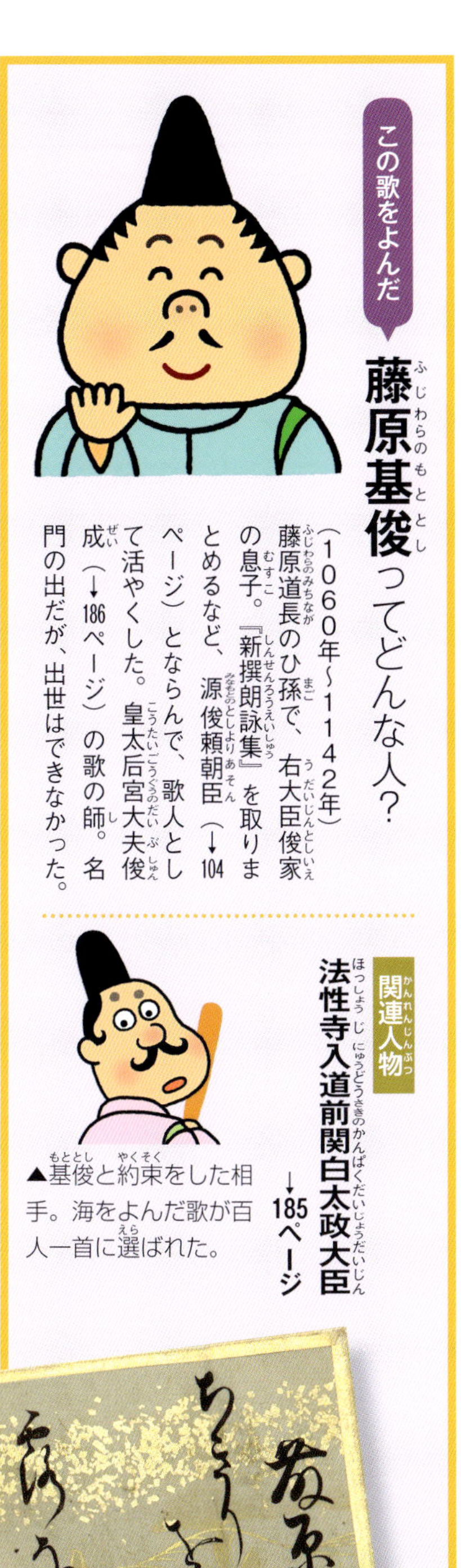

この歌をよんだ

藤原基俊ってどんな人？

（1060年〜1142年）

藤原道長のひ孫で、右大臣俊家の息子。『新撰朗詠集』を取りまとめるなど、源俊頼朝臣（→104ページ）とならんで、歌人として活やくした。皇太后宮大夫俊成（→186ページ）の歌の師。名門の出だが、出世はできなかった。

関連人物

法性寺入道前関白太政大臣 →185ページ

▲基俊と約束をした相手。海をよんだ歌が百人一首に選ばれた。

思ひわび　さても命は　あるものを
憂きに堪へぬは　涙なりけり

道因法師

出典『千載和歌集』 82

意味　ふり向いてくれない人のことを思いなやみ、体はぼろぼろになりながらも、生きながらえていますが、心はつらさにたえられず、涙があふれてくるのです。

カラダはじょうぶ、でもココロは……

つらい恋をしていても、命はなんとかもちこたえます。しかし、涙は出てきてしまう……。自分の感情は、なかなかコントロールできないものです。

この歌の作者、道因法師は80歳くらいになるまで、よい歌をよめるようにと、毎月、住吉大社にお参りしていたといわれています。また、90歳をこえても歌合に参加して、遠くなった耳をそばだてて勉強をしたという話も残っています。

藤原定家は、若いころはこの歌をあまりよいと思っていなかったようですが、のちに評価をし直して、百人一首に選んだようです。それは、この歌をただの苦

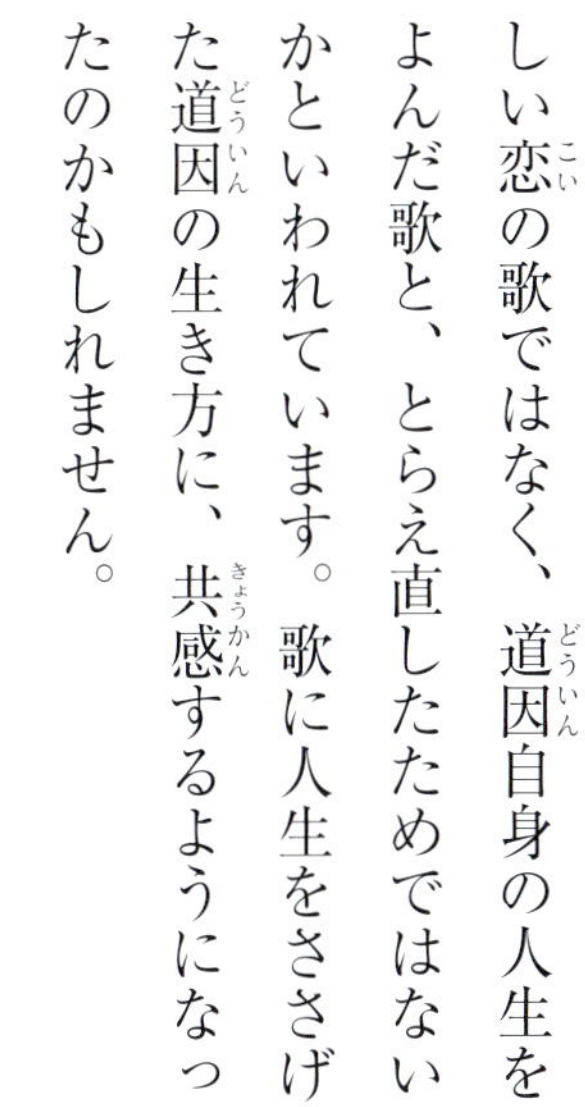
しい恋の歌ではなく、道因自身の人生をよんだ歌と、とらえ直したためではないかといわれています。歌に人生をささげた道因の生き方に、共感するようになったのかもしれません。

もっと知りたい

元気がすぎる道因法師

道因法師にはさまざまなエピソードがあります。崇徳院に仕えていたころ、部下を怒らせて人前ではだかにされたり、60歳をすぎても町中でいさかいを起こして刃物をふりまわしたり、歌の判定に納得がいかないと判者に泣きついたり……。元気すぎる人だったようです。

この歌をよんだ

道因法師ってどんな人？

（1090年〜1182年ごろ）
出家前の名前は藤原敦頼。崇徳院に仕え、83歳のころに出家した歌人。死後、皇太后宮大夫俊成（→186ページ）がまとめた『千載和歌集』に十八首の歌が選ばれると、俊成の枕元にあらわれ、涙を流して感謝したという。

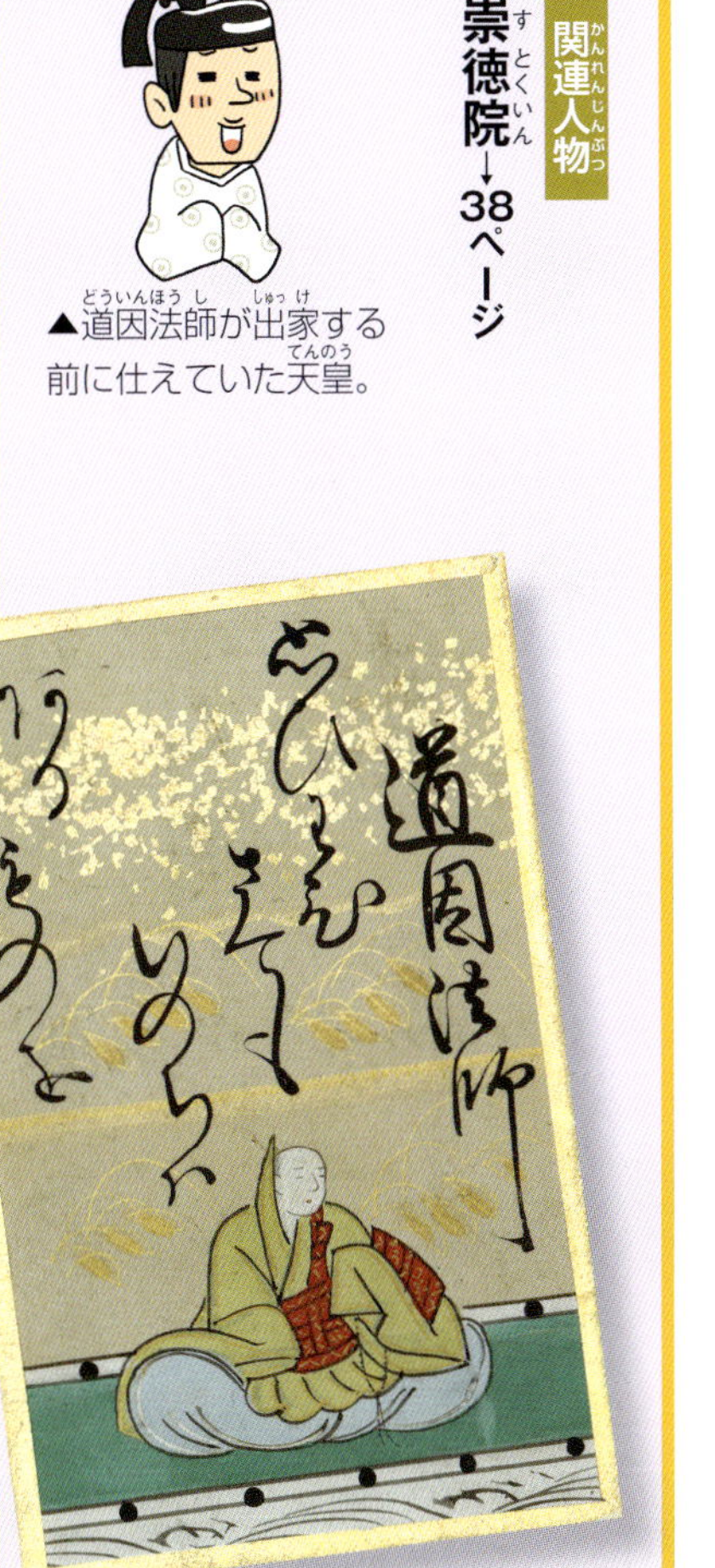

関連人物
崇徳院→38ページ

▲道因法師が出家する前に仕えていた天皇。

夜もすがら　物思ふころは　明けやらで　閨のひまさへ　つれなかりけり

俊恵法師

出典『千載和歌集』

85

意味　ひと晩中、つれない恋人のことで思いなやんでいると、夜がなかなか明けてくれず、いつまでも朝の光がさしこまない寝室のすきままでもが、つれなく思えてくるようです。

女心のわかる人

自分の気持ちを人にあてられると、とても驚きます。まして女性の気持ちを男性があてると、「女心をわかっている」と、みんなから尊敬されたりもします。

この歌は、男性でお坊さんの作者が、女心をよんだ歌です。自分のもとへなかなか逢いにきてくれない恋人を想ってなやむ女性が、恋人が来ないのなら、早く夜が明けてほしい、と願うようすがよまれています。

とくに、下の句の「閨のひまさへ　つれなかりけり（寝室のすきままでもが、つれなく思えてくる）」は、作者の実体験であるかのように思わせる、みごとな

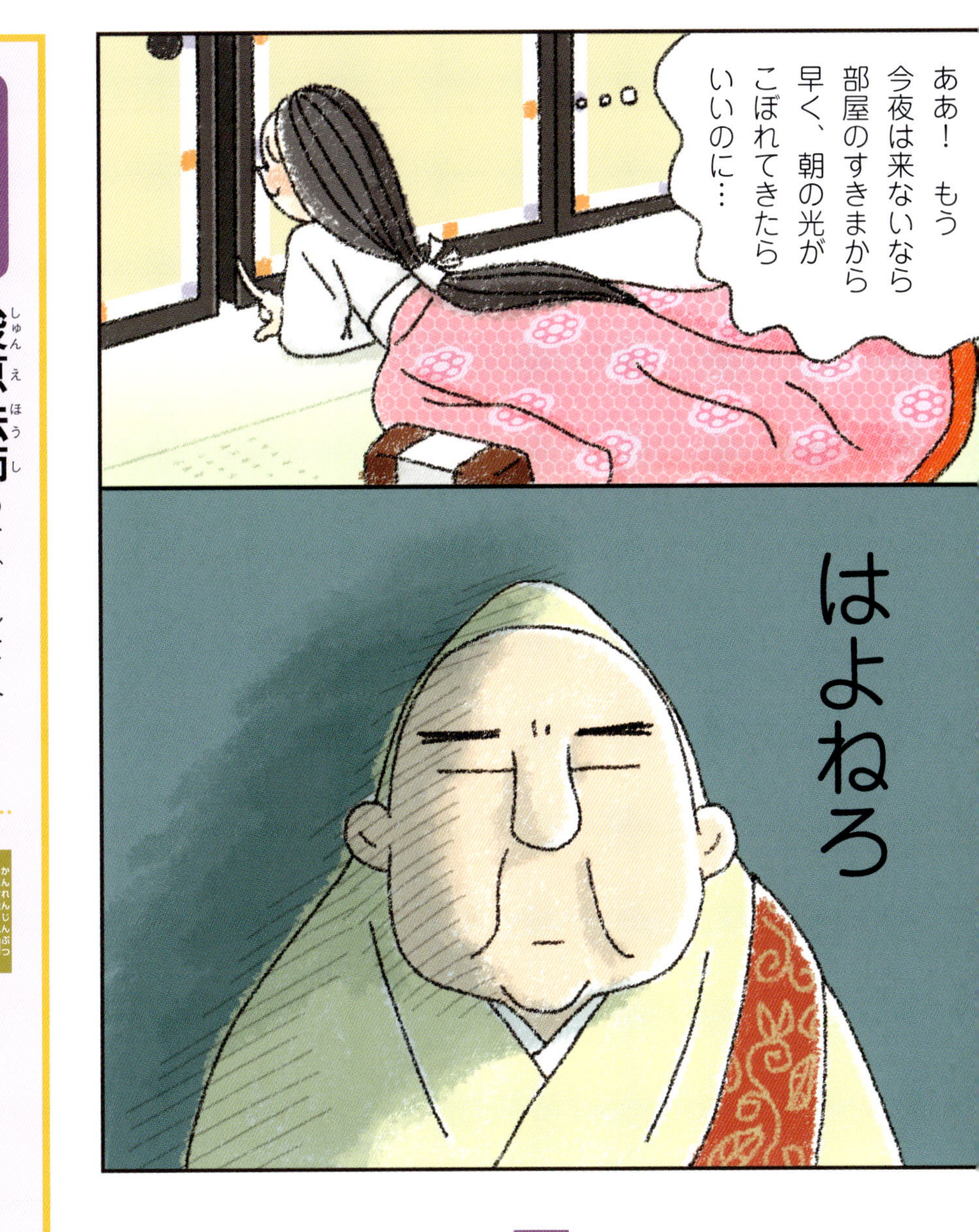

よみぶりです。寝室の戸のすきまを「つれない」と表現することで、たずねてこないつれない恋人を、うらめしく思う気持ちと重ね合わせています。ゆたかな想像力と独自の表現力をもつ、俊恵法師らしい作品です。

もっと知りたい 恋をすると「物思ふ」

百人一首の歌には「物思ふ」という表現がよく出てきます。「物思ふ」は、恋に想いなやむ歌の決まり文句とされ、「忍ぶれど（↓28ページ）」「逢ひ見ての（↓24ページ）」「風をいたみ（↓60ページ）」「御垣守（↓94ページ）」など、多くの恋歌に使われています。

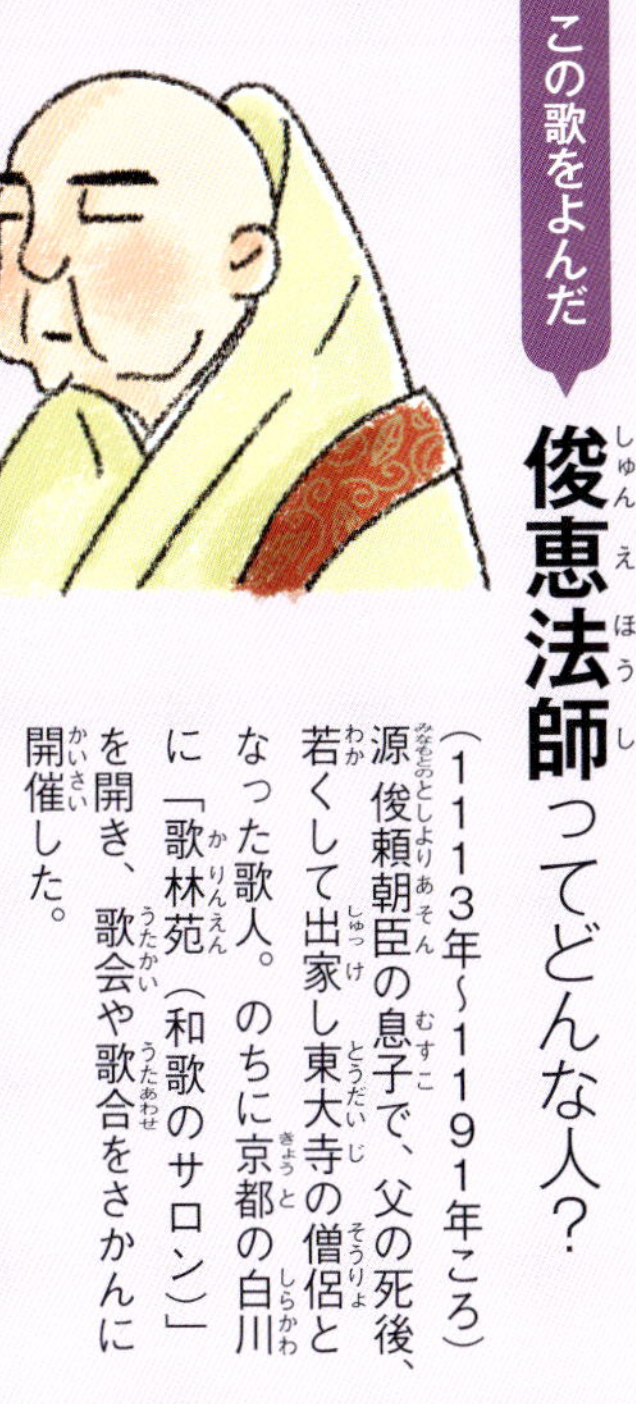

この歌をよんだ 俊恵法師ってどんな人？

（1113年～1191年ころ）
源俊頼朝臣の息子で、父の死後、若くして出家し東大寺の僧侶となった歌人。のちに京都の白川に「歌林苑（和歌のサロン）」を開き、歌会や歌合をさかんに開催した。

関連人物 源俊頼朝臣 ↓104ページ

▲俊恵法師の父。俊恵法師が17歳のころに亡くなった。

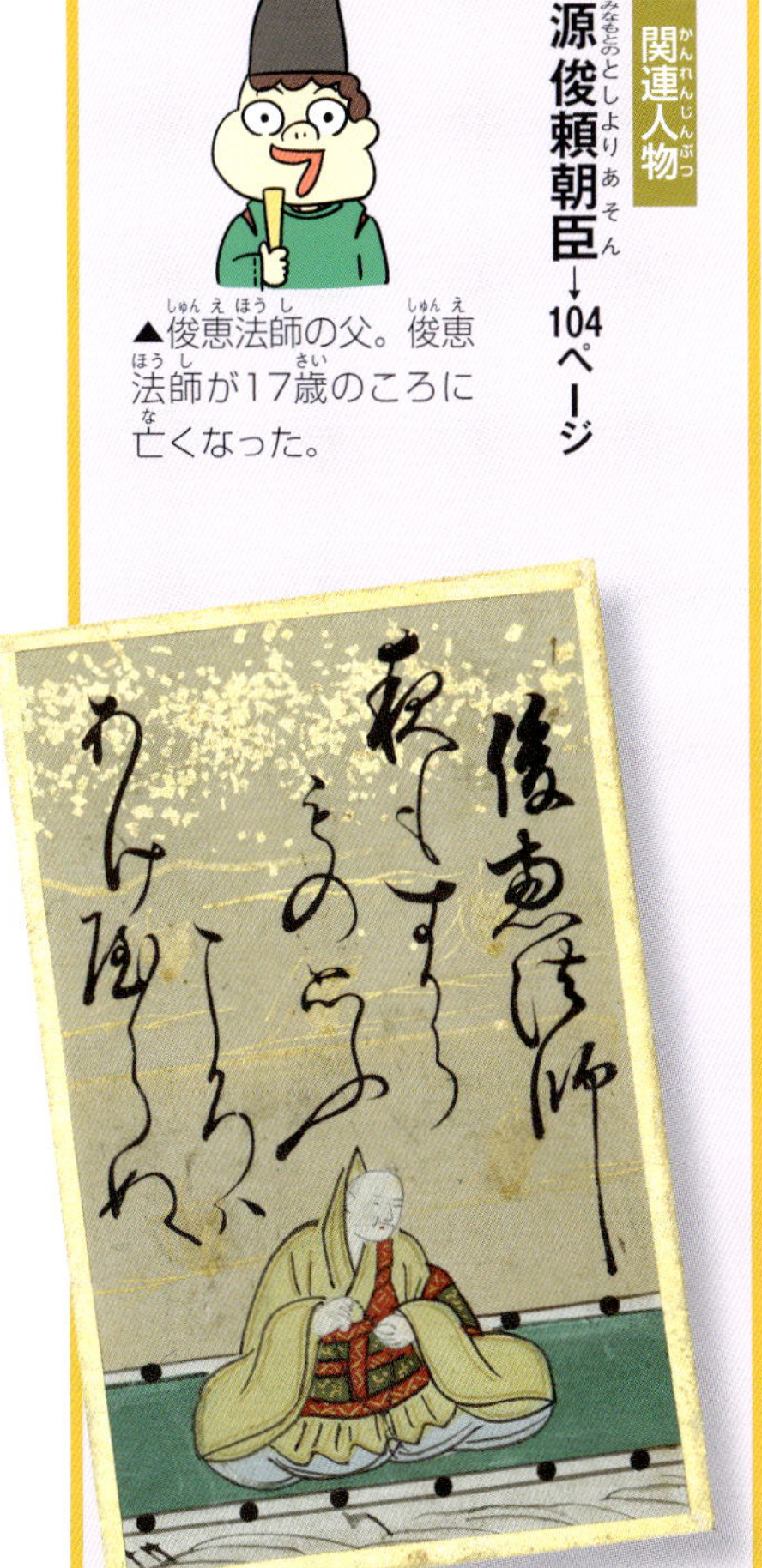

⬆このかるたでは、「あけやらぬ」と表記されている。

見せばやな　雄島の海人の　袖だにも
濡れにぞ濡れし　色は変はらず

殷富門院大輔

出典『千載和歌集』

90

意味 あなたを想って流しつづけた血の涙で染まった、わたしのそでを見せたいものです。あの雄島の漁師のそでさえ、どんなに波のしぶきにさらされても、色までは変わらないというのに。

そでの色は何色に？

泣いて泣いて泣いて、目がパンパンにはれてしまったり、声がかれてしまうことはありますが、果たして目から血が出るまで泣くことはできるのでしょうか。

じつは、この歌には本歌（→112ページ）があります。源重之（→60ページ）の「松島や　雄島の磯に　あさりせし　海人の袖こそ　かくは濡れしか（雄島の漁師のそでのように、わたしのそでも、あなたを想う涙でぬれてしまいました）」という歌です。この歌の情景をより激しくよんだのが、殷富門院大輔の「見せばやな」なのです。

ふたつの歌は、「雄島」「海人の袖」

「濡れ」が共通していますが、大輔の歌は、血の涙で染まったそでを想像させることで、たえきれない恋の苦しみをうったえました。「血の涙」は中国の漢文から引用した表現で、和歌では、恋のつらさを伝えるときに多く使われます。

もっと知りたい

「血の涙」の由来

「血の涙」は、「和氏の璧」という漢文から引用した表現です。宝石の原石を見つけた農夫が王様に石を差し出したところ、磨いても光らないため、脚を切り落とされます。農夫が「うそをついていると思われていることが悲しい」と血の涙を流すと石が輝いた、という話です。

この歌をよんだ

殷富門院大輔ってどんな人？

（1131年ごろ～1200年ごろ）藤原信成の娘。後白河天皇の皇女・亮子内親王（殷富門院）に仕えた女流歌人。歌をよむのが早く、多くの作品をつくり出したことから、「千首大輔」ともよばれた。

関連人物

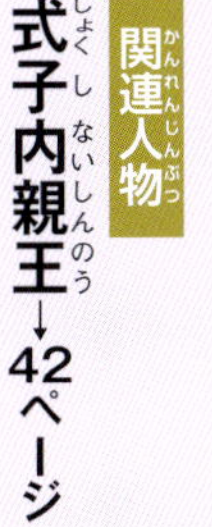

式子内親王→42ページ

▲大輔が仕えた殷富門院の妹。斎院（→103ページ）をつとめた。

来ぬ人を　まつほの浦の　夕凪に　焼くや藻塩の　身も焦がれつつ

権中納言定家

出典『新勅撰和歌集』

97

意味 いくら待っても来ない人を待つわたしは、あのまつほの浦で、風のやんだ夕暮れに焼く藻塩ではないけれど、恋しい想いに焼かれて、身もこがれるような想いでいます。

いつまで待ちつづけるのかしら……

会おうね、と約束したのにやってこない人を、ただ待ちつづけることしかできないのは本当につらいことです。

作者の権中納言定家（藤原定家）は百人一首を取りまとめた人物で、日本最古の歌集『万葉集』に入っている、「まつほの浦」「藻塩」が出てくる歌を本歌（→112ページ）として、この歌をよみました。

「まつほの浦」は、淡路島の北側の海岸をさす地名です。「松」と「待つ」が掛詞（→112ページ）になっています。また、「藻塩」は、海そうを海水にひたしたものを煮つめて、海水から取り出した塩のことです。その煙が目にしみて涙が流れ

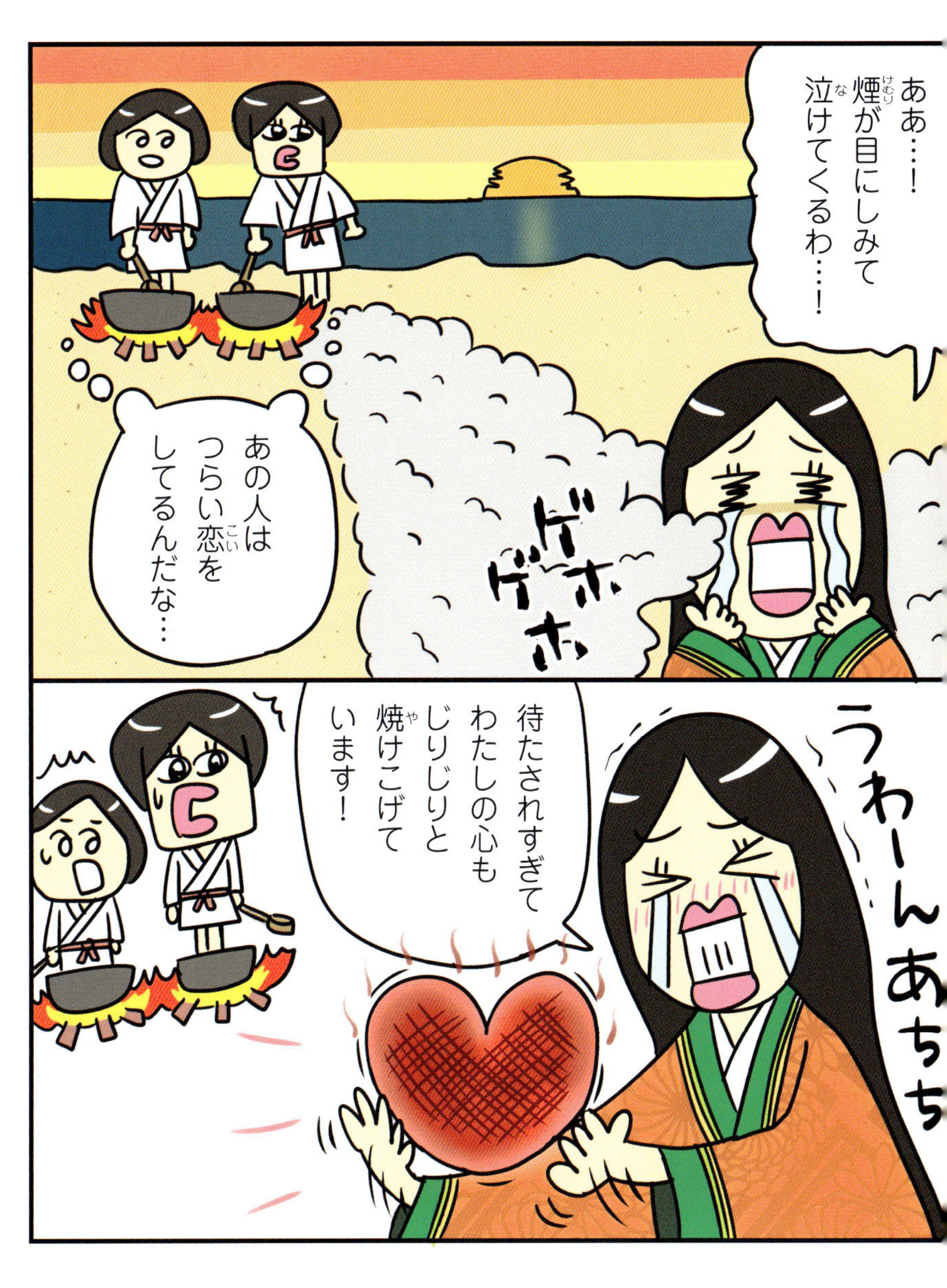

ることから、「つらい恋」をイメージする語として使われています。

女性の立場に立って歌をよんだ定家は、恋人を待ちこがれる気持ちを海辺で焼かれる藻塩にたとえたこの歌で、歌合（→25ページ）に勝ったと伝えられています。

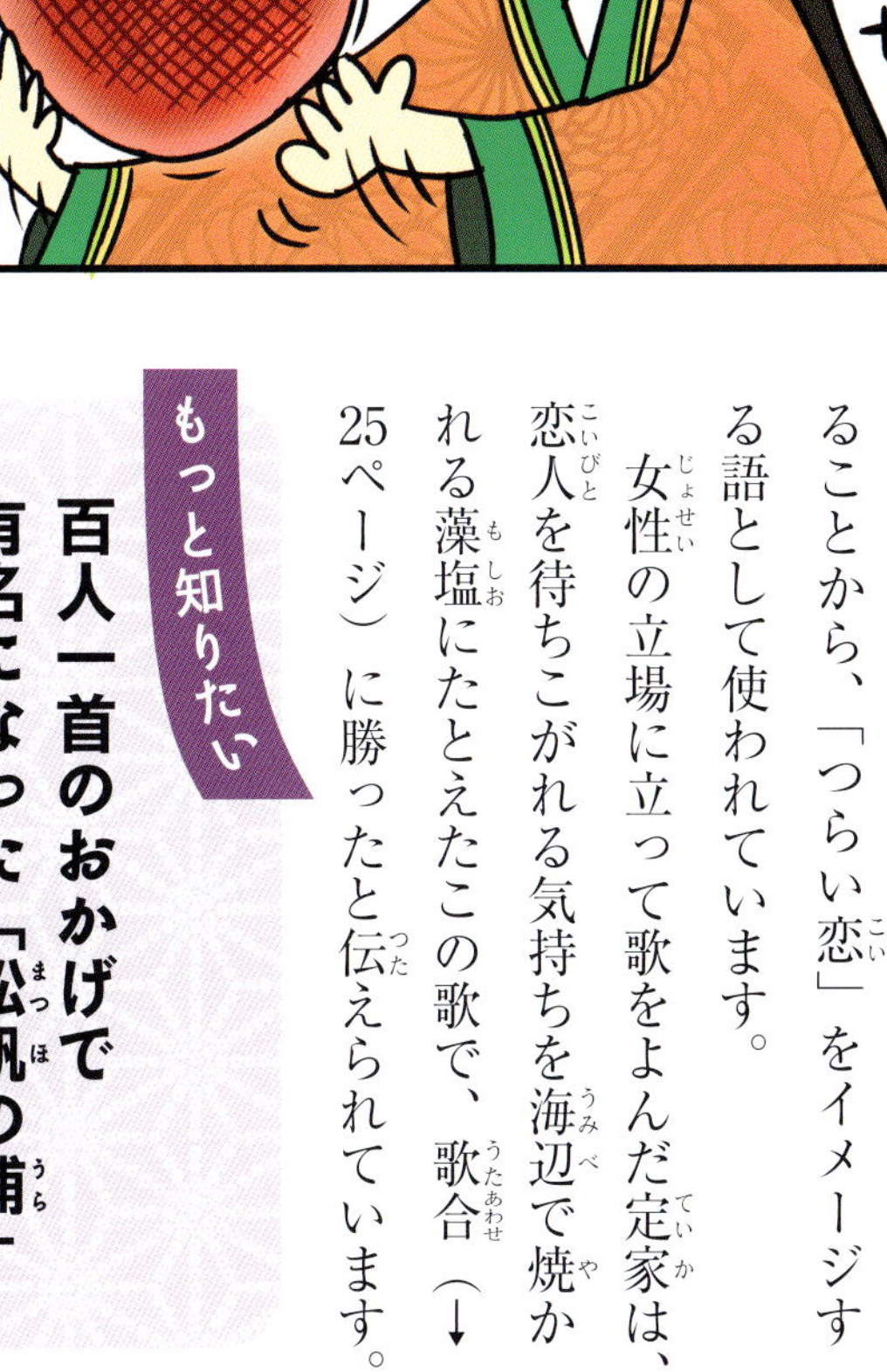

もっと知りたい

百人一首のおかげで有名になった「松帆の浦」

「まつほの浦」は、兵庫県淡路島の北端にある海岸のことです。百人一首以前は『万葉集』に一首、この地名がよまれた歌があるだけでした。百人一首にこの歌が選ばれたことから、歌枕（→44ページ）として定着したといわれています。

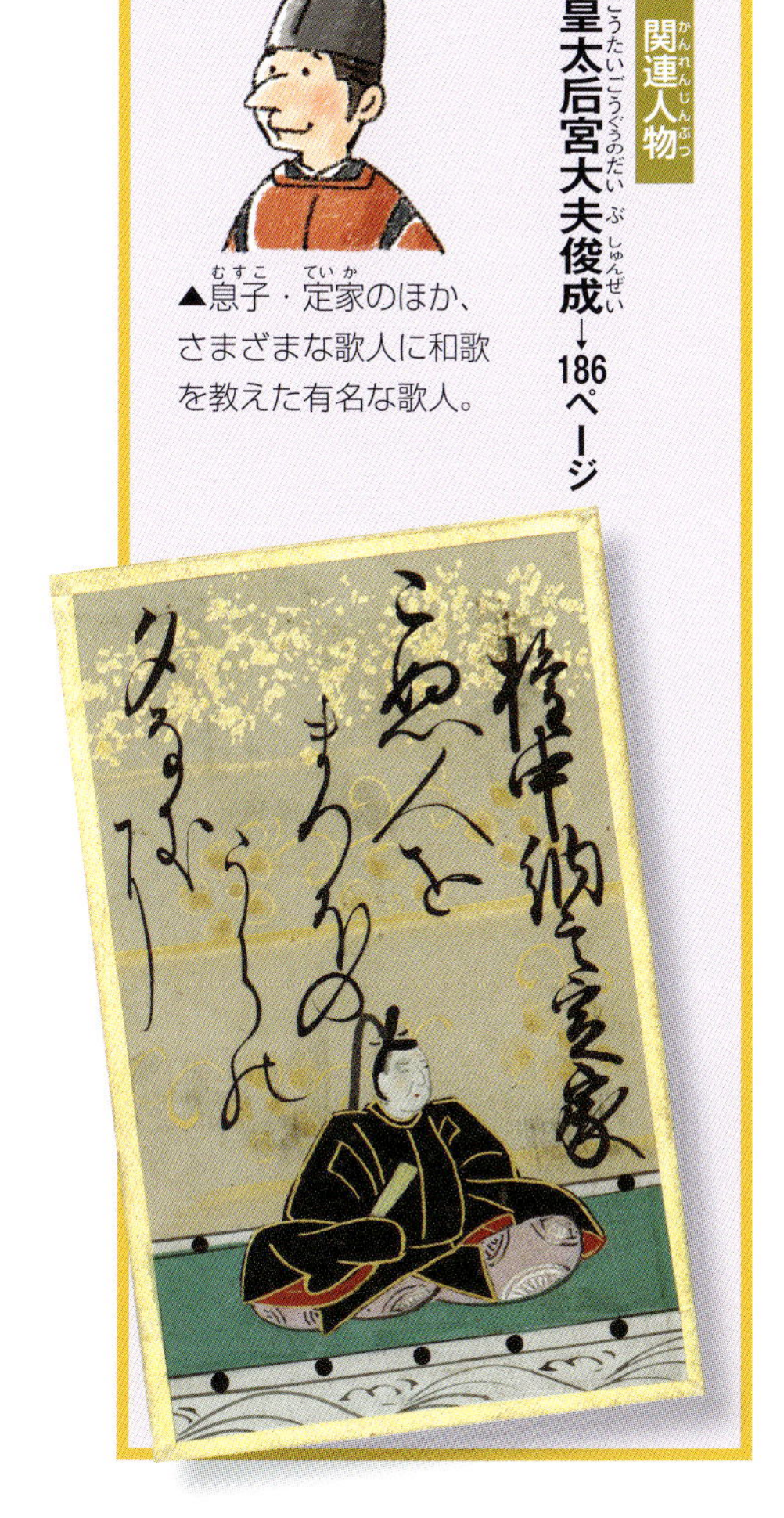

この歌をよんだ

権中納言定家ってどんな人？

（1162年～1241年）

本名は藤原定家。皇太后宮大夫俊成の息子で、百人一首を取りまとめた歌人。『新古今和歌集』『新勅撰和歌集』などを取りまとめたほか、『明月記』という日記も残している。

関連人物

皇太后宮大夫俊成→186ページ

▲息子・定家のほか、さまざまな歌人に和歌を教えた有名な歌人。

もっと知りたい！

和歌の表現をゆたかにする技法 1

枕詞

あることばを導き出すために、その直前につけることばです。あとのことばを飾ったり、リズムをととのえたりするために使われ、意味は読み取らないのがふつうです。たいていの場合は、「あしひきの」「ちはやぶる」「久方の」などのように五文字です。

百人一首の例

3 あしひきの（枕詞） 山鳥の尾の 垂り尾の 長々し夜を 独りかも寝む　柿本人丸

17 ちはやぶる（枕詞） 神代も聞かず 竜田川 から紅に 水くくるとは　在原業平朝臣

33 久方の（枕詞） 光のどけき 春の日に 静心なく 花の散るらむ　紀友則

序詞

枕詞と同じように、あることばを導き出す前置きとして使われます。導き出されることばのイメージをふくらませるための技法です。枕詞が、たいてい五文字であるのに対して、序詞は七文字以上または二句以上です。

「枕詞」は基本の文字数が決まっているなどの規則性があるけれど、「序詞」は作者によって自由につくり出されるものだから、その歌にしか見られない表現ということもあるよ。

百人一首の例

16 立ち別れ いなばの山の 峰に生ふる（序詞） まつとし聞かば 今帰り来む　中納言行平

18 住の江の 岸に寄る波（序詞） よるさへや 夢の通ひ路 人目よくらむ　藤原敏行朝臣

39 浅茅生の 小野の篠原（序詞） 忍ぶれど 余りてなどか 人の恋しき　参議等

3章

しくしくポロポロ 切ない片想い

筑波嶺の　峰より落つる　みなの川
恋ぞ積もりて　淵となりぬる

陽成院

出典『後撰和歌集』 13

意味 筑波山の山頂から流れるわずかな水がつもって、みなの川となり、やがて深い淵となるように、わたしの恋心も、つもりつもって深いものになってしまいました。

気づけば、こんなに好きだった

ちょっと気になるだけだったあの人が、いつの間にか、見かけるだけでどうしようもなくドキドキしてしまう人に……。恋は、だんだんと想いがふくらんでくるものなのかもしれません。

この歌は、川が山頂からだんだんとその勢いを増して、やがて深い淵をつくるようすに自分の恋心をたとえています。「筑波嶺」は筑波山のことで、恋と深い関わりのある場所として有名でした。

作者の陽成院は、病気（脳病）のために17歳で天皇の座を降ろされた人物です。そんな陽成院が、光孝天皇の皇女・綏子内親王に恋をし、この歌をよんだのです。

この想いなんとしてもあの人に届けてみせる！
ぼくの恋心は流れとなり川となり深い淵となりました
めでたく結ばれました

やがてふたりは結ばれ、陽成院は綏子内親王を妻にむかえました。

この激しい恋の歌は、悲運の天皇だった陽成院の人柄や人生を象徴する作品であるため、百人一首に選ばれたのではないかともいわれています。

もっと知りたい

出会いの場「歌垣」

「筑波嶺」は、「歌垣」のおこなわれる場所として有名でした。歌垣は、春には豊作を願い、秋には収穫を感謝する農耕の祭りとしてはじまった行事です。やがて、若い男女が集まって、歌い、おどり、交際する場となり、恋愛に関する歌枕（→44ページ）として使われるようになります。

この歌をよんだ

陽成院ってどんな人？

（868年～949年）

平安時代の天皇。9歳で天皇となるが17歳のときに退位させられ、その後は上皇（引退した天皇。「院」とよばれる）として一生をすごす。元良親王の父で、親子で百人一首に選ばれている。

関連人物

元良親王→22ページ

▲陽成院の息子。退位後に生まれた。

住の江の　岸に寄る波　よるさへや　夢の通ひ路　人目よくらむ

藤原敏行朝臣

出典『古今和歌集』 18

意味 住の江の岸による波の「よる」ではありませんが、どうしてあなたは夜の夢のなかでさえ、人目をさけて逢ってくれないのでしょうか。

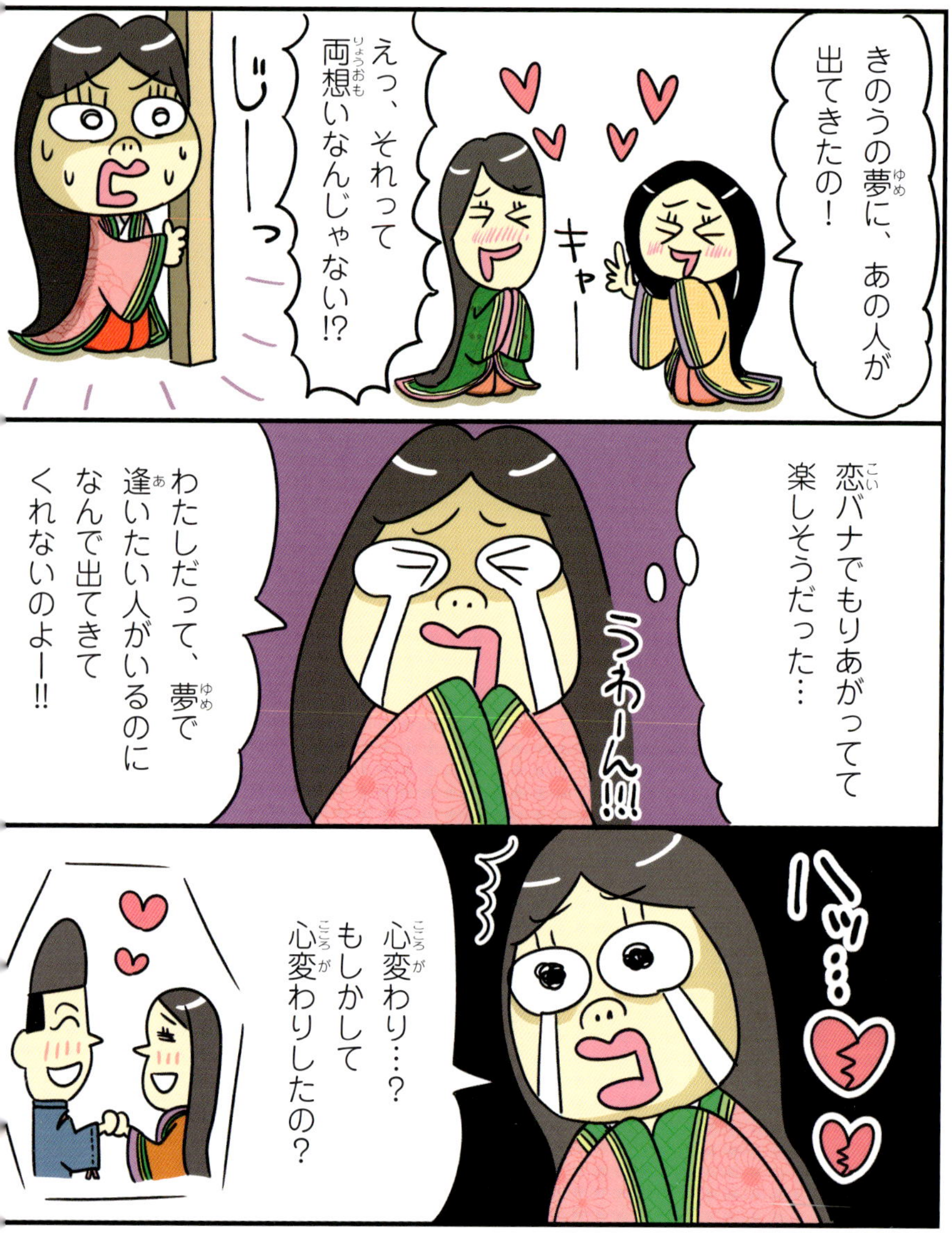

夢で逢えたら……

好きな人が夢に出てくると、それだけでドキドキしてしまいますね。

平安時代、夢に恋人が出てくるのは、相手が自分のことを好きだからだと考えられていました。ですから、夢のなかに恋人があらわれないと、相手の心変わりをうたがわずにはいられなかったのです。この歌では、なぜ、人目を気にせず逢える夢のなかでさえ逢いにきてくれないのか、と相手のつれなさを責めています。

作者の藤原敏行朝臣が歌合の場でよんだこの歌は、女性の立場でつくったとも、男性の立場でつくったともいわれています。当時のデートは、男性が女性の家を

おとずれるのがふつうだったことを考えると、女性の気持ちをよんだ歌と思えます。いっぽう、男性の立場で考えると、「なぜわたしは人目を気にしてしまうのだろう……」となやむ、複雑な恋心をよんだ歌として味わうことができるのです。

もっと知りたい

「夢の通ひ路」ってなんだろう?

平安時代は、好きな人が夢に出てくると両想いとされました。「夢の通ひ路」とは、好きな人の夢のなかへと向かうときに通る道のことです。これは藤原敏行朝臣の独自な表現で、この歌がよまれるまではほかに見られませんでした。

この歌をよんだ

藤原敏行朝臣ってどんな人?

(?年~907年ころ?)三十六歌仙(→16ページ)のひとり。和歌のほかに書の才能もあったが、心をこめて写経をおこなわなかったため地獄に落とされてしまった、というエピソードが『宇治拾遺物語』に書かれている。

名にし負はば　逢坂山の　さねかづら
人に知られで　くるよしもがな

三条右大臣

出典『後撰和歌集』 25

意味 好きな人に逢って、いっしょに夜をすごすという意味をもつ、逢坂山のさねかずらをたぐるように、だれにも知られずにあなたに逢いに行く方法はないものでしょうか。

こっそり逢うなら、逢坂山？

だれにも知られないで、好きな人と逢うことができたら。そんな願いを、平安時代の人ももっていました。

逢坂山は、現在の滋賀県大津市あたりにある山ですが、「逢」の字が入っていることから、「人に逢う」の意味をふくんだことばとして使われています。また、「さねかづら」は長いつるをもつ植物の名前ですが、「さ寝（いっしょに寝る）」の意味もふくんでいます。さらに、下の句の「くる」には、「来る」と「繰る（手元に引っぱる）」のふたつの意味をもたせているのです。

三条右大臣はこのように、ひとつのこ

とばに複数の意味をもたせる掛詞（↓112ページ）を使うことで、「さねかずらのつるを引きよせるように、こっそり恋人と逢い、いっしょに夜をすごしたい」という心情をみごとに歌によみました。

もっと知りたい

「くる」のに「行く」？

「くる（来る）」は現代でも使われていることばですが、昔は、別の意味をもつことばとして使われていました。

男性の立場でよまれたこの歌では、恋する女性のもとにすでに自分の心があり、そこに体が「向かっていく」ととらえるのが正しい解釈です。つまり、現代とは正反対の意味だったのです。

この歌をよんだ

三条右大臣ってどんな人？

（873年～932年）

本名は藤原定方。中納言朝忠（↓56ページ）の父。家が京都の三条にあったことから、三条右大臣とよばれた歌人。いとこの中納言兼輔とならんで、当時の和歌の世界で中心的な存在だった。

関連人物

中納言兼輔↓88ページ

▲三条右大臣のいとこ。また、妻は三条右大臣の娘。

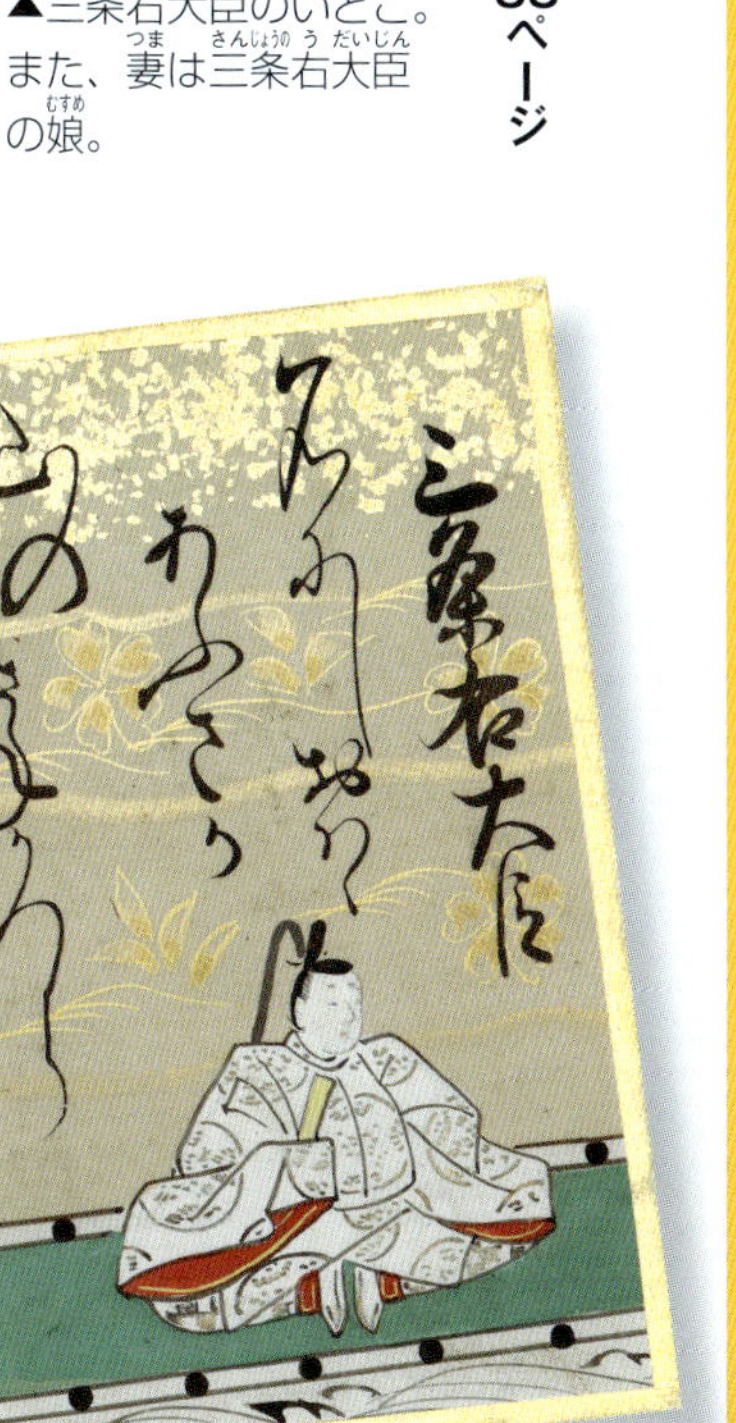

みかの原　わきて流るる　泉川
いつ見きとてか　恋しかるらむ

中納言兼輔

出典『新古今和歌集』 27

意味　みかの原を左右に分けて流れる泉川。その泉川の「いつ見」ではないけれど、いったい、いつ見たというわけで、こんなにあなたのことが恋しいのでしょうか。

逢ったことはないけれど、あなたが好き

まだ見たことも、逢ったこともない人に恋をする。それは平安時代の人たちにとってはふつうのことでした。なぜなら、平安時代の女性はふだんほとんど外に出ず、人の前にすがたをあらわさなかったからです。うわさで聞いただけの顔も知らない女性を好きになる、ということもめずらしくなかったのです。この歌では、その心情が川にたとえられています。

「泉川」とは、現在の三重県にある「木津川」のことです。「わきて」は、ひとつのことばに、ふたつ以上の意味をもたせる掛詞（↓112ページ）で、「（みかの原を）分きて」と「（泉川が）湧きて」を

かけています。兼輔は、まだ相手と逢ったことがない状況を、みかの原をふたつに分けている泉川の両岸にいるようだとたとえ、止まらない恋心を、たえず湧き出している川にたとえてよんだのです。

もっと知りたい

じつは「よみ人知らず」の歌

この歌は、作者とされる中納言兼輔の家集『兼輔集』に入っていないことから、兼輔本人がつくった歌ではないといわれています。『古今和歌六帖』という歌集では「よみ人知らず（作者不明）」であったのが、『新古今和歌集』で兼輔がつくった歌とされ、それが後世まで伝えられてしまったのです。

この歌をよんだ

中納言兼輔ってどんな人?

（877年〜933年）
本名は藤原兼輔。三条右大臣（→86ページ）のいとこで、紫式部の曽祖父。三十六歌仙（→16ページ）のひとり。紀貫之（→118ページ）とも親交があった。家集に『兼輔集』がある。

関連人物
紫式部 →178ページ

▲兼輔のひ孫。『源氏物語』を書き、有名になった。

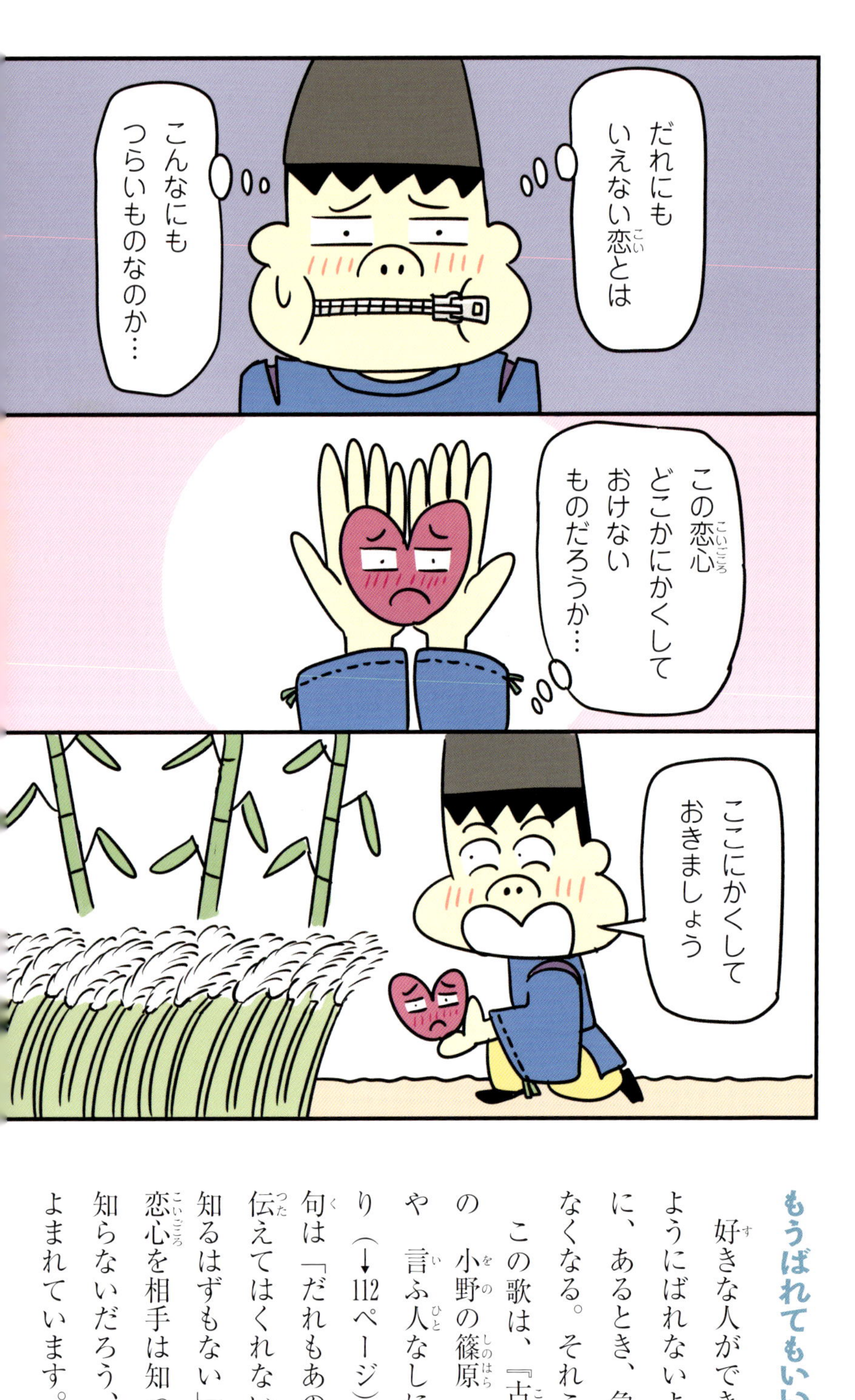

浅茅生の　小野の篠原　忍ぶれど　余りてなどか　人の恋しき

参議等

出典『後撰和歌集』 39

意味 背丈の低い茅の生えている小野の篠原。その「しの」ではないけれど、ずっとたえしのんできた恋心をおさえきれません。どうしてこんなにも、あなたが恋しいのでしょう。

もうばれてもいい？ おさえられない恋心

好きな人ができて、まわりにばれないようにばれないように気をつけてきたのに、あるとき、急に気持ちがおさえきれなくなる。それこそが、恋なのでしょう。

この歌は、『古今和歌集』の「浅茅生の小野の篠原　忍ぶとも　人知るらめや　言ふ人なしに」をもとにした本歌取り（→112ページ）の歌です。本歌の下の句は「だれもあの人にわたしの気持ちを伝えてはくれないのだから、この恋心を知るはずもない」という意味で、自分の恋心を相手は知っているだろうか、いや、知らないだろう、という不安な気持ちがよまれています。

いっぽう、参議等のこの歌は、「これ以上、恋心をかくしてもかくしきれない」と、まったくくちがった心情をよんでいるのです。

もっと知りたい

百人一首のおかげで有名になった「小野の篠原」

「小野の篠原」は、この歌以前にはほとんど見られない表現でした。しかし、「浅茅生」の歌が百人一首に選ばれたことで、歌語（和歌に使われる語や表現）として定着したのです。ほかにも、百人一首に選ばれたことで有名になった表現として、「夢の通ひ路（→84ページ）」などがあります。

この歌をよんだ

参議等ってどんな人？

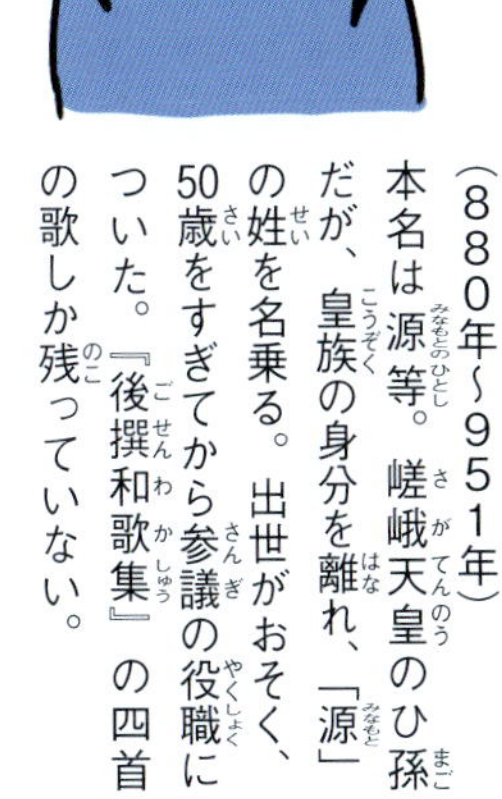

（880年～951年）本名は源等。嵯峨天皇のひ孫だが、皇族の身分を離れ、「源」の姓を名乗る。出世がおそく、50歳をすぎてから参議の役職についた。『後撰和歌集』の四首の歌しか残っていない。

関連人物
中納言敦忠→28ページ

▲恋多き歌人。等の娘を妻のひとりとした。

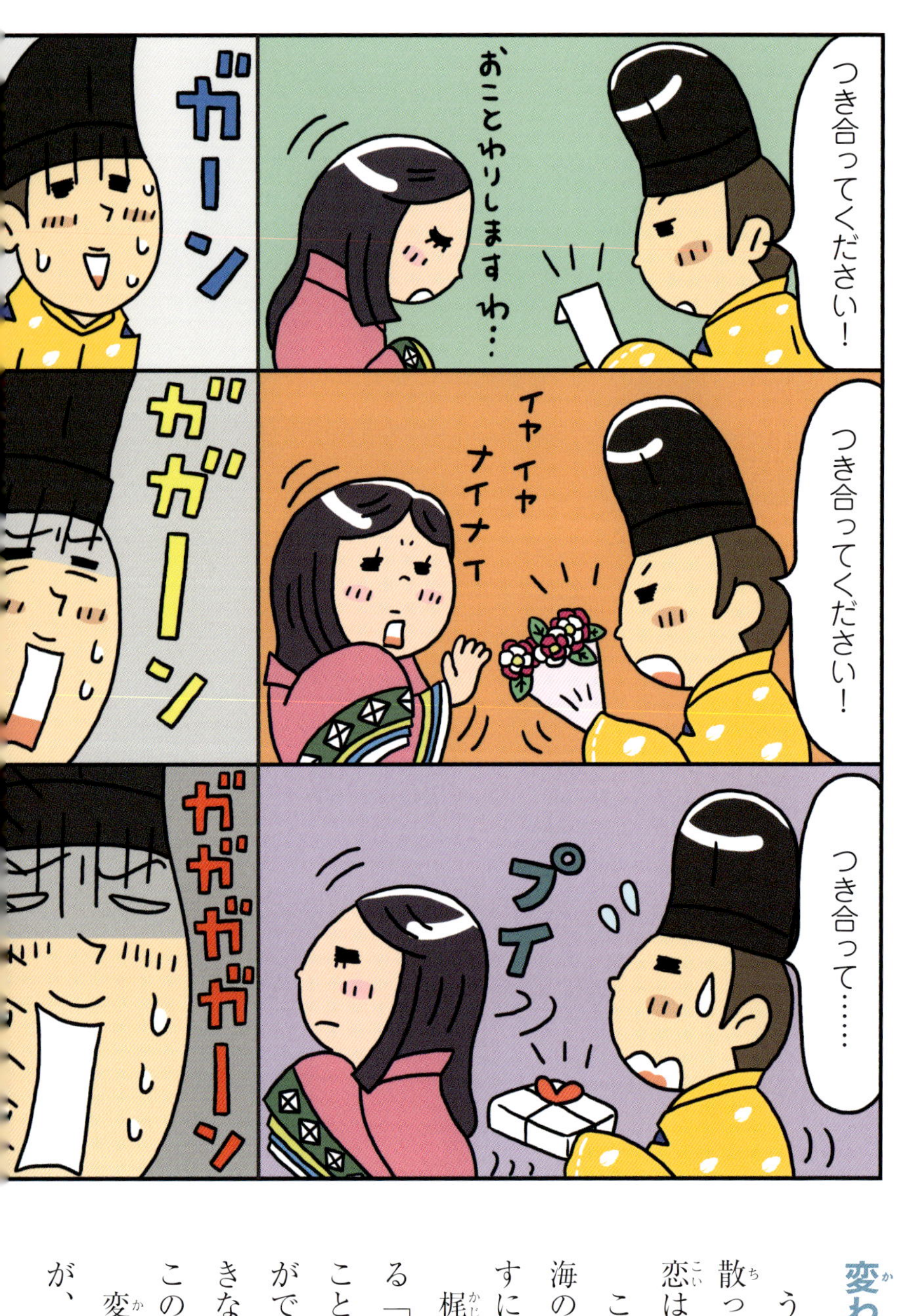

由良のとを　渡る舟人　かぢを絶え
行方も知らぬ　恋の道かな

曾禰好忠

出典『新古今和歌集』

46

意味　流れの速い由良の海峡をわたる舟人が、梶緒が切れてとほうにくれて海をただようように、わたしの恋もどうなるかわからないものだなあ。

変わり者の恋のゆくえはわからない

うまくいくのか、それともはかなく散ってしまうのか、ゆくえのわからない恋はとてもドキドキするものです。

この歌では、舟をこぐこともできずに海の上をゆらゆらただよう船乗りのようすに、作者の恋心が重ねられています。

梶緒は、舟をこぐときに使う道具である「櫂」や「櫓」を舟に取りつける綱のことで、梶緒が切れると、舟をこぐことができません。舟の針路も恋もリードできない。そんな不安とあせりの気持ちを、この歌によんだのかもしれません。

変わり者で孤立していた曾禰好忠ですが、死後に歌の才能が評価されました。

この歌をよんだ

曾禰好忠ってどんな人？

（？年～？年）

丹後国（現在の京都府の一部）の下級役人だった歌人。自信家で、変わり者だったと伝えられている。新しい作風の和歌をよみ、死後にその作品を評価された。

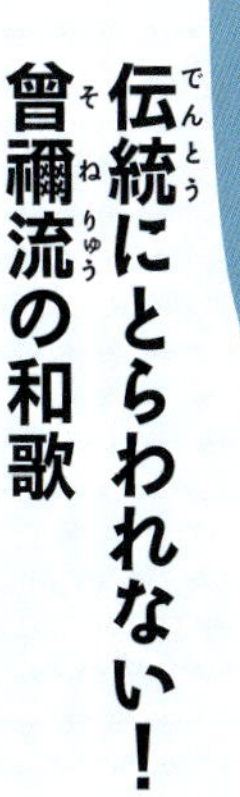

もっと知りたい

伝統にとらわれない！曾禰流の和歌

当時の和歌は、優美で繊細な歌風が主流でしたが、曾禰好忠はそれに反発して、革新的な歌を多くよみました。その代表作が「鳴けや鳴け　よもぎが杣の　きりぎりす　過ぎゆく秋は　げにぞ悲しき（鳴けよ鳴け、よもぎがおいしげるなかで鳴くこおろぎよ。すぎゆく秋は本当に悲しいものだ）」です。「よもぎが杣」という造語を用いたことが「伝統に反する荒あらしい表現」と批判されますが、好忠が生み出した「よもぎが杣」という語は、後世の歌人に好んで使われました。

御垣守 衛士のたく火の 夜は燃え
昼は消えつつ 物をこそ思へ

大中臣能宣朝臣

出典『詞花和歌集』

49

意味 宮中の門を守る衛士のたくかがり火のように、わたしの恋心も、夜はこうこうと燃えて、昼は消え入るように物思いにしずんでいます。

夜と昼、燃えて消え入り、また燃えて

恋をすると、あの人とつき合うことができたら、とウキウキ考えることもあれば、この恋はうまくいかないかもしれない……、と思いなやむこともあります。

この歌では、そんなうきしずみする恋心が、夜は燃えさかり、昼は消えるかがり火にたとえられています。

「御垣守」とは、宮中を警備する人のことで、「衛士」とは、宮中の夜間警備をするために地方から集められた兵士のことです。衛士は、夜になるとかがり火をたいて門を守り、夜が明けるとその火は消されました。

「夜は燃え」には、かがり火が燃えるこ

と、恋心がメラメラ燃えあがるというふたつの意味がこめられており、「昼は消えつつ」もまた、火が消えることと、自分の恋心が不安にしずんで消えることのふたつの意味がこめられています。

もっと知りたい

本当はだれの歌？

この歌は、皇太后宮大夫俊成（↓186ページ）が大中臣能宣朝臣の歌として『古三十六人歌合』に選んだことで、有名になりました。しかし、能宣の家集である『能宣集』に入っていないことや、『古今和歌六帖』という歌集には「よみ人知らず」としてとりあげられていることから、能宣の歌ではないという説が有力です。

この歌をよんだ

大中臣能宣朝臣ってどんな人？

（921年～991年）三十六歌仙（↓16ページ）のひとり。伊勢大輔の祖父。大中臣家は伊勢神宮の祭主（神官のリーダー）をつとめる家で、能宣も祭主をつとめた。『後撰和歌集』を取りまとめたメンバーのひとり。

関連人物 **伊勢大輔**↓119ページ

▲能宣の孫。宮中で一条天皇の中宮・彰子に仕えていた。

かくとだに　えやはいぶきの　さしも草　さしも知らじな　燃ゆる思ひを

藤原実方朝臣

出典『後拾遺和歌集』

51

意味 これほどまでに、あなたのことを好きだということもいえないでいるのですから、伊吹山のさしも草のように燃えさかるわたしの想いを、あなたは知らないでしょう。

お灸にたとえた恋心

好きです、となかなかいい出せず、けっきょくいえないままになってしまう人もいると思います。

この歌は、恋心を打ち明けることができず、胸にためこんだ想いをお灸にたとえた歌です。なぜ、お灸かというと、「さしも草」がよもぎをさし、お灸に使うもぐさの原料だからです。自分の恋心をお灸にたとえるなんて、なんだか変わっている気がしますが、作者の藤原実方朝臣はふざけたわけではなく、初恋の歌としてまじめにこの歌をよんだのです。

「いぶき」には、さしも草の名産地として知られる「伊吹」と「いふ（言う）」

のふたつの意味、「思ひ」の「ひ」には「火」の意味がこめられています。

相手には気づいてもらえないけれど、恋心はじりじりとつのるばかり。そんな気持ちを表現するのに、お灸はぴったりのアイテムだったのです。

もっと知りたい

光源氏のモデルのひとり

藤原実方朝臣は、貞信公（→142ページ）のひ孫で、数多くの恋をした人物です。『源氏物語』（→179ページ）の主人公・光源氏のモデルのひとりともいわれています。光源氏のモデルとされる人物は、ほかにも河原左大臣（→20ページ）や元良親王（→22ページ）などがいます。

この歌をよんだ

藤原実方朝臣ってどんな人？

（？年〜998年）

藤原定時の息子で、貞信公のひ孫。花山天皇、一条天皇に仕えるが、宮中でもめごとを起こし、天皇の怒りを買って、東北地方に陸奥守としてとばされた。

関連人物

清少納言→36ページ

▲『枕草子』の作者。実方の恋人だったとされる。

嘆きつつ 独り寝る夜の 明くる間は いかに久しき ものとかは知る

右大将道綱母

出典『拾遺和歌集』 53

意味 あなたが来ないことを、なげき悲しみながらひとりで明かす時間が、いったいどんなに長く感じられるものか、あなたにはきっと、わからないでしょうね。

男には、待つ苦しみがわからない？

この時代、男性は何人もの妻や恋人をもつのがふつうで、女性は、ただがまんするしかありませんでした。

作者の右大将道綱母は、藤原兼家の妻のひとりです。ある夜、兼家は久しぶりに道綱母の家をたずねますが、「なかなか門が開かないから待ちくたびれた」といって、道綱母に逢わずに帰りました。この歌は、兼家のつれない態度をなげいてよんだものといわれています。

いっぽう、道綱母の記した『蜻蛉日記』には、「ほかの女性のもとへ通ってばかりいた兼家に怒り、門を開けなかった」と書かれています。日記によると、

道綱母は色あせた菊の花といっしょにこの歌を兼家におくりつけたそうです。

もっと知りたい
日本初！ 女性が書いた日記文学『蜻蛉日記』

『蜻蛉日記』は、右大将道綱母が21年にわたって書いた日記文学です。ほかの女性のもとへ通いつめる夫・藤原兼家への怒りや悲しみ、ただ待つことしかできないこの時代の結婚生活による女性の苦しみ、成長していく息子のすがたなどが記されています。『蜻蛉日記』は『源氏物語』（→179ページ）や『枕草子』（→37ページ）よりも前に書かれ、女流文学の先がけとなりました。

この歌をよんだ
右大将道綱母ってどんな人？

（937年ころ～995年ころ）藤原兼家の妻となり道綱を産んだことから、道綱母とよばれる。日本ではじめての女流日記文学となる『蜻蛉日記』の作者。「本朝（古代～平安時代）三美人」のひとりとされている。

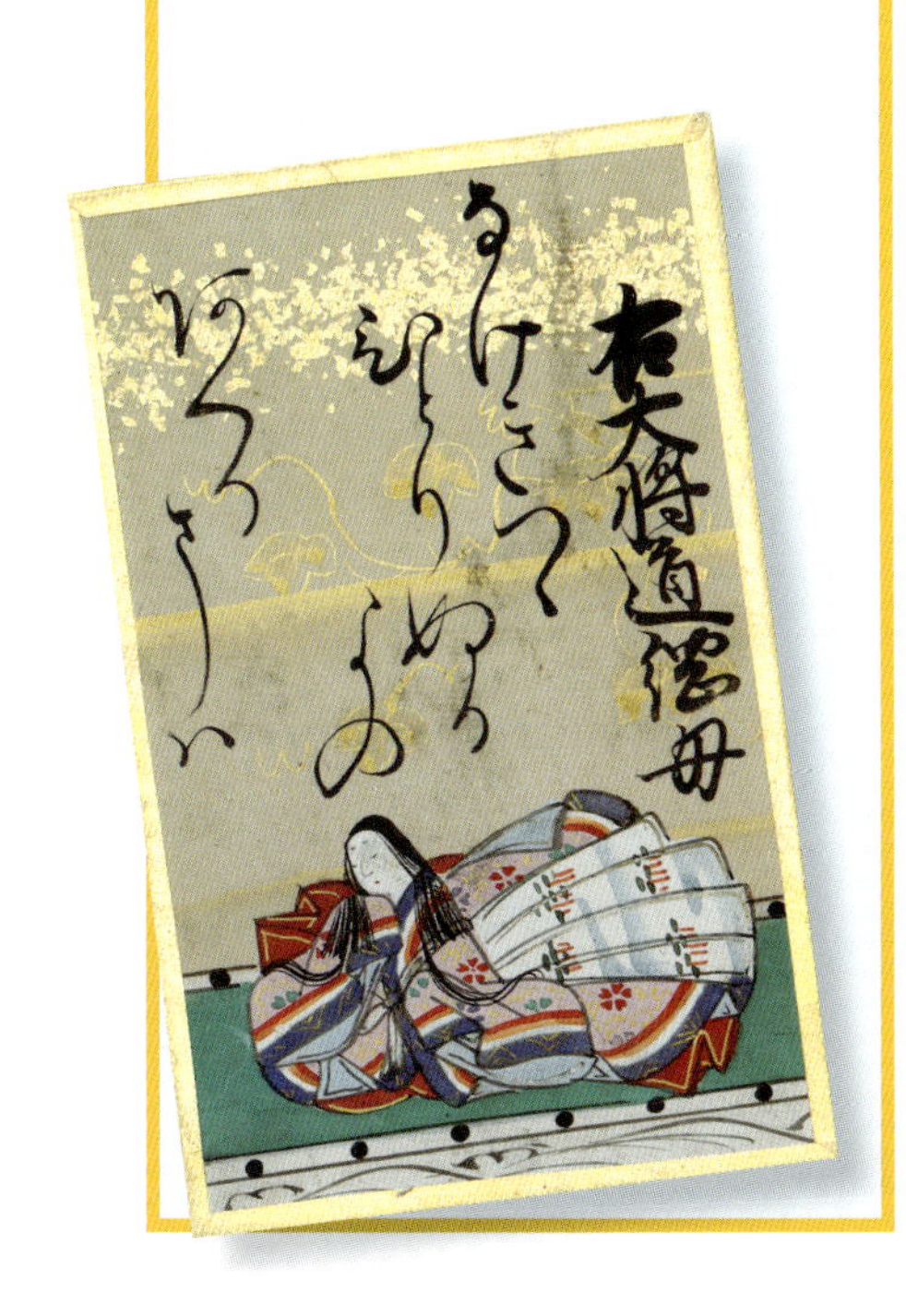

あらざらむ　この世のほかの
今一度の　逢ふこともがな
思ひ出に

和泉式部

出典『後拾遺和歌集』 56

意味 わたしはもうじき、この世を去ることになるでしょう。死後の世界への思い出に、せめてもう一度だけでも、あなたとお逢いしたいものです。

死ぬ前にせめてもう一度

もし、明日が人生最後の日だとしたら、なにをしたいと思うでしょうか。この歌の作者、和泉式部は人生の最後の最後まで恋愛をしていたいとよみました。

「あらざらむ」は「この世を去ってしまうでしょう」という意味で、遠まわしに死を表現しています。また「この世のほか」とは、死後の世界をさしています。

「あらざらむ」と「この世のほか」という和歌では伝統的でないことばを使ったことと、ふつうならば「この世の思い出として逢いたい」とするところを、「死後の世界への思い出として逢いたい」としたことは、当時、とても独特で挑戦的

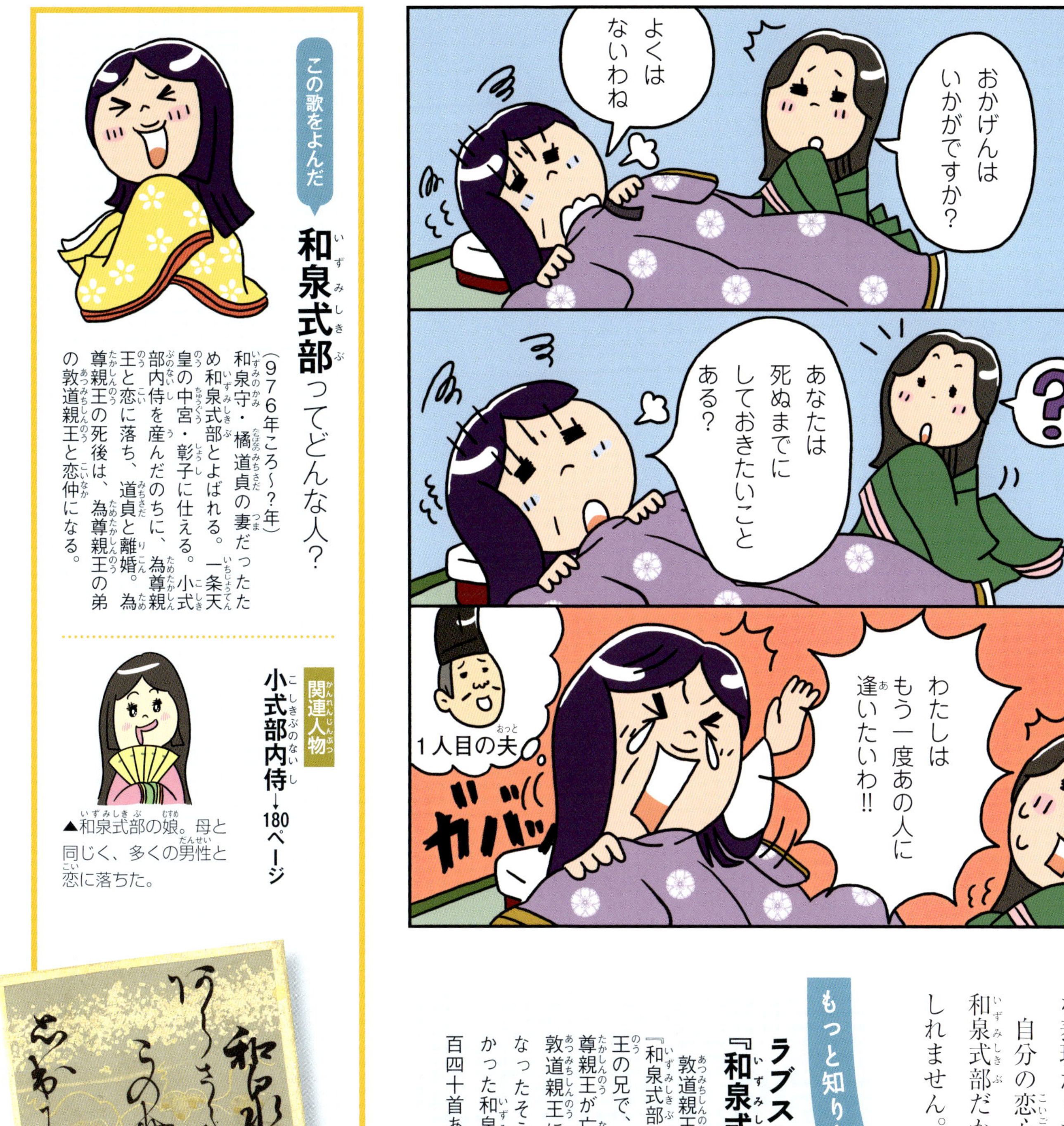

現在
おかげんはいかがですか?
よくはないわね
あなたは死ぬまでにしておきたいことある?
?
わたしはもう一度あの人に逢いたいわ!!
ワッ
1人目の夫
ガバッ

な表現だったそうです。自分の恋心にしたがって自由に生きた和泉式部だからこそ、よめた歌なのかもしれません。

もっと知りたい

ラブストーリーをつづった『和泉式部日記』

敦道親王との恋愛を物語風につづった『和泉式部日記』。日記によると、敦道親王の兄で、和泉式部のもと恋人である為尊親王が亡くなり、喪に服していたとき、敦道親王に求愛され、ふたりは恋仲となったそうです。女流歌人として名高かった和泉式部らしく、日記のなかでは百四十首あまりの和歌がよまれています。

この歌をよんだ

和泉式部ってどんな人?

(976年ころ~?年)和泉守・橘道貞の妻だったため和泉式部とよばれる。一条天皇の中宮・彰子に仕える。小式部内侍を産んだのちに、為尊親王と恋に落ち、道貞と離婚。為尊親王の死後は、為尊親王の弟の敦道親王と恋仲になる。

関連人物

小式部内侍→180ページ

▲和泉式部の娘。母と同じく、多くの男性と恋に落ちた。

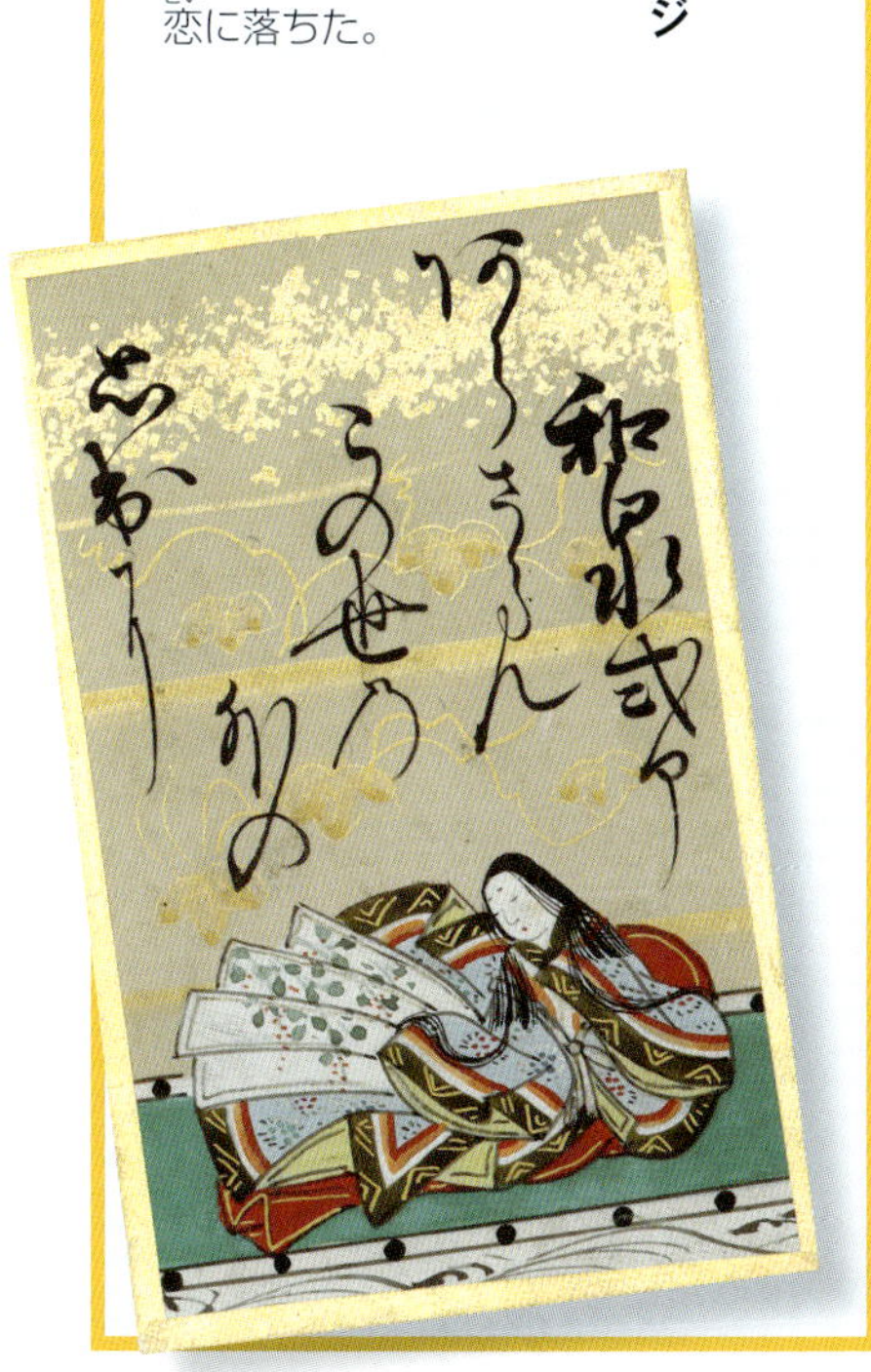

今はただ　思ひ絶えなむ　とばかりを
人づてならで　言ふよしもがな

左京大夫道雅

出典『後拾遺和歌集』 63

意味 あなたへの想いを断ち切りましょう。このひとことだけでも、伝言ではなく、わたしから直接お伝えする方法があればと今は思うばかりです。

人生のすべてをかけて、失った

すべてをかけた恋をしたいと思い、本当に、人生のすべてを恋のために失ってしまったらどうなるのでしょう。

この歌は、ゆるされない恋をした結果、すべてを失ってしまった左京大夫道雅がよんだものです。道雅の恋の相手だった三条院の皇女・当子は、神に仕える「斎宮」という役割をつとめた女性で、自由な恋はできない身でした。そのため、ふたりの仲を知った当子の父・三条院は激怒し、ふたりを逢えないようにしたのです。三条院を怒らせた道雅は出世の道を絶たれ、もちろん当子にも逢えなくなりました。そこでよまれたのがこの歌です。

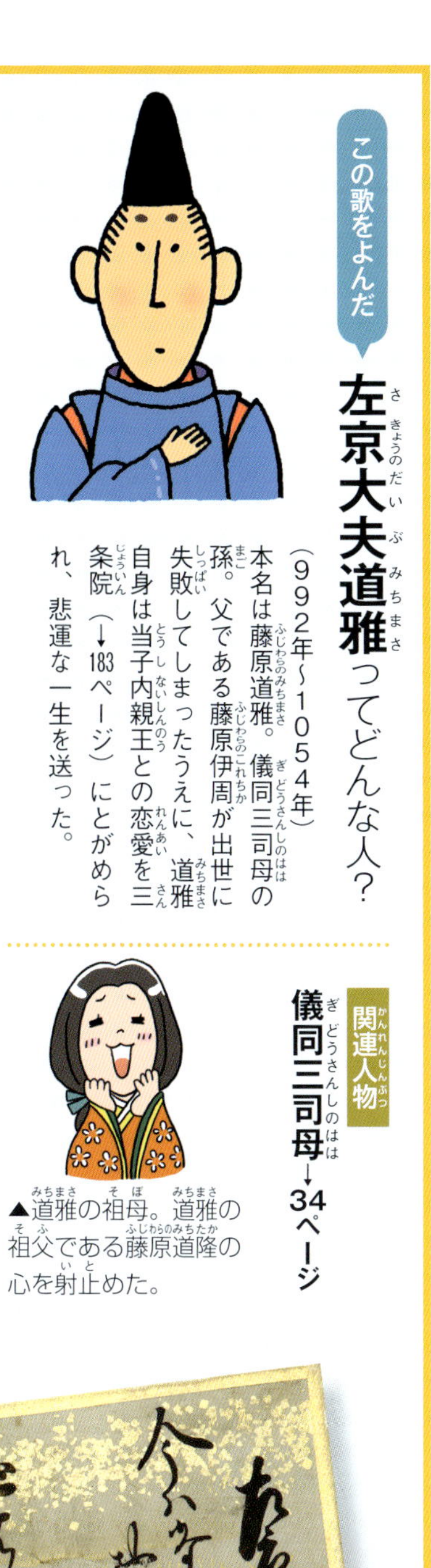

この歌をよんだ

左京大夫道雅ってどんな人？

（992年～1054年）
本名は藤原道雅。儀同三司母の孫。父である藤原伊周が出世に失敗してしまったうえに、道雅自身は当子内親王との恋愛を三条院（→183ページ）にとがめられ、悲運な一生を送った。

関連人物
儀同三司母→34ページ

▲道雅の祖母。道雅の祖父である藤原道隆の心を射止めた。

せめて直接お別れをいいたいと、無理やり引きさかれた恋人に対する切実な気持ちがよまれています。その後、当子は出家し、数年後に亡くなりました。なにもかもを失った道雅は、すさんだ生活を送ったといわれています。

もっと知りたい

神に仕える「斎王」

天皇の代わりに神に仕える聖職を「斎王」といい、伊勢神宮の斎王を「斎宮」、賀茂社の斎王を「斎院」といいました。斎王は、結婚していない皇女、または内親王のなかからうらないで選ばれ、原則として、斎王は天皇一代につきひとりとされていました。

憂かりける　人をはつせの　山おろしよ
激しかれとは　祈らぬものを

源俊頼朝臣

出典『千載和歌集』

74

意味 冷たいあの人の心が、どうかわたしになびきますようにと、観音様にお祈りしたのに。はつせの山おろしよ、あの人がおまえのように冷たくなるようにとは祈らなかったのに。

観音様に、恋の願かけをしたけれど

片想いの相手に冷たくされたら、つらく悲しいものです。ときには、「うまくいっていないこの恋が、成就しますように！」と、神様や仏様にお願いをしたくなることもあるでしょう。

この歌は、「神仏に祈っても、結ばれなかった恋」というテーマでよまれた歌です。

作者の源俊頼朝臣が生きた平安時代、奈良県の初瀬山にある長谷寺は、恋が成就するパワースポットとして、人びとに大人気でした。また、長谷寺は山の上にあるお寺だったため、「山おろし（山から吹き降ろしてくる、冷たく激しい風）」

の名所ともいわれていました。

恋しい人のつれない態度と、山おろし。ふたつを重ね合わせて表現したこの歌は、長谷寺の観音様に成就を祈ったけれど両想いになれなかった恋の、深い悲しみとなげきがこめられているのです。

もっと知りたい

平安パワースポット？

観音（観世音菩薩）は、さまざまなすがたに変化して人びとを救うとされます。長谷寺は観音様がまつられている、今でいうパワースポットだったのです。平安時代には、とくに貴族の女性からの信仰を集めました。京都府の清水寺、滋賀県の石山寺なども有名な場所でした。

この歌をよんだ

源俊頼朝臣ってどんな人？

（1055年ころ～1129年ころ）父は大納言経信、息子は俊恵法師（→74ページ）。身分は高くないが、歌の実力はトップクラスで、多くの歌合で判者（歌の優劣を判断する人）をつとめる。白河院に命じられ、『金葉和歌集』を取りまとめた。

関連人物

大納言経信→148ページ

▲俊頼の父。詩、歌、管絃にすぐれ「三船の才」とよばれた。

⬆このかるたでは、「山おろし」と表記されている。

嘆けとて　月やは物を　思はする
かこち顔なる　我が涙かな

西行法師

出典『千載和歌集』 86

意味 さあ、なげきなさい、悲しみなさいと、月がわたしに物思いをさせるのでしょうか。いえ、そうではありません。それなのに、月のせいにして、こぼれ落ちるわたしの涙ですよ。

涙が出るのは、月のせい？

うれしいとき、悲しいとき、くやしいとき、さびしいとき……。だれにでも、泣きたくなる瞬間はあるものです。

この歌は、「月の前の恋」というテーマでよまれたものです。しんと静まり返った月夜に恋しい人を思い出し、流れ落ちてしまった涙。その涙を月のせいにしたけれど、切なく苦しい恋心はごまかしきれない、という心情をよんでいます。

ロマンチックなこの歌ですが、作者の西行法師は出家をした身であったため、恋愛や結婚をすることは禁じられていました。でも、物思いにふけるのは禁じられていません。もしかしたら、出家する

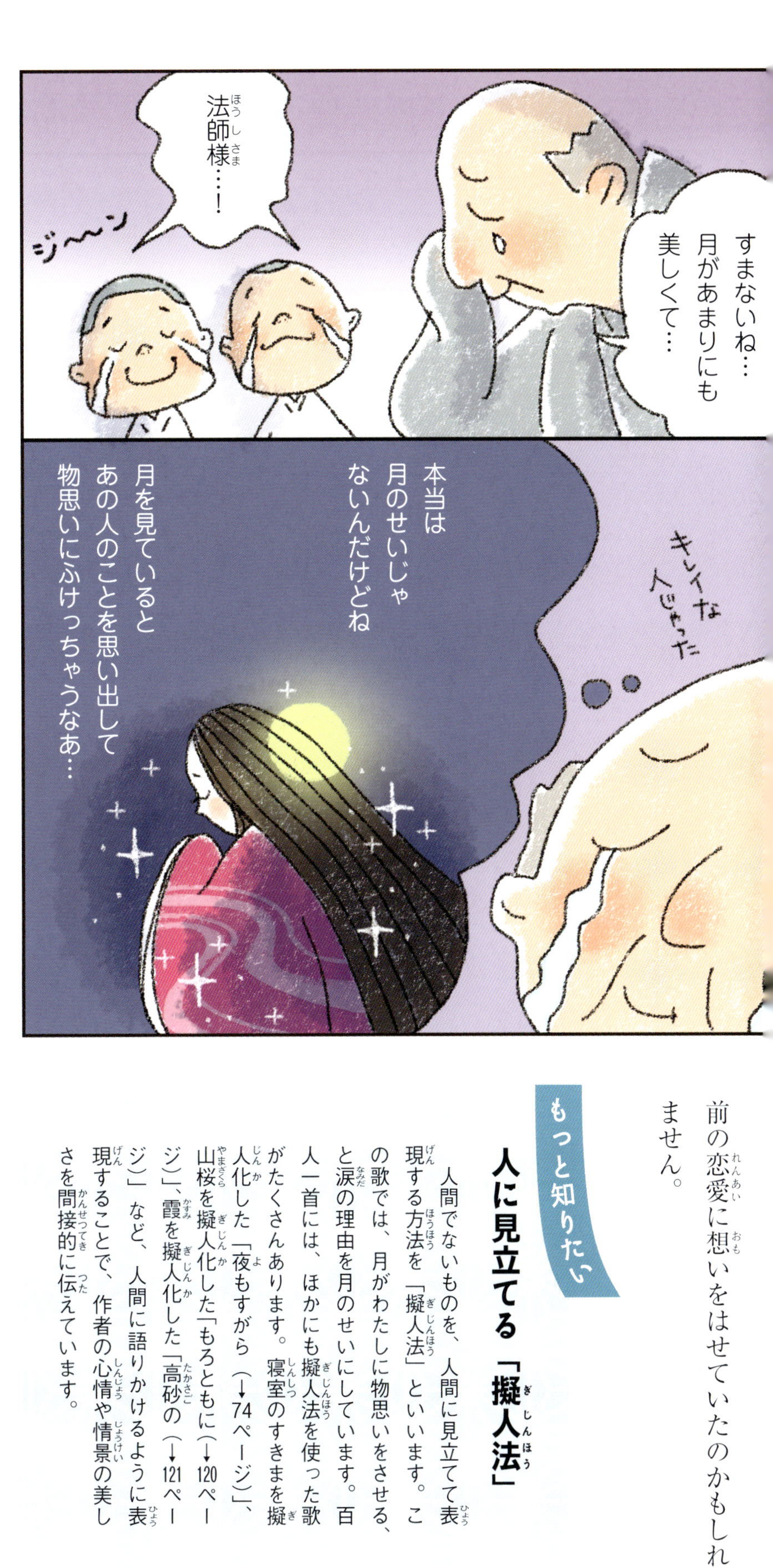

前の恋愛に想いをはせていたのかもしれません。

もっと知りたい

人に見立てる「擬人法」

人間でないものを、人間に見立てて表現する方法を「擬人法」といいます。この歌では、月がわたしに物思いをさせる、と涙の理由を月のせいにしています。百人一首には、ほかにも擬人法を使った歌がたくさんあります。寝室のすきまを擬人化した「夜もすがら（→74ページ）」、山桜を擬人化した「もろともに（→120ページ）」、霞を擬人化した「高砂の（→121ページ）」など、人間に語りかけるように表現することで、作者の心情や情景の美しさを間接的に伝えています。

この歌をよんだ

西行法師ってどんな人？

（1118年〜1190年）

出家前の名前は佐藤義清。もとは上皇を警護する武士だったが、23歳のとき妻子を残して出家した歌人。全国を旅しながら多くの歌をつくり、『新古今和歌集』にはもっとも多くの歌が選ばれている。

関連人物

皇太后宮大夫俊成 →186ページ

▲西行法師の友人。権中納言定家（→78ページ）の父。

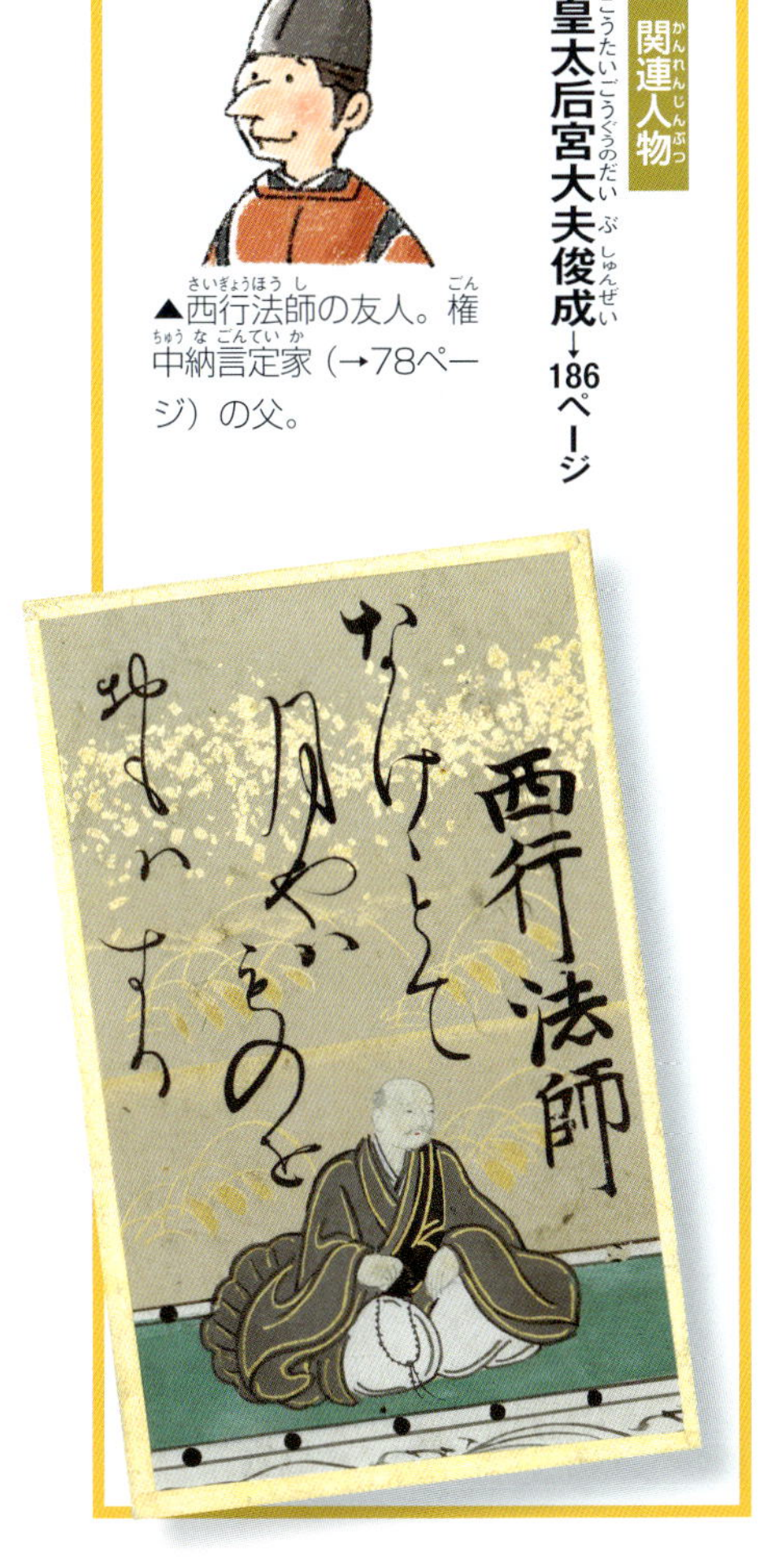

難波江の　葦のかりねの　ひとよゆゑ
みをつくしてや　恋ひわたるべき

皇嘉門院別当

出典『千載和歌集』　88

意味 難波の入り江にある、葦の刈り根の一節ではないけれど、あなたとすごした短い一夜のために、この先わたしはこの身をささげて、あなたを想いつづけなければならないのでしょうか。

一夜の恋と、一生の物思い

もしも、旅行先で運命の人に出会って恋に落ちたら……。その人と再会できる確率はどれくらいでしょうか。

この歌は、歌合の場で「旅先での一夜かぎりの恋」というお題でよまれました。たったひと晩をともにすごしてしまったがために、この先ずっと恋心をかかえて生きていかなければならないのか、という切ない心情をよんでいます。

「かりね」は葦をかり取ったあとの根である「刈り根」と、旅先で仮の宿で寝る「仮寝」、「ひとよ」は葦の節と節のあいだの「一節」と、ひと晩という意味の「一夜」、「みをつくし」は船の道しるべであ

る「澪標」（→23ページ）と、身をささげるという意味の「身をつくし」と、この歌では掛詞（→112ページ）が3つも使われています。

もっと知りたい 題詠だからよめた歌？

女性は「待つ恋」が当然だった時代に、「みをつくしてや　恋ひわたるべき」と大胆な気持ちをよめたのは、これが題詠（→25ページ）による歌だからです。恋にちなんだ題詠は、ほかにも「しのぶ恋」（→24・26ページ）「月の前の恋」（→106ページ）「石によせる恋」（→110ページ）などがあります。和歌のなかでは性別や年齢にとらわれず、恋心を自由に表現できたのです。

この歌をよんだ 皇嘉門院別当ってどんな人？

（?年〜?年）
源俊隆の娘。崇徳院の后・皇嘉門院に仕えていたため、皇嘉門院別当（長官）とよばれる女流歌人。1175年以降の歌合に参加し、のちに出家したといわれる。

関連人物 崇徳院→38ページ

▲皇嘉門院別当が女房として仕えた皇嘉門院の夫。

我が袖は　潮干に見えぬ　沖の石の
人こそ知らね　乾く間もなし

二条院讃岐

出典『千載和歌集』　92

意味 わたしの着物のそでは、沖の水底にあって潮が引いても見えない石のように、人には知られていませんが、涙にぬれて乾くひまもないのです。

海底にしずむ石と恋

この歌は「石によせる恋」というお題のもと、よまれたものです。

そでが乾かない、というのは涙が止まらないことをあらわします。「沖の石」は、潮が引いても水面にあらわれない、常に海底にしずんで水にぬれている石のことです。作者の二条院讃岐は、いつもぬれていて乾かないものとして、沖にしずむ石をたとえにあげ、涙にぬれつづける着物のそでと重ね合わせたのです。

石と恋を結びつけるというむずかしいお題を、みごとクリアしてみせた讃岐は高い評判を得て、のちに「沖の石の讃岐」とよばれるようになりました。

ひっそり泣くわたし
海の底にひっそりしずむぼく
そでの乾くひまがないわ…
潮が引いてもぼくはいつもびしょびしょだ
わたしたち仲良くなれそう！
ぼくのこと歌にしてくれてうれしいよ！

この歌をよんだ

二条院讃岐ってどんな人？

（1141年ころ～1217年ころ）女房として二条院に仕えたあと、後鳥羽院（→191ページ）の中宮・任子に仕え、のちに出家した女流歌人。歌人としての能力は高く、俊恵法師の歌林苑（和歌のサロン）にも参加した。

関連人物

俊恵法師→74ページ

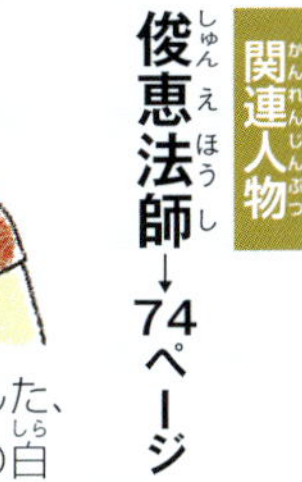

▲讃岐もよく参加した、「歌林苑」を京都の白川に開いた。

もっと知りたい

歌枕となった「沖の石」

この歌が評判になったことで「沖の石」はのちに、現在の宮城県多賀城市や福井県小浜市に関する歌枕となりました。多賀城市と小浜市では、和歌によまれたとされる石が、観光名所になっています。

宮城県多賀城市

福井県小浜市

もっと知りたい！

和歌の表現をゆたかにする技法 2

掛詞

音が同じで、ちがう意味をもつことばを使って、ひとつのことばにふたつ以上の意味をもたせる技法です。掛詞を使うことで、ひとつのことばに、自然や場所、心情などを重ね合わせることができ、歌に深みをもたせることができます。

百人一首の例

9 花の色は　移りにけりな　いたづらに
我が身世にふる　ながめせしまに
（ふる：降る／経る　ながめ：長雨／眺め）
小野小町

60 大江山　いく野の道の　遠ければ
まだふみも見ず　天の橋立
（いく野：行く／生野　ふみ：文／踏み）
小式部内侍

ひとつの歌のなかに、掛詞がいくつも使われることもあるんだね。

本歌取り

ほかの歌の一部を取り入れて新しく歌をよむ方法です。もとになった歌を「本歌」といいます。本歌取りは、藤原定家によってルールがととのえられたといわれています。「91 きりぎりす」は、「3 あしひきの」を本歌取りしてつくられた歌です。

百人一首の例

91 きりぎりす　鳴くや霜夜の　さむしろに
衣片敷き　独りかも寝む
後京極摂政前太政大臣

3（本歌）あしひきの　山鳥の尾の　垂り尾の
長々し夜を　独りかも寝む
柿本人丸

本歌のほうが、古い時代によまれたものなんだよ。

4章

季節の想い

春の想い　桜ひらひら
夏の想い　光きらきら
秋の想い　草木そよそよ
冬の想い　小雪舞い散る

君がため　春の野に出でて　若菜摘む　我が衣手に　雪は降りつつ

光孝天皇

出典『古今和歌集』 15

意味 あなたのため、春の野へ出かけて若菜をつむわたしの着物のそでに、雪がはらはらとふりかかっています。

若菜をつんだのはだれ？

だれかにプレゼントをあげるときに、カードや手紙をいっしょにそえると喜ばれます。平安時代には、手紙の代わりに和歌をおくっていました。

この歌は、若菜にそえておくられた歌です。しかし、若菜つみは女性の役目であったため、男性で、しかも高貴な身分である作者が自分で若菜をつんだとは考えられません。そのため、この歌は想像でよまれたものだといわれています。

「雪」は冬を、「若菜」は春を象徴するものであることから、早春の景色をよんだ歌であることがわかります。若菜とは春に芽吹く新芽のことで、「一月七日に

若菜を食べて悪いことからまぬかれる」という風習がありました。現在では「七草がゆ」として、その風習が受けつがれています。光孝天皇の歌として知られていますが、この歌をよんだときは、まだ皇子の身分でした。

もっと知りたい 春の野でつむ七草

若菜とは、せり、なずな、ごぎょう、はこべら、ほとけのざ、すずな（かぶ）、すずしろ（大根）の春の七草のことです。平安時代の宮中では、若菜を使った熱いお吸い物を天皇に献上する儀式が正月の年中行事としておこなわれ、これがのちに民間にも広まりました。

この歌をよんだ

光孝天皇ってどんな人？

（830年～887年）

平安時代の天皇。仁明天皇の皇子。もともと天皇の跡つぎ候補ではなかったが、陽成天皇が若くして退位したため、藤原基経の推薦により、55歳で即位した。

関連人物 陽成院→82ページ

▲光孝天皇の前の代の天皇。9歳で即位し、17歳で退位した。

久方の　光のどけき　春の日に
静心なく　花の散るらむ

紀友則

出典『古今和歌集』33

意味 日の光がのどかにさす、おだやかな春の日に、桜の花はどうしてあわただしく散ってしまうのでしょう。

散る桜に、心をよせてしまう

お花見といえば、やはり桜をイメージするのではないでしょうか。今も昔も、日本人に愛されている桜。この歌がよまれたころは、「花」といえば、桜をさすほどでした。

桜は、美しいけれどはかない花です。満開の期間が短く、きれいに咲いたかと思うと、2週間ほどで散ってしまいます。

この歌をよんだ紀友則も、桜の花びらが散っているところを見て、切なく感じたのでしょう。おだやかな春の日に、はかなく散ってしまう桜の美しさと、そのさびしさをよんでいます。

友則は、歌の才能は認められていまし

そんなに急いで散らなくてもいいのに…
見ていると人生のはかなさを思ってしまうよ
まあでも花が咲くだけうらやましい…
オレなんて花が咲かない木みたいだ…

たが、出世はあまりできませんでした。そんな自分を、花の咲かない木にたとえた歌をよんだこともあるほどです。友則は、散りゆく桜のはかなさに、自分の人生の切なさや、この世のむなしさを重ね合わせていたのかもしれません。

もっと知りたい

「花」といえば、桜？

『万葉集』の時代は、花といえば梅をさしました。花が桜をさすようになったのは『古今和歌集』（→14ページ）の時代になってからのことです。桜は無常観（「すべてのものは常に移り変わるもの」という考え方）の象徴として、人びとに好まれました。

この歌をよんだ

紀友則ってどんな人？

（？年～905年）
三十六歌仙（→16ページ）のひとり。日本ではじめての勅撰和歌集（→14ページ）である『古今和歌集』の取りまとめに関わるが、完成前に亡くなった。紀貫之のいとこ。

関連人物

紀貫之→118ページ

▲友則のいとこで、ともに『古今和歌集』を取りまとめた。

人はいさ　心も知らず　古里は
花ぞ昔の　香ににほひける

紀貫之

出典『古今和歌集』35

意味　人の心は移ろいやすいものですので、あなたの気持ちは、さあ、どうだかわかりませんが、昔なじみのこの地の梅は、変わることなく咲き、かおっています。

変わるもの、変わらないもの

奈良の長谷寺をお参りしたとき、昔よくとまっていた宿を久しぶりにおとずれた紀貫之。宿の主人から「ずいぶん久しぶりですね」と皮肉をいわれ、梅をひと枝折ってこの歌をよみました。移り変わる人の心と、昔と変わらない梅のかおりがくらべられています。

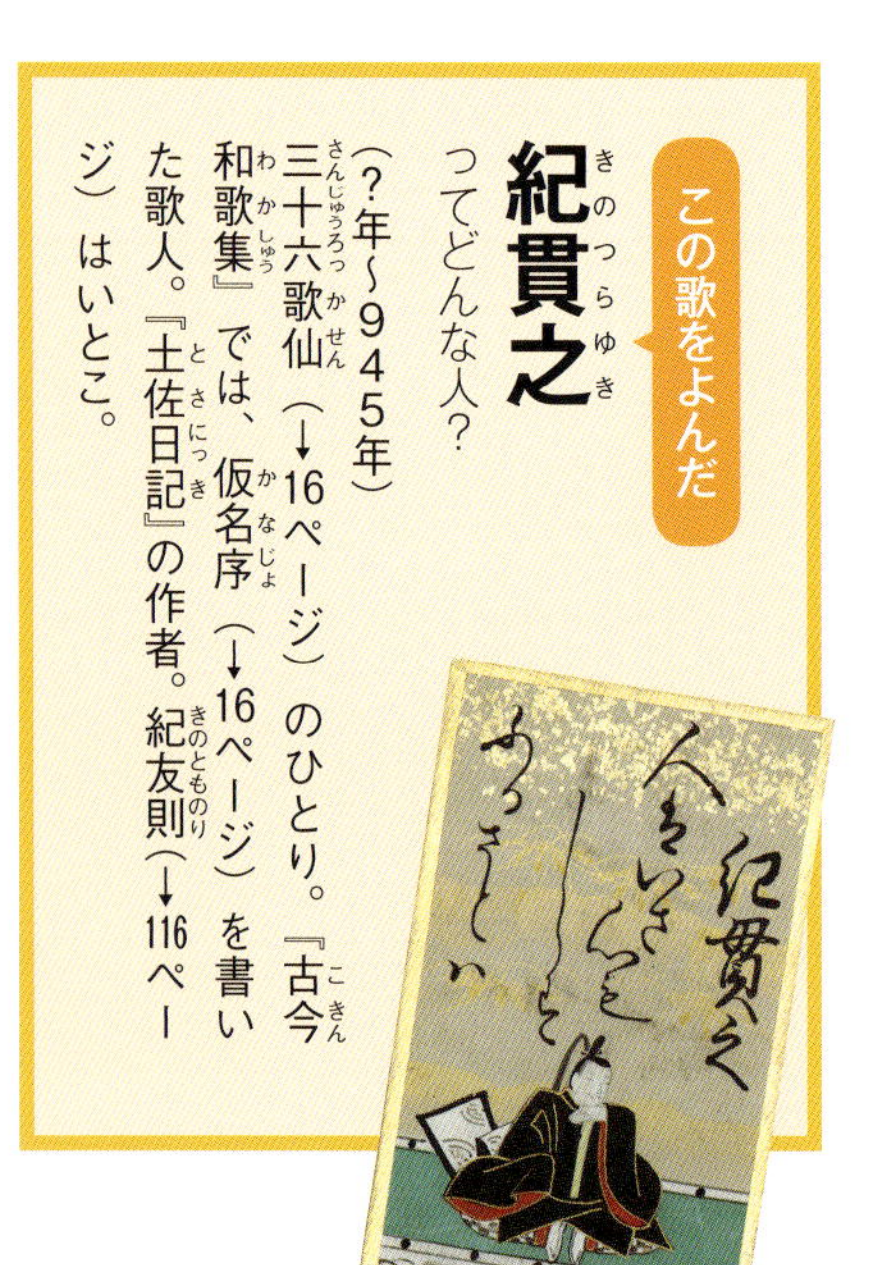

この歌をよんだ

紀貫之ってどんな人？

（？年～945年）三十六歌仙（↓16ページ）のひとり。『古今和歌集』では、仮名序（↓16ページ）を書いた歌人。『土佐日記』の作者。紀友則（↓116ページ）はいとこ。

いにしへの　奈良の都の　八重桜　今日九重に　にほひぬるかな

伊勢大輔

出典『詞花和歌集』 61

意味 かつての都、奈良で美しく咲いていた八重桜が、今日はここ九重（宮中の別名）でいっそうあでやかに咲きほこっていることです。

大評判となったデビュー作

ある日、天皇のもとに奈良の八重桜が献上されました。伊勢大輔は紫式部の代わりに、桜を受け取り天皇にささげる大役を命じられます。この歌は、その桜にそえるためによまれたもので、宮中で大変な評判となり、伊勢大輔は輝かしい歌人デビューを飾りました。

この歌をよんだ伊勢大輔ってどんな人?

（?年～?年）

大中臣能宣朝臣（→94ページ）の孫。一条天皇の中宮・彰子に仕えた女流歌人。父親が伊勢神宮に関わる役職だったことから、伊勢大輔とよばれる。

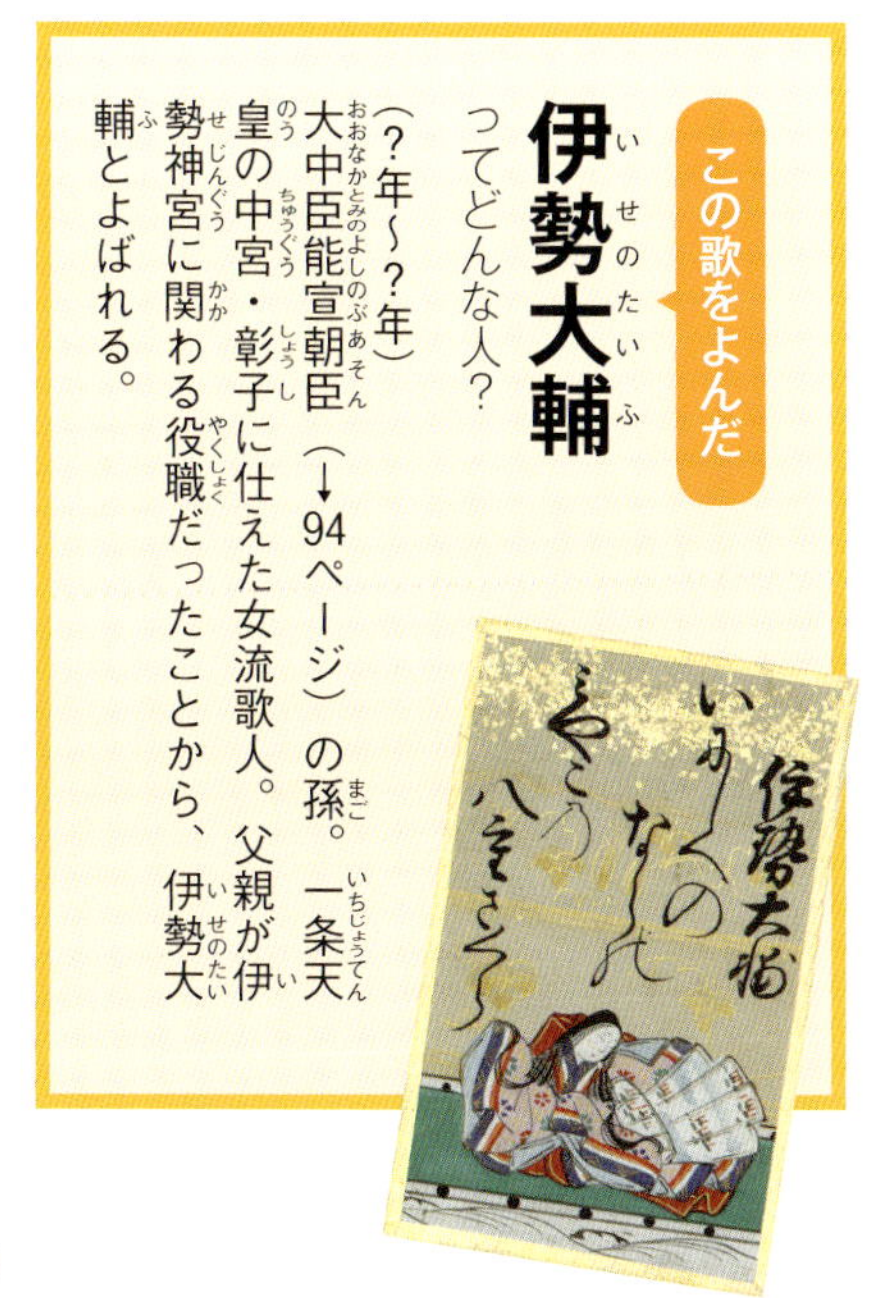

もろともに　あはれ（わ）と思へ（え）　山桜　花よりほかに　知る人もなし

前大僧正行尊

出典『金葉和歌集』

66

山中でひとり孤独だ…

なんと！こんな山奥に山桜が！

山のなかで、わたしの気持ちがわかるのはおまえくらいだ！

なんだ、なんだ!?

ガシッ

ギュー

意味　わたしがおまえになつかしさを感じるように、おまえもわたしに、なつかしさを感じてはくれまいか、山桜よ。こんな山奥では、おまえくらいしか、わたしの心をわかってくれるものはいないのです。

ふと、あらわれた山桜

作者の前大僧正行尊は若いころ、山のなかで修行をつづける修験者でした。あるとき、厳しい修行のさなかに、山奥で咲いている桜の木に気がつきました。そのときに感じた山桜への親しみのこもった想いが、この歌にはよまれています。

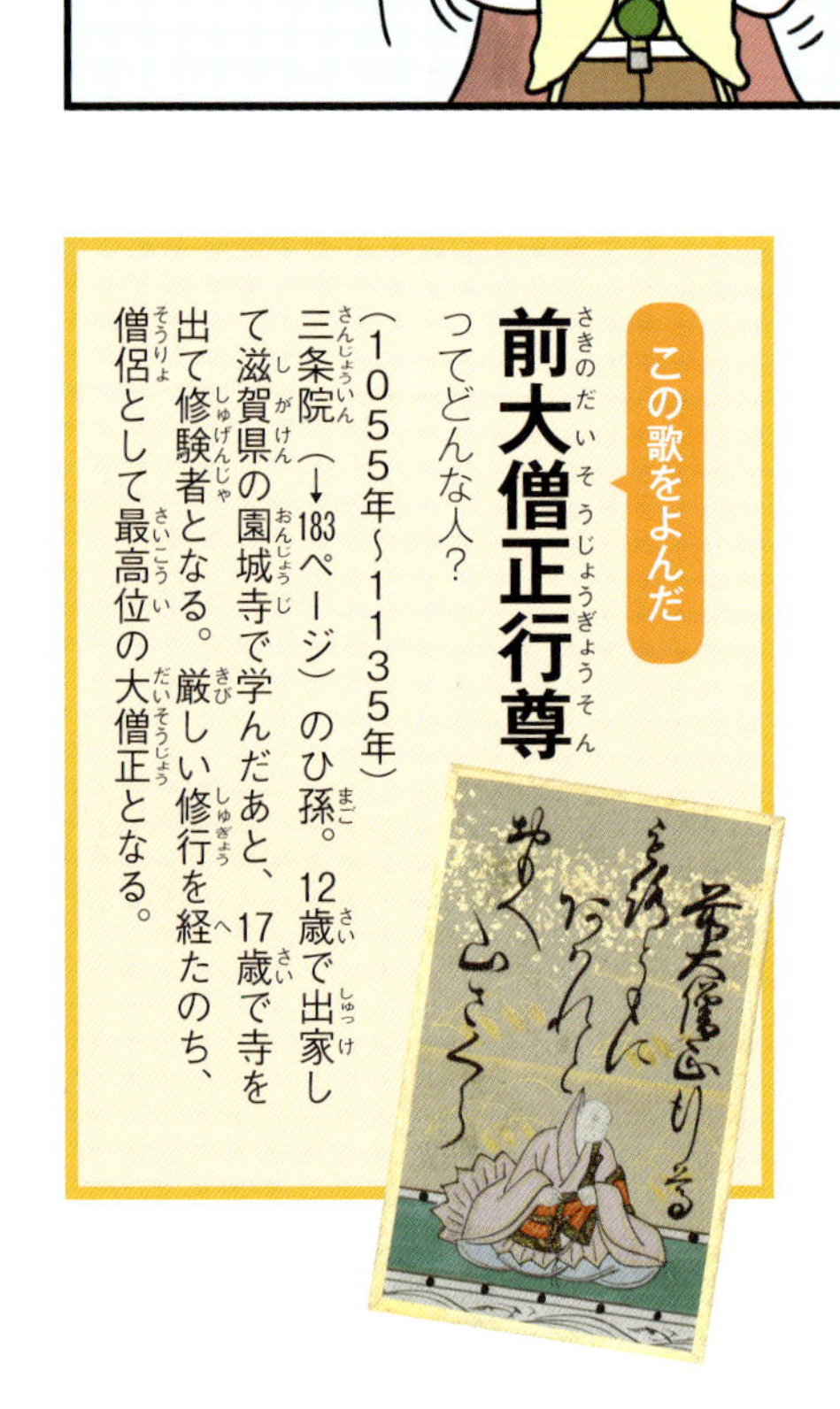

この歌をよんだ

前大僧正行尊ってどんな人？

（1055年～1135年）

三条院（→183ページ）のひ孫。12歳で出家して滋賀県の園城寺で学んだあと、17歳で寺を出て修験者となる。厳しい修行を経たのち、僧侶として最高位の大僧正となる。

高砂の　尾上の桜　咲きにけり　外山の霞　立たずもあらなむ

前中納言匡房

出典『後拾遺和歌集』73

意味 高い山の峰に桜が咲いたのが見えます。ああ、あの桜が見えなくなってしまうから、近くの山の霞よ、どうか立たないでおくれ。

遠くの桜と、近くの霞

「高砂」は高くつもった砂山の意味で高い山のこと、「外山」は人里に近い山のことをさしています。遠くの山と近くの山をくらべることで、立体的な景色がうかびます。「遠くの山の桜を望む」という題で、お酒の席でよまれた歌です。

この歌をよんだ 前中納言匡房ってどんな人?

(1041年～1111年)

本名は大江匡房。赤染衛門(→64ページ)のひ孫。大江家は学問の家柄として有名で、和歌だけでなく、漢学や政治の能力もすぐれていた。

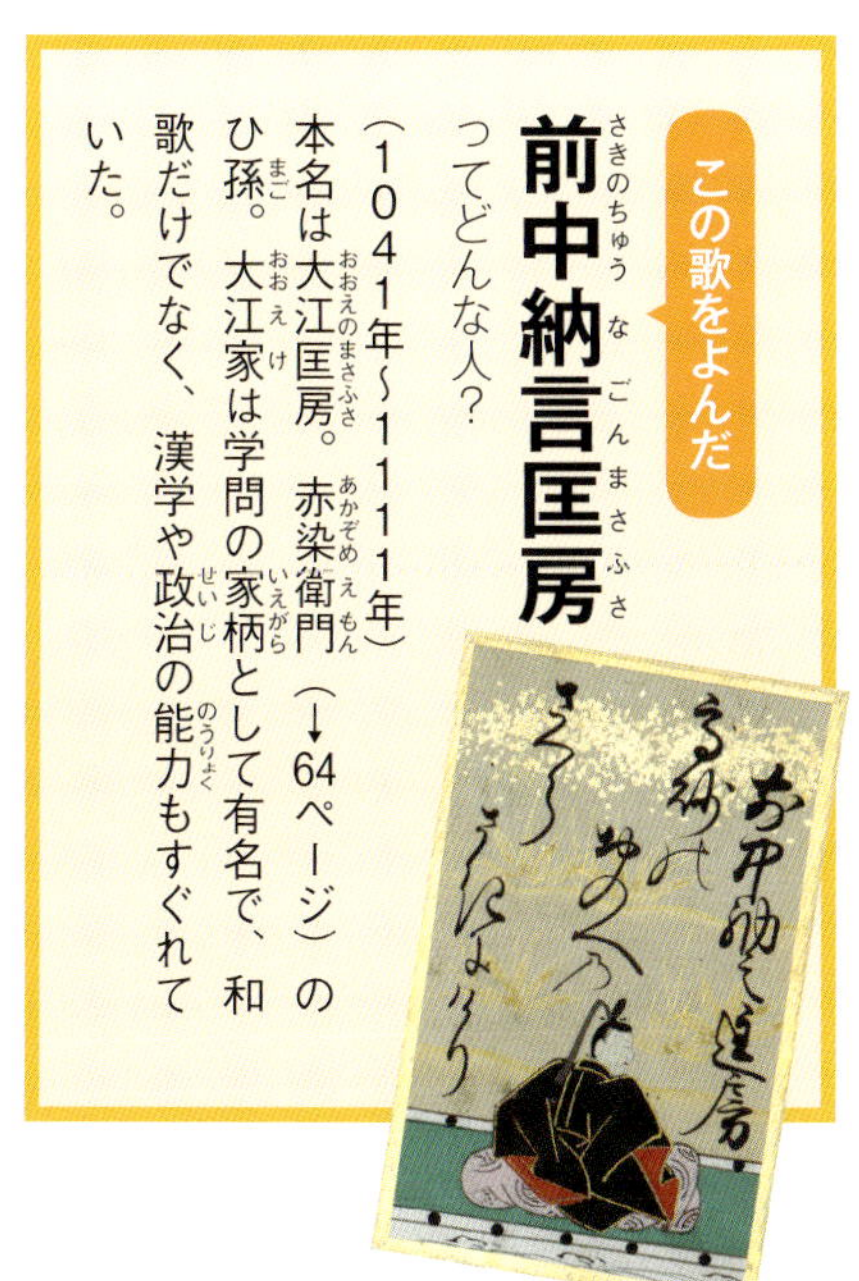

花誘ふ　嵐の庭の　雪ならで　ふりゆくものは　我が身なりけり

入道前太政大臣

出典『新勅撰和歌集』 96

意味 強い風にさそわれて、庭の桜が雪のようにふっていくけれど、本当にふりゆくものは、わたしの命のほうなのだなあ。

ふるのは花びらだけじゃなくて……

散っていく桜の花びらを見て、どんなことを考えるでしょうか。「きれいだな」「はかないな」と感じたり、入学式のことを思い出したりするかもしれません。

作者は、散っていく花びらと年老いていく自分を重ね、この歌をよみました。「ふりゆく」ということばには、雪などが「降る」ことのほかに、「古る」と書いて、ものや人が古びたり、年老いていくという意味もこめられています。

また、この歌は小野小町の「花の色は（→168ページ）」という歌を本歌取り（→112ページ）した歌です。どちらの歌も、「降る」と「古る」ということばをかけて、

散る花びらと、自分の老いを表現しています。さらに、この歌は「強い風で雪のように散る桜」という豪華な表現のあとに、一転して老いていく自分のすがたをよんでいることで、老いることへのなげきが強調されています。

もっと知りたい

別荘の土地が金閣寺に

政治のトップに立ち、権力者であった入道前太政大臣が、京都の北山に建てた「西園寺」という別荘は、はなやかな生活を象徴したものといわれています。たくさんの桜を植えた別荘は、のちにその土地が足利義満（室町幕府第三代将軍）の手にわたり、金閣寺が建てられました。

この歌をよんだ

入道前太政大臣ってどんな人？

（1171年～1244年）

本名は藤原（西園寺）公経。承久の乱では、鎌倉幕府の側に味方して勝利し、その後太政大臣になる。姉が権中納言定家の妻だったことから、自身の権力や財力を使って定家を援助した。

関連人物

権中納言定家→78ページ

▲百人一首を取りまとめた歌人。入道前太政大臣の姉と結婚した。

春過ぎて　夏来にけらし　白妙の　衣干すてふ　天の香具山

持統天皇

出典『新古今和歌集』 2

意味 春がすぎて、夏がやってきたらしい。夏になると白い衣を干すという天の香具山に、衣がはためいています。

目にうかぶ色あざやかな光景

この歌は、現在の奈良県にある「天の香具山」に、真っ白な衣が干してある光景がよまれています。山の緑と、衣の白の対比がさわやかで、色あざやかな初夏の光景が目にうかぶようです。

天の香具山は、耳成山、畝傍山とともに「大和三山」とよばれ、「天から降りてきた山」といういい伝えが残されています。

この歌はもともと『万葉集』に入っていて、そのときは「夏来たるらし」「衣干したり（着物が干してある）」と、百人一首の歌とはちがいがありました。もとの歌では、身近な目の前の光景をその

まま描写していましたが、それが「衣干すてふ（衣を干すという）」と伝聞の表現によみかえられたことで、遠くの天の香具山にあこがれる平安時代の人びとに好まれ、百人一首に選ばれたといわれています。

もっと知りたい

かるたの歌人の服装

作者は飛鳥時代の天皇ですが、百人一首のかるたでは、平安時代の衣装をまとっています。柿本人丸（→18ページ）や山辺赤人（→154ページ）など、平安時代より前の『万葉集』の時代に活やくした歌人も、かるたでは平安時代の服装にそろえられています。

この歌をよんだ

持統天皇ってどんな人？

（645年～702年）
飛鳥時代の天皇。天智天皇の娘で、天武天皇の后。夫を支え、壬申の乱に勝利する。天武天皇が亡くなったあと、天皇となった。藤原京（現在の奈良県橿原市につくられた都）を築き、政治を取りしきった。

関連人物

天智天皇→132ページ

▲持統天皇の父。天皇が政治の中心となる時代の基礎をつくる。

夏の夜は まだ宵ながら 明けぬるを 雲のいづこに 月宿るらむ

清原深養父

出典『古今和歌集』 36

意味 夏の夜は短くて、さっき月がのぼったばかりだと思っていたら、もう暁になってしまいました。しずみそびれた月は、いったいどの雲に宿を取っているのでしょう。

夏の月はしずまない？

もう月が出てもいいころだと思うのに、まだ外は明るく、日が長いように感じたり、反対に、まだ明るい時間かと思って外を見たら真っ暗だったり。一年を通じて日の長さは変わりますが、この歌は一年のなかで昼が長く、夜が短い季節である夏によまれた歌です。

「宵」は夜になったばかりの時間のこと、「明けぬる」は夜が明けるのではなく、午前3時をすぎて次の日になったことをいいます。「月宿る」は、この歌より前に夏の歌で使われたことのない、独特の表現です。作者の清原深養父は、雲にかくれる月のようすを「雲に宿を取ってい

る」と、まるで人のことのように表現しました。深養父は、月が西にしずみきれずに雲のなかにかくれている、というユニークな表現で、夏の夜の短さをなげいたのです。

この歌をよんだ

清原深養父ってどんな人？

（？年〜？年）
清原元輔の祖父で、清少納言の曽祖父。紀貫之と親しく交流していた歌人。清原氏は歌人の家柄として有名だが、深養父は琴の名手でもあった。

関連人物
清原元輔 →54ページ

▲深養父の孫。和歌の才能を受けつぎ『後撰和歌集』をまとめた。

もっと知りたい

『枕草子』に受けつがれた美意識

月は、一般的に秋の風物詩とされていますが、清原深養父は「月宿る」という表現を使って、夏の夜の美しさをよみました。作者のひ孫である清少納言（→36ページ）もまた、『枕草子』で「夏は夜、月のころはさらなり」と、夏の夜の月を風流なものとしてとらえています。

ほととぎす　鳴きつる方を　ながむれば
ただ有明の　月ぞ残れる

後徳大寺左大臣

出典『千載和歌集』

81

意味　ほととぎすの鳴き声がした、と思った方向に目をやると、そこにすがたはなく、ただぽっかりと、有明の月が空にうかんでいました。

耳でとらえる夏のはじまり

夏休みだからと、思わず夜ふかしししてしまいそうになる夏の夜。平安時代の貴族たちは、あることのためにひと晩中起きていたといいます。いったい、なんのために起きていたのでしょう。

答えは、「ほととぎすの声を聞くため」です。ほととぎすが夏を告げる声を聞くことは、風流なこととされ、その一場面をよんだのがこの歌です。作者の後徳大寺左大臣は、上の句では「ほととぎすの声がした」と耳でとらえた情景をよみました。つづけて、下の句では「有明の月がうかんでいた」と、目にうつった情景をよんでいます。

暁までの長い時間、眠気をこらえてえんえんと待ちつづけ、ようやくその声を耳にしたかと思った瞬間、いなくなってしまうほととぎす。夜の長い待ち時間と、暁方の一瞬のできごとがみごとに表現された作品です。

もっと知りたい

季節を告げる動物の鳴き声

平安時代の人びとにとって、動物の鳴き声は、季節のおとずれを告げる風物詩でもありました。百人一首のなかでは「鳴く鹿（→134ページ）」「千鳥の鳴く声（→160ページ）」「きりぎりす鳴くや（→188ページ）」などの表現が見られ、季節の想いがよみこまれています。

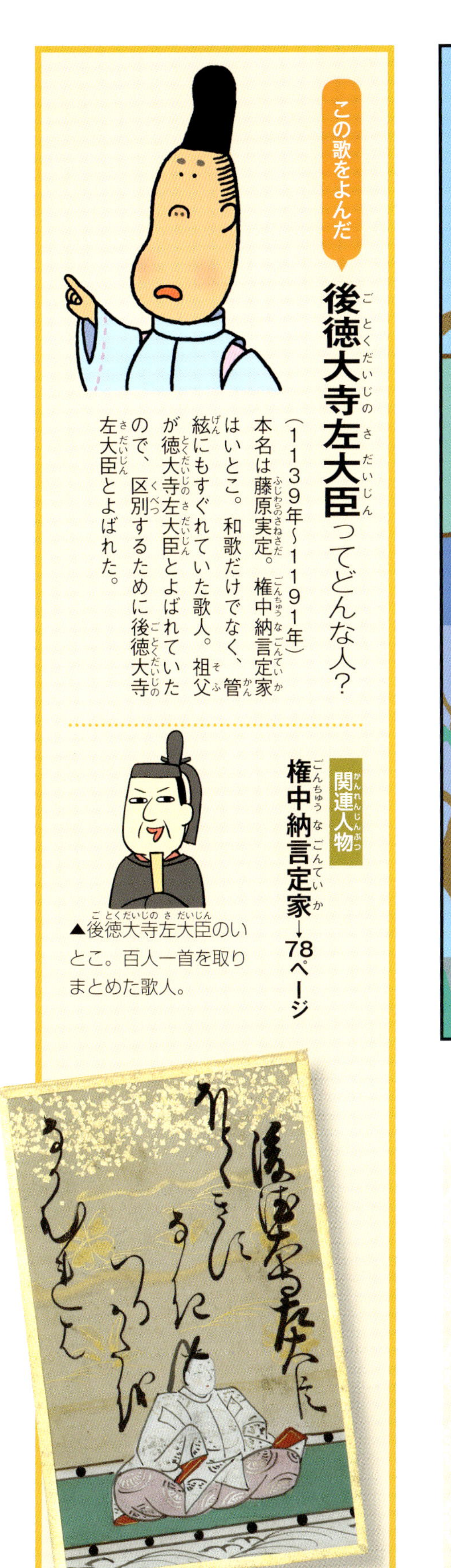

この歌をよんだ

後徳大寺左大臣ってどんな人？

（1139年〜1191年）

本名は藤原実定。権中納言定家はいとこ。和歌だけでなく、管絃にもすぐれていた歌人。祖父が徳大寺左大臣とよばれていたので、区別するために後徳大寺左大臣とよばれた。

関連人物

権中納言定家→78ページ

▲後徳大寺左大臣のいとこ。百人一首を取りまとめた歌人。

風そよぐ　楢の小川の　夕暮れは
禊ぞ夏の　しるしなりける

正三位家隆

出典『新勅撰和歌集』

98

意味 風が静かに吹いている、ならの小川の夕暮れは、秋がおとずれたかのようにすずしいけれど、みそぎ（夏の行事）がおこなわれていることが、まだ夏だという証拠です。

夏をおしむ気持ちをよむ

「あれ？　なんだか少し肌寒くなったな」「少しあたたかくなったから上着はいらないな」など、ふとしたことで季節の移り変わりを感じることはありませんか。この歌には、秋の気配を感じた、ある夏の日のことがよまれています。

「楢の小川」は、京都の上賀茂神社を流れる御手洗川をさしているといわれています。「禊」は、川の水で罪やけがれを清める行事です。昔の暦の六月末日におこなわれるため、「六月（水無月）祓え」とも「夏越しの祓え」ともいわれ、夏の終わりの風物詩とされています。

作者の正三位（従二位）家隆は、秋の

ようなすずしい風が吹いていても、みそぎがおこなわれていることがなによりの夏のあかしである、と歌によみました。

この歌は、家隆の実体験ではなく、「屏風歌」といって、屏風にえがかれた絵から想像してよまれたものです。

もっと知りたい

夏の行事「六月祓え」

「六月祓え」は、昔の暦の六月二十九日（現在の七月下旬ころ）におこなわれた年中行事です。水辺で人形を流したり、茅でつくった輪をくぐったりすることで、六月までの半年間にふりかかった災いをはらい、残り半年を健康にすごせるようにと祈願しました。

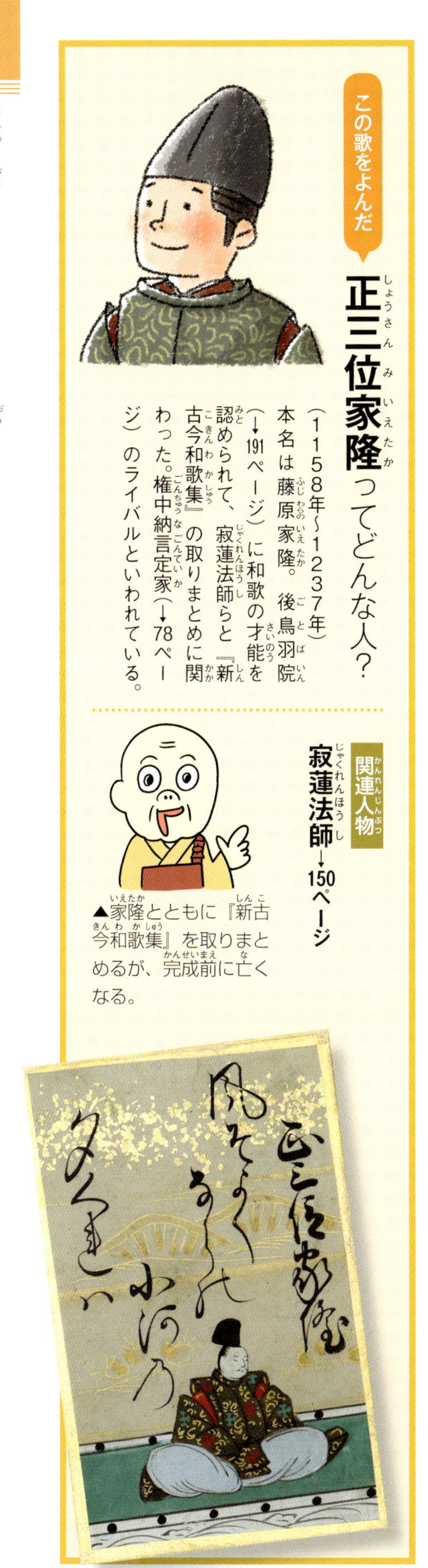

この歌をよんだ

正三位家隆ってどんな人？

（1158年〜1237年）本名は藤原家隆。後鳥羽院（→191ページ）に和歌の才能を認められて、寂蓮法師らと『新古今和歌集』の取りまとめに関わった。権中納言定家（→78ページ）のライバルといわれている。

関連人物 寂蓮法師→150ページ

▲家隆とともに『新古今和歌集』を取りまとめるが、完成前に亡くなる。

⬆このかるたでは、「正三位」と表記しているが、「従二位」と表記する場合もある。

秋の田の　かりほの庵の　苫をあらみ　我が衣手は　露にぬれつつ

天智天皇

出典『後撰和歌集』 1

意味 秋の田の見張り用に立てた仮小屋は、屋根のつくりがあらいので、わたしの着物のそでは、すきまから落ちる夜露にぬれつづけています。

どうしてこの歌が一番目に？

さつまいも、栗、ぶどう、きのこなど、秋が旬の食べものはたくさんありますが、この歌がよまれた時代は、秋といえば稲の収穫の季節でした。

農民たちは収穫前になると、そまつな小屋でひと晩中、田んぼを見張ってすごしました。小屋の屋根は苫（菅や薄など）で編まれた目のあらいものであったため、そこから夜露がたれ、着物のそではぬれつづけているという情景をよんでいます。

農民のくらしをよんだ歌ですが、じつは作者は天智天皇ではないといわれています。それは、『万葉集』のなかに、この歌のもととなったといわれる歌が「よ

冷たっ
ぽたぽた
このように この国を支えて がんばってくれている 農民のくらしを 歌にしたのである
オホン
天智天皇
という、すばらしい 天皇なのです みんな、うやまいましょうね
藤原定家

み人知らず」（→89ページ）の歌として入っていたためです。それが『後撰和歌集』で天智天皇の歌とされ、百人一首の一番目に配置されたといわれています。

もっと知りたい

天智天皇が一番なわけ

天智天皇は、天皇になる前に「大化の改新」をおこない、天皇が中心となって政治をおこなう制度をととのえました。そして、天智天皇のひ孫である桓武天皇が平安京を開き、平安時代がはじまったのです。藤原定家は、平安時代にいたる道すじをつけた人物の歌として、百人一首の最初に配置したといわれています。

この歌をよんだ

天智天皇ってどんな人？

（626年～671年）飛鳥時代の天皇。舒明天皇の息子で、天武天皇の兄、持統天皇の父。天皇になる前は中大兄皇子とよばれ、中臣鎌足とともに蘇我氏をほろぼして、「大化の改新（645年）」をおこなった。大津に都を移した。

関連人物
持統天皇 →124ページ

▲天智天皇の娘。天智天皇の弟・天武天皇と結婚した。

奥山に　紅葉踏み分け　鳴く鹿の　声聞く時ぞ　秋は悲しき

猿丸大夫

出典『古今和歌集』

5

意味 山の奥深く、一面の紅葉をふみ分けながら鹿の鳴き声を聞くと、秋の物悲しさが身にしみます。

紅葉をふんだの、だあれ？

　猫は「ニャー」、犬は「ワン」。動物の鳴き声はさまざまですが、鹿はどうでしょう。鹿のオスは、秋になると、メスを求めて「ピー」と鳴きます。

　人気のない秋の山を歩くと、聞こえるのは、自分が紅葉をふむ音だけです。それだけでもさびしさを感じますが、もしも、「メスに逢いたい」と、オスの鹿が鳴く声が聞こえたとしたら、いっそうさびしく感じるのではないでしょうか。

　この歌は、もともと『新撰万葉集』に入っていました。しかしそこでは、紅葉ではなく「黄葉」がよまれており、黄色く色づいた萩をさしていたようです。萩

は秋のはじめごろ、楓は秋の終わりごろに色づきます。藤原定家がこの歌を百人一首に選んだときに楓の紅葉に変えたことで、秋が終わりを告げる時期の歌となり、さびしさをさらに感じさせるものとなりました。

もっと知りたい

百人一首によまれた植物

百人一首のなかには、色あざやかな「紅葉」がよまれた歌がほかにも五首あります。さらに、はかなく舞う花びらが美しい「桜」、「待つ」との掛詞（→112ページ）としても使われる「松」、春の野でつむ「若菜」など、多くの歌でさまざまな植物がよまれています。

この歌をよんだ

猿丸大夫ってどんな人？

（?年～?年）
三十六歌仙（→16ページ）のひとりだが、ほとんど記録の残っていない伝説の歌人。この歌が『猿丸大夫集』におさめられていたため、猿丸大夫の歌として百人一首に選ばれたとされる。名前は猿丸大夫ともよむ。

ちはやぶる　神代も聞かず　竜田川　から紅に　水くくるとは

在原業平朝臣

出典『古今和歌集』 17

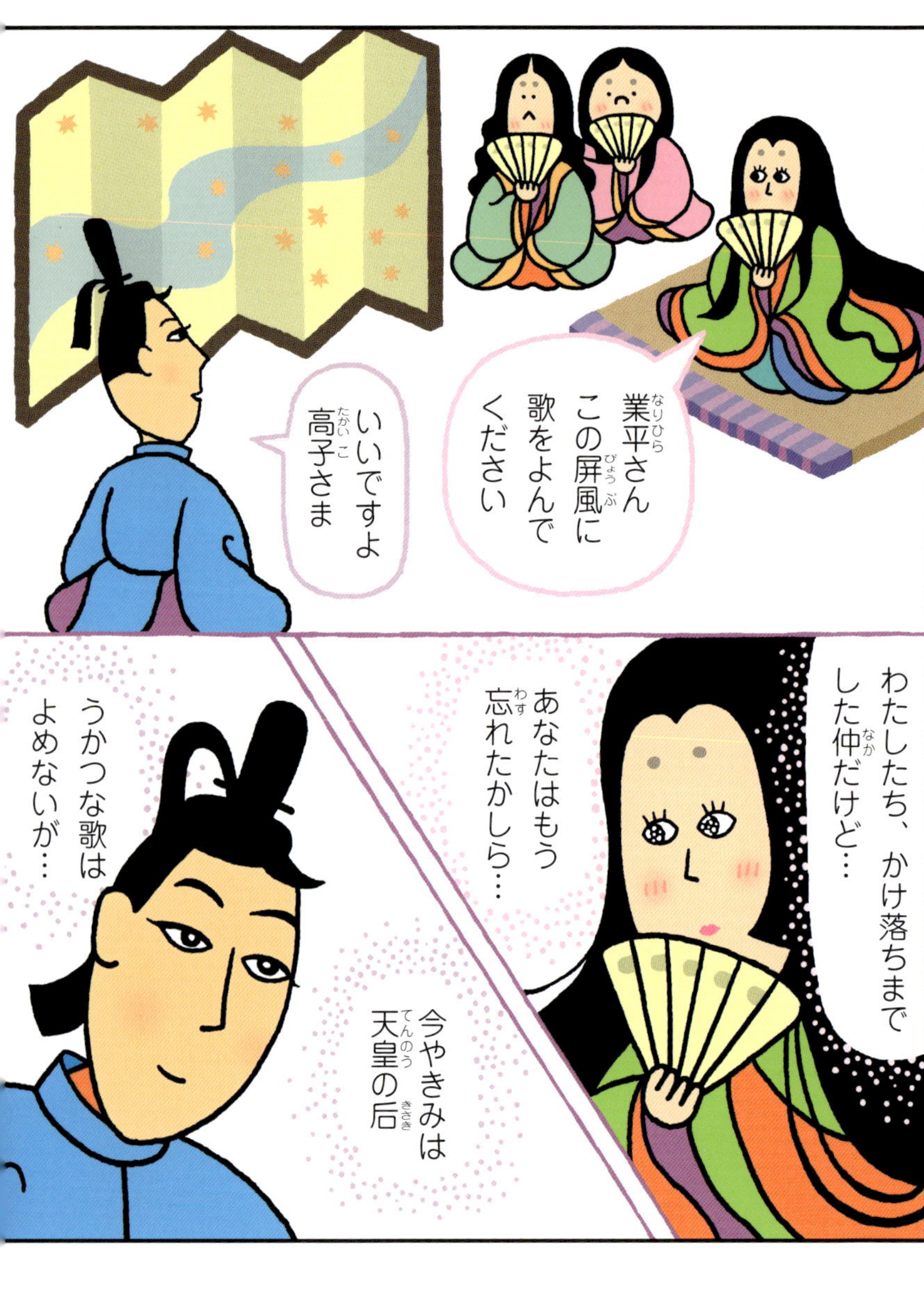

意味 ふしぎなことの多かったという、神がみの世でも聞いたことがありません。紅葉が、竜田川の水を赤いしぼり染めにするなんて。

昔の恋を思い出して……

この歌は、宮中にまねかれた在原業平朝臣が、清和天皇の后・高子に「屏風にえがかれた絵の情景をよんでほしい」とたのまれてよんだ「屏風歌」です。

「くくる」は「しぼり染めにする」という意味で、真っ赤な紅葉で川が染まって見えるようすを、染め物に見立てていると解釈できます。いっぽう藤原定家は、「水くくる」ではなく「水くぐる」だと解釈したという説があります。「くぐる」ですと、紅葉が水が見えないほど川をうめつくし、その下を水が流れる状態をあらわします。

業平と高子はその昔、かけ落ちするほ

神がみも見たことがないほど激しく燃えるように赤く染まった川の美しさよ…
あのころの激しく燃えるような恋心…忘れやしないさ
ああっ
キャ〜
フッ

ど激しく愛し合った恋人どうしでした。でも今では、高子は天皇の后です。業平は、高子とつき合っていた当時の激しい恋心を、赤い紅葉で染まって見える竜田川にたとえたのかもしれません。

もっと知りたい

絵の情景をよむ「屏風歌」

室内を仕切る調度品として使われていた屏風ですが、そこにえがかれた大和絵には、絵画作品としての価値もありました。平安貴族のあいだでは、この屏風絵の情景をテーマに歌をよむ「屏風歌」が流行しました。屏風歌は、長寿や成人を祝う場、屏風を新調したときなどによまれることが多かったようです。

この歌をよんだ

在原業平朝臣ってどんな人？

（825年〜880年）

六歌仙（→16ページ）、三十六歌仙（→16ページ）のひとり。中納言行平の弟。『伊勢物語』の主人公のモデルとされる。藤原高子とのかけ落ちが原因で、出世がおくれたといわれている。

関連人物

中納言行平→174ページ

▲業平の母ちがいの兄。政治や学問に力をそそぎ、出世をした。

吹くからに　秋の草木の　しをるれば
むべ山風を　あらしと言ふらむ

文屋康秀

出典『古今和歌集』

22

意味　山から風が吹いたとたんに秋の草木はしおれてしまうので、そうか、だから山から吹く風を「あらし（嵐）」というのだなあ。

うまいこと、いってます

「あらし」は漢字で「嵐」と書きます。この歌には、「嵐」という字は「山」と「風」の組み合わせでできている、という文字あそびがもりこまれています。「あらし」には「荒らし」と「嵐」というふたつの意味がかけられ、秋に激しい風が吹き降ろす情景をよんでいます。

この歌をよんだ

文屋康秀ってどんな人？

（？年〜？年）文屋朝康（→145ページ）の父。六歌仙（→16ページ）のひとり。出世はしなかったが歌の才能にめぐまれ、小野小町（→168ページ）と親交があったといわれる。

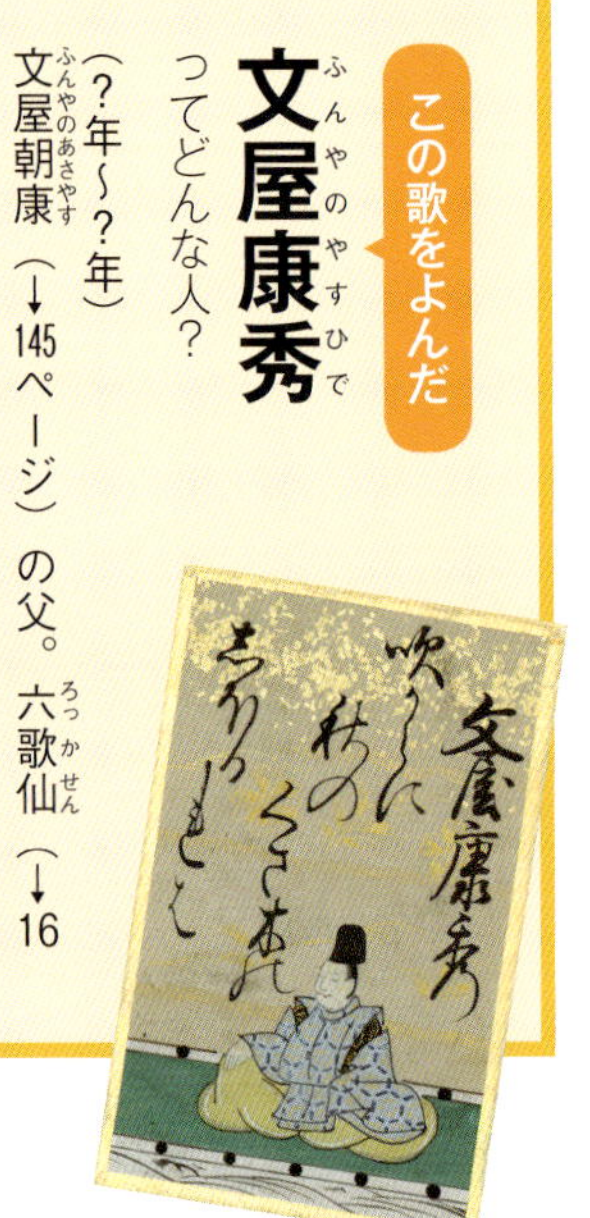

月見れば　千々に物こそ　悲しけれ　我が身一つの　秋にはあらねど

大江千里

出典『古今和歌集』23

意味 空にうかぶ秋の月をながめていると、さまざまなことが物悲しく感じられます。秋は、わたしのもとにだけおとずれているわけでもないのに。

中国からいただきました

この歌は、中国の詩（漢詩）に使われる「対句」という、「月」と「我が身」、「千々」と「一つ」のように、ものや数を対比させる技法を使っています。作者の大江千里は、中国の詩人・白楽天の詩をもとにして、秋の月を見て感じる物悲しさをよみました。

この歌をよんだ

大江千里ってどんな人？

（?年～?年）
中納言行平（→174ページ）、在原業平朝臣（→136ページ）の甥。漢学者として有名で、『句題和歌』という歌集がある。

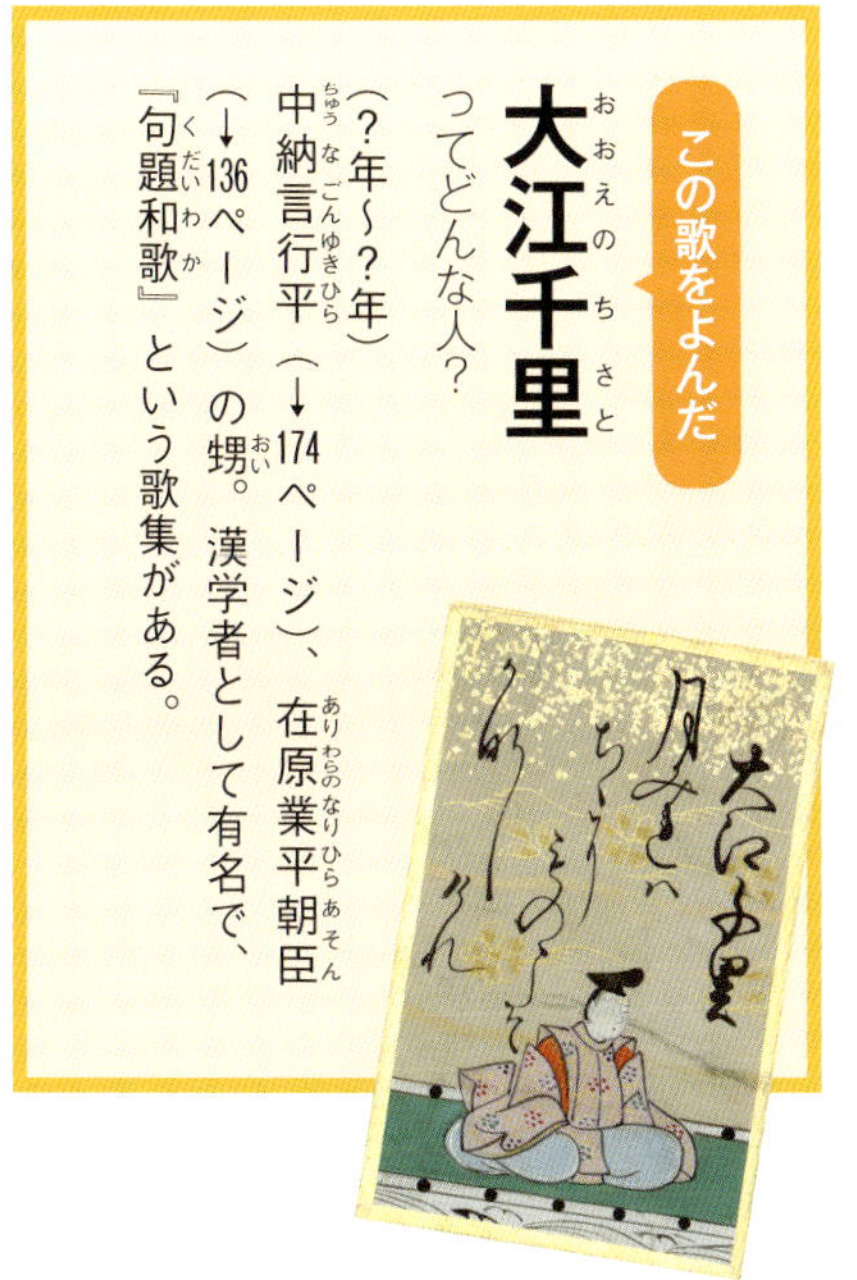

このたびは　幣も取りあへず　手向山
紅葉の錦　神のまにまに

菅家

出典『古今和歌集』 24

意味 今回の旅は、急な出発となってしまったものですから、神様にお供えする幣の準備もできませんでした。代わりに、錦織のように美しい、この手向山の紅葉をどうか神様のお心のままにお受け取りください。

機転がきいた「学問の神様」

「機転をきかせる」ということばがあります。その場の状況に応じて、すばやく頭を働かせて適切な行動を取ることです。

この歌は、まさに機転をきかせてよんだ歌です。作者の菅家は、学問の神様として有名な菅原道真です。道真が、宇多上皇の旅にお供をしたときのこと。旅の安全を祈って、道祖神にお参りをしたところ、神様にささげる幣（紙を小さく切ったもの）がありませんでした。そこで道真は、幣の代わりに、この手向山の美しい紅葉を受け取ってください、とよんだのでした。幣を忘れる、というピンチを逆にすばらしい歌をよむチャンスに変え

て、人びとを感動させました。

いっぽうで、道真はじつは幣を忘れてはいなかったという説もあります。手向山の紅葉があまりに美しかったので、あえて幣を忘れたことにして、神様に紅葉をささげた、ともいわれています。

もっと知りたい どうして「菅家」？

「菅家」は、菅原道真を神格化してよんだ名です。藤原時平の策略で大宰府にとばされた道真。死後は怨霊となり、京の都に災いを起こします。人びとは北野天満宮を建て、道真の霊をまつりました。こうして道真は「天神」となり、現在では学問の神様として信仰されています。

この歌をよんだ

菅家ってどんな人？

（845年～903年）

本名は菅原道真。学問の神様として知られる歌人。宇多天皇から醍醐天皇の時代まで朝廷に仕えて右大臣に出世するが、藤原時平におとしいれられ、九州の大宰府に追いやられる。死後、時平をうらみ、たたる。

関連人物 貞信公 →142ページ

▲藤原時平の弟。兄とはことなり菅家と親しく、たたられなかった。

小倉山　峰のもみぢ葉　心あらば
今一度の　みゆき待たなむ

貞信公

出典『拾遺和歌集』

26

意味　小倉山の紅葉の葉よ、おまえに心があるのならば、今度、天皇がいらっしゃるそのときまで、散らずに待っていてはくれないだろうか。

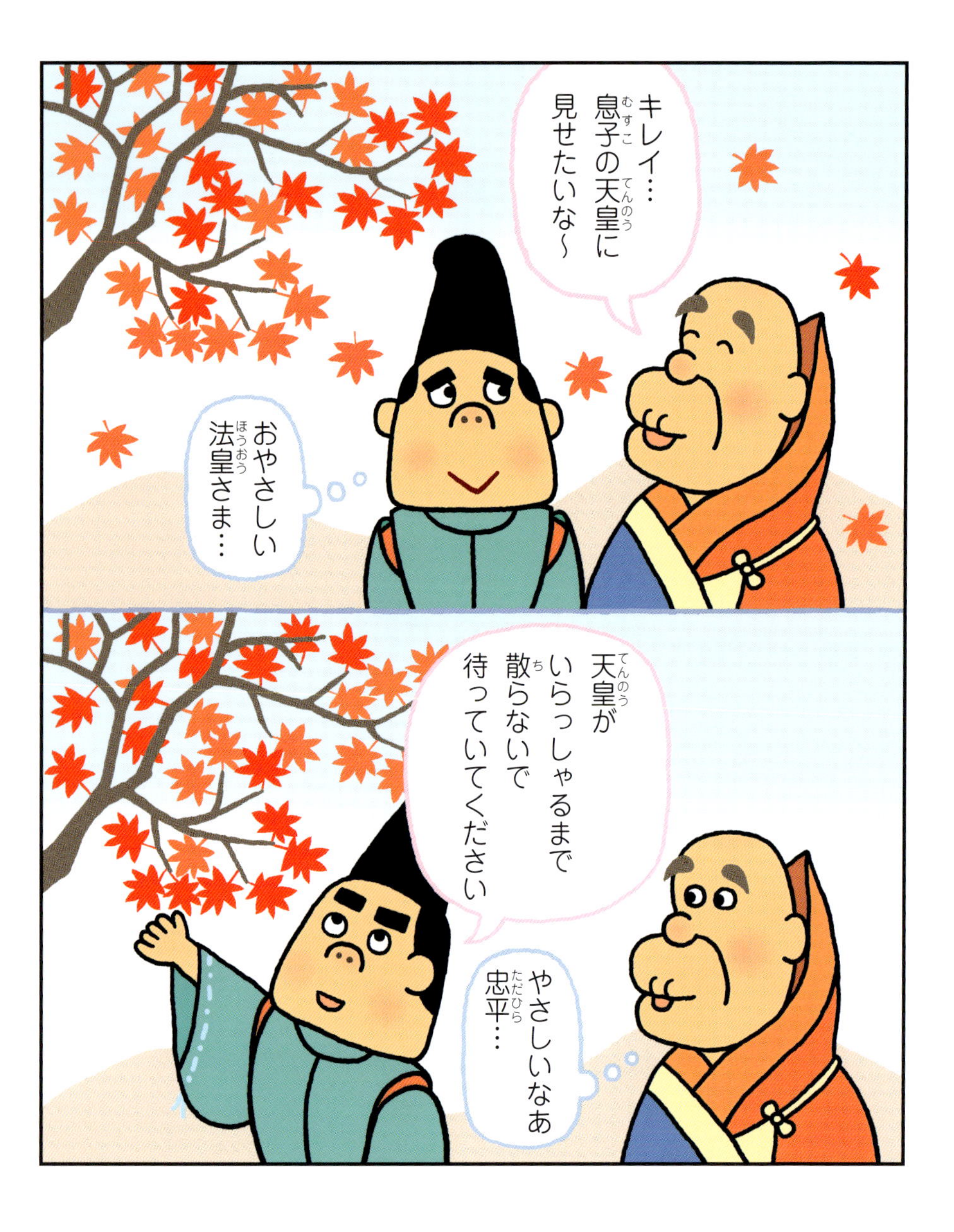

法皇の心を動かした紅葉

小倉山に出かけた宇多法皇（出家した上皇）が、そこで目にした紅葉の美しさに感動し、「息子の醍醐天皇にも見せたい」と口にしたのを聞いてよんだ歌といわれています。小倉山はもともと「小暗い山」とされた場所でしたが、貞信公の歌によって紅葉の名所へと変わりました。

この歌をよんだ

貞信公 ってどんな人?

（880年~949年）

本名は藤原忠平。藤原基経の子で、兄の時平、仲平とともに「三平」とよばれる。貞信公は、死後あたえられた「おくり名」（→59ページ）。

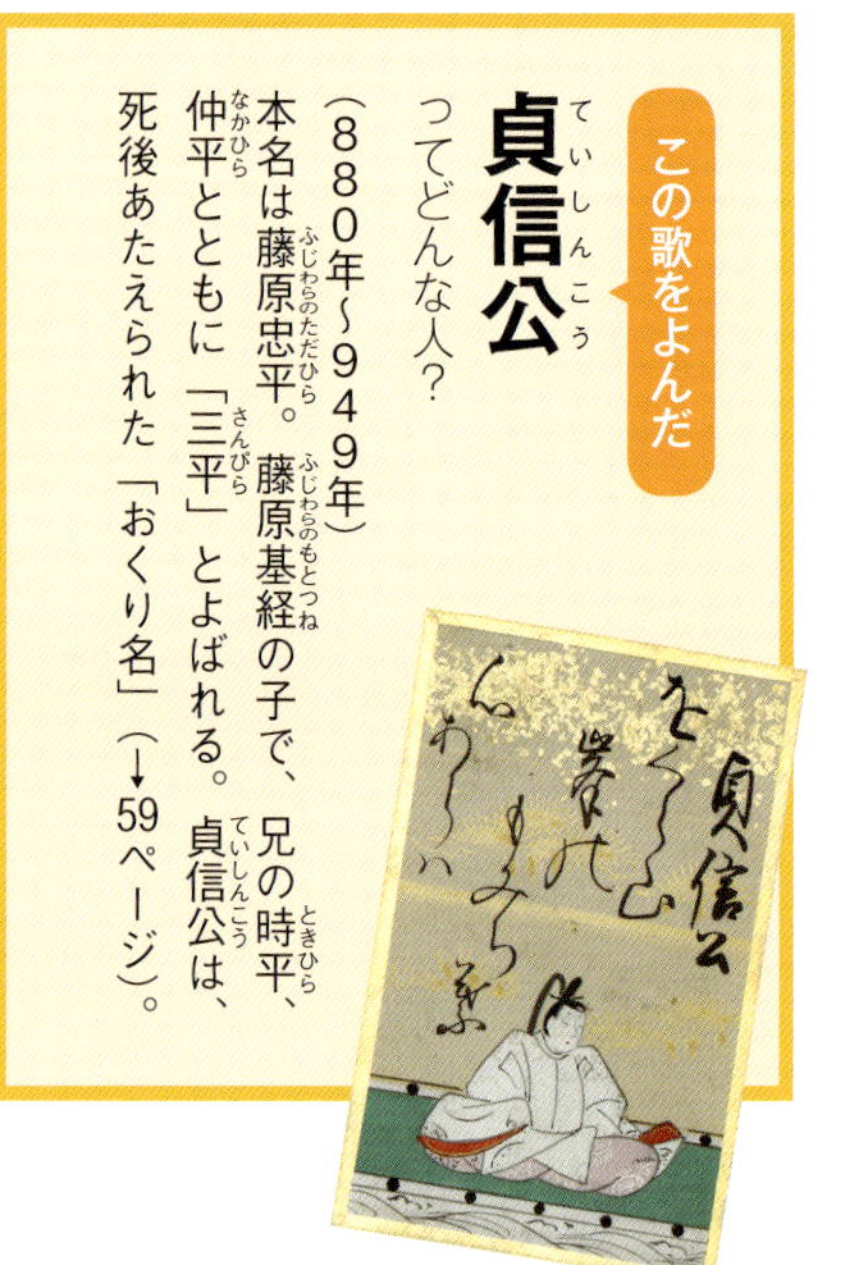

心当てに　折らばや折らむ　初霜の
置きまどはせる　白菊の花

凡河内躬恒

出典『古今和歌集』29

意味 心して折れば、折れるでしょうか。あたり一面に降りた初霜に、まぎれてしまった白菊の花を。

想像力ゆたかな歌

地面にできた霜柱をふんだことはありますか。この歌は、初霜が一面に降りて真っ白な白菊と見分けがつかなくなった、という情景をよんでいます。初霜と白菊の区別がつかないという、実際はありえない情景をよむことで、早朝の庭の美しさを伝えています。

この歌をよんだ

凡河内躬恒

ってどんな人？

（?年～?年）

三十六歌仙（→16ページ）のひとり。下級役人だったが、歌の才能が認められ、天皇に気に入られていた歌人。『古今和歌集』の取りまとめに関わる。

山川に　風のかけたる　しがらみは　流れもあへぬ　紅葉なりけり

春道列樹

出典『古今和歌集』32

意味 山のなかを流れる谷川に、風がつくったしがらみ（さく）がありました。それは、川のとちゅうで流れきらずにたまっている、たくさんの紅葉でした。

秋風が、紅葉でつくったものは……

「しがらみ」とは、水の流れをせき止めるため、川のなかにくいを打ち、そこに枝や竹を結びつけてつくったさくのことです。水面にたまる紅葉をしがらみに見立てたことと、それを「風のかけたる」と表現し、風のしわざに見立てたところに、粋なセンスが感じられます。

この歌をよんだ 春道列樹ってどんな人？

（?年～920年）

大学寮というところで、漢文学などを学んでいた。『古今和歌集』などに数首の歌が残っているだけで、歌人としては不明な部分が多い。

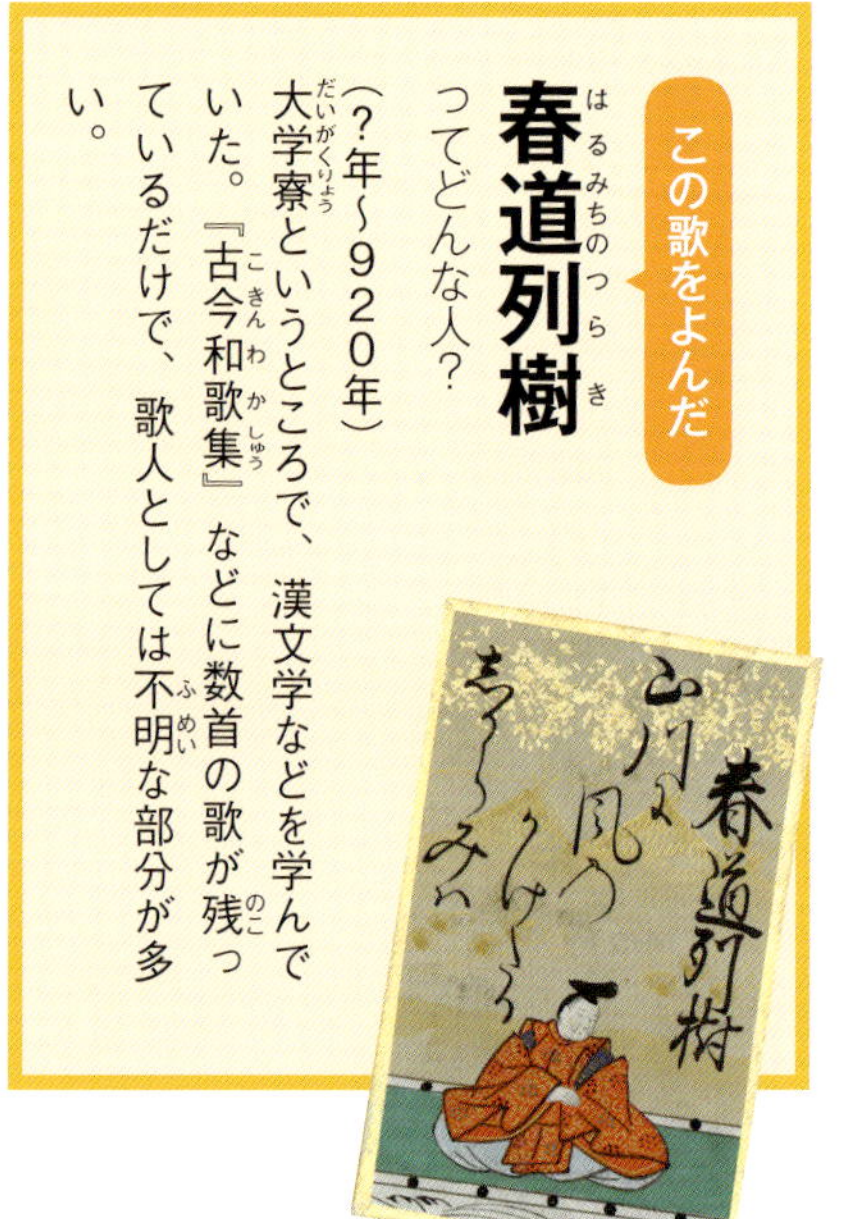

白露に　風の吹きしく　秋の野は　貫きとめぬ　玉ぞ散りける

文屋朝康

出典『後撰和歌集』37

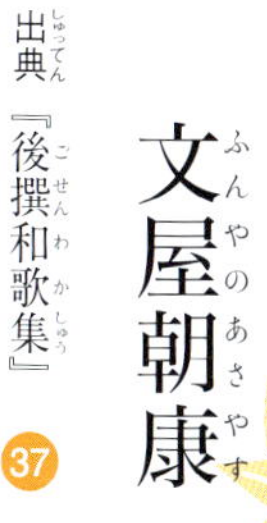

意味 草の上で白く輝く露に、風が吹きつけている秋の野は、まるで糸でつなぎとめていない真珠が、散らばっているかのようです。

露がまるで真珠みたい！

「白露」は、草の上で白く光って見える露のことで、「玉」は真珠のことです。平安時代の貴族は、真珠に糸を通し、首飾りなどにしました。風に吹かれる草の露を、糸がほどけて散らばる真珠にたとえたこの歌からは、秋の野にきらめく露のはかない美しさが伝わります。

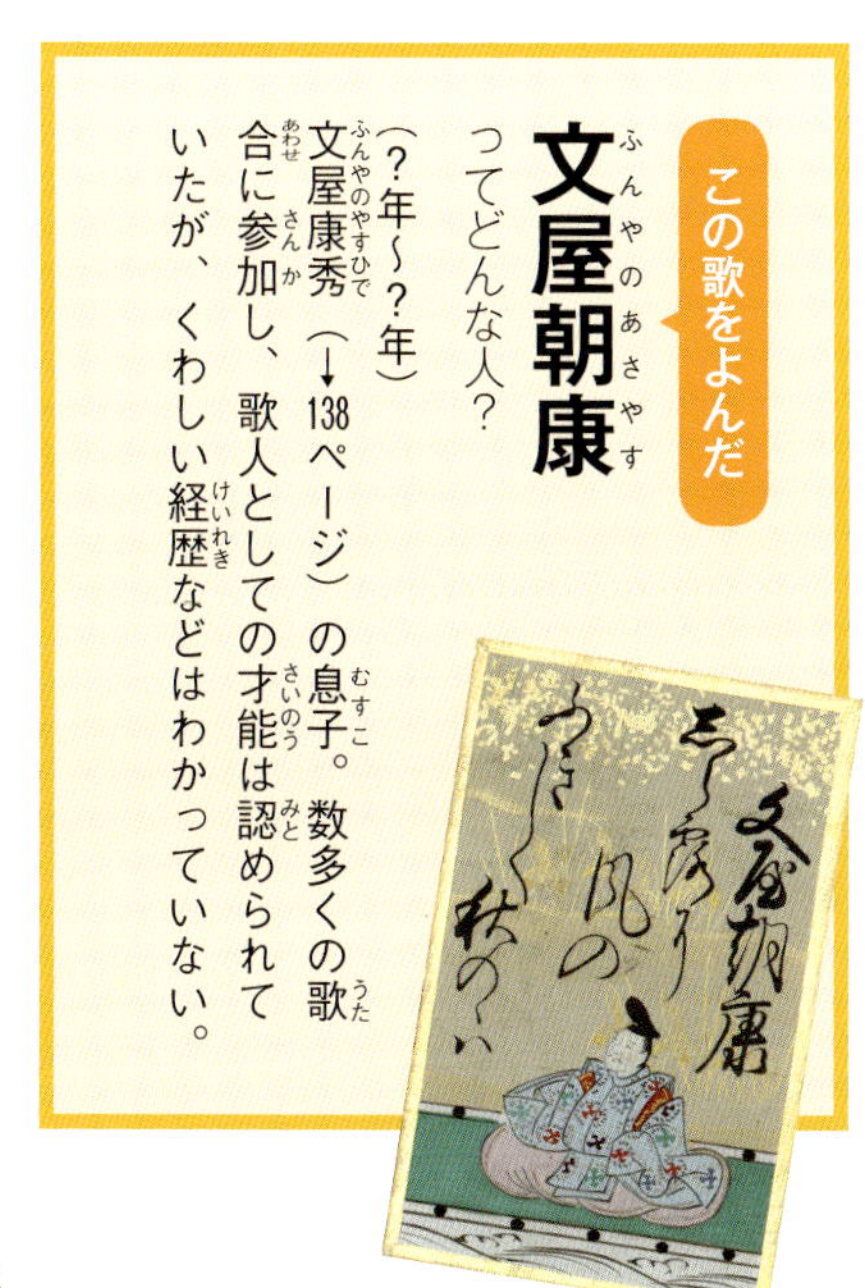

この歌をよんだ 文屋朝康ってどんな人？

（？年～？年）

文屋康秀（→138ページ）の息子。数多くの歌合に参加し、歌人としての才能は認められていたが、くわしい経歴などはわかっていない。

八重葎茂れる宿の　寂しきに人こそ見えね　秋は来にけり

恵慶法師

出典『拾遺和歌集』

47

意味 雑草がおいしげった、このさびしい家には、人はだれもおとずれては来ないけれど、秋だけはやってきたのだなあ。

変わり果てた屋敷におとずれるのは？

この歌の舞台は、河原左大臣（→20ページ）の建てた豪邸「河原院」です。かつての豪華さはなく、すっかりさびれてしまった河原院。恵慶法師は、「変わり果てた屋敷」と「変わらずおとずれる、秋というさびしい季節」をよむことで、移ろいゆくものの切なさを表現しました。

この歌をよんだ

恵慶法師ってどんな人？

（？年～？年）

播磨国（現在の兵庫県の一部）の国分寺の講師（→70ページ）だったといわれている歌人。源重之（→60ページ）らと交流があった。

嵐吹く　三室の山の　もみぢ葉は
竜田の川の　錦なりけり

能因法師

出典『後拾遺和歌集』 69

嵐が吹き散らした三室の山の紅葉の葉が
竜田の川を流れる
まるで錦の織物のようだ…
歌枕がふたつ入ったぞ
ムフフ
竜田の川
三室の山

意味　嵐が吹いて散らした三室山の紅葉の葉が、竜田川の水面をうめつくして、まるで錦の織物を広げたかのように、あざやかで美しいことです。

ふたつの歌枕をもりこんだ歌

この歌には、「三室の山」と「竜田の川」という、ふたつの歌枕（↓44ページ）がよまれています。三室山と竜田川は離れているため、竜田川の水面に三室山の紅葉がうかぶことは考えにくいのですが、ふたつの名所を結びつけることで、はなやかな情景をえがきだしました。

この歌をよんだ
能因法師ってどんな人？

（988年～1050年ころ）
出家前の名前は橘永愷。出家したあとは、全国各地を旅しながら歌をよんだ。歌枕を熱心に研究し、全国の歌枕を解説した『能因歌枕』を書いた。

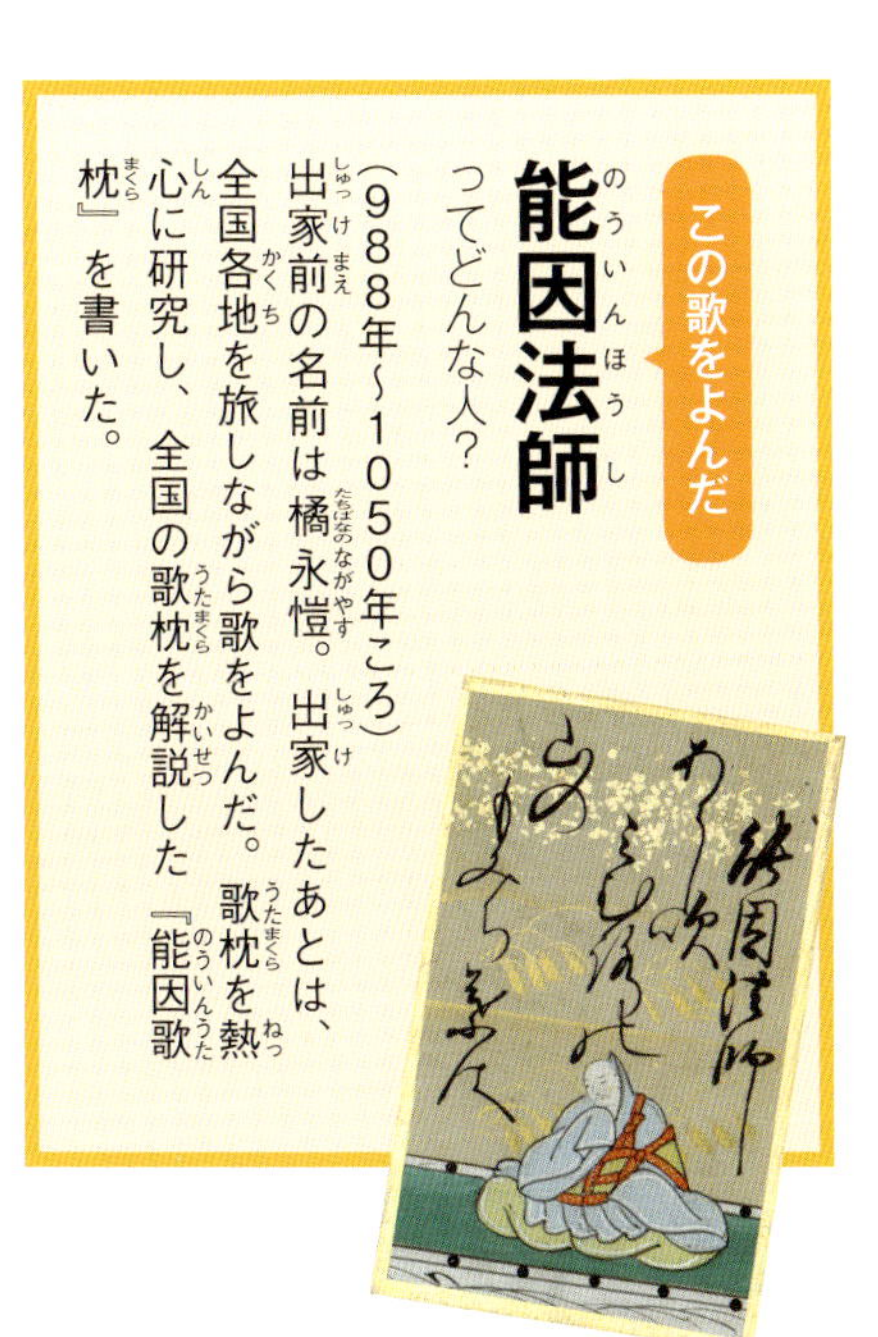

夕されば　門田の稲葉　おとづれて　葦のまろ屋に　秋風ぞ吹く

大納言経信

出典『金葉和歌集』71

意味　夕方になると、家の門の前にある田んぼの稲穂が風にゆれてさやさやと音を立てて、葦で屋根をおおったそまつな家にも、秋の風が吹いてきます。

いなかの秋も、悪くない

秋を「さびしい季節」ととらえてよむ歌が多いなか、この歌は、目の前に広がる景色をすなおによんでいます。「風の音で秋のおとずれを知る」という題でよまれた歌で、飾らないシンプルなことばを使った表現からは、秋のおもむきが伝わってきます。

この歌をよんだ　大納言経信ってどんな人？

（1016年～1097年）本名は源経信。源俊頼朝臣（→104ページ）の父で、俊恵法師（→74ページ）の祖父。詩、歌、管絃にすぐれた才能を発揮し、「三船の才」とよばれた。

秋風に　たなびく雲の　絶え間より
もれ出づる月の　影のさやけさ

左京大夫顕輔

出典『新古今和歌集』

意味　秋の風に吹かれてたなびく雲の切れ間から、もれ出てくる月の光は、なんとすみきって明るいことでしょう。

この月の美しさ

この歌は、1150年に崇徳院（→38ページ）にささげられた、百首の和歌のうちの一首でした。百人一首には、月の歌が全部で十二首ありますが、この歌は、月に作者の想いを重ね合わせるのではなく、雲の切れ間から見えている月のようすの美しさをストレートによんでいます。

この歌をよんだ 左京大夫顕輔ってどんな人？

（1090年～1155年）

本名は藤原顕輔。息子は藤原清輔朝臣（→187ページ）。四代の天皇に仕え、崇徳院に命じられ、『詞花和歌集』を取りまとめた。

村雨の　露もまだ干ぬ　まきの葉に　霧立ち昇る　秋の夕暮れ

寂蓮法師

出典『新古今和歌集』 87

意味 にわか雨が通りすぎていったあと、まだ雨の露が乾いていない杉や檜の葉のあたりに、早くも霧が白く立ちのぼっている、秋の夕暮れだなあ。

にわか雨のあとを、みごとによんだ歌

日本は四季の変化があり、暑い日や寒い日、雲ひとつなく晴れわたる日や、雨がザーザーふっている日など、一年でさまざまな気候や天気を体感することができます。

作者の寂蓮法師は、「村雨」「露」「霧」という秋の景物を3つも使って、雨あがりの幻想的な情景をえがきました。雨から露へ、露から霧へとかたちを変えていく水滴のようすを、みごとに表現しています。

また、「秋といえば紅葉」という一般的な発想にとらわれず、秋や冬でも緑の葉をつけている杉や檜などの葉をよむこ

葉についた露も乾かぬうちに霧が…！
なんて美しい
という歌はいかがでしょう？
おおおー!!
ブラボー
さすがです！

とで、霧の白と葉の緑を対比させています。

この歌にえがかれた情景には、ひっそりとしてどこかさびしげな秋の夕暮れの味わいがあります。

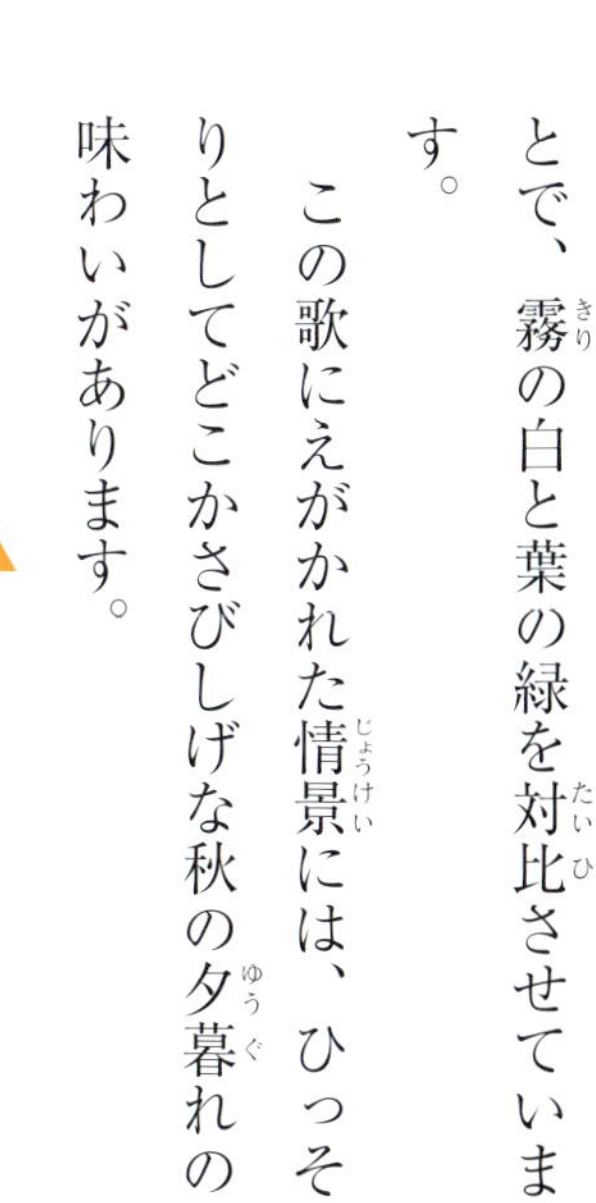

もっと知りたい

さまざまな雨のよび名

雨がよくふる日本では、雨のふり方やふる季節によって、さまざまなよび名があります。にわか雨をあらわす「村雨」のほかにも、春にしとしとふる「春雨」、梅雨時にふりつづける「五月雨」、秋から冬にかけてふったりやんだりする「時雨」など、和歌のなかにもさまざまな雨がよまれています。

この歌をよんだ

寂蓮法師ってどんな人？

（1139年ころ〜1202年）皇太后宮大夫俊成の甥。歌の才能を見こまれ、幼いころに俊成の養子となったが、権中納言定家（→78ページ）が生まれると出家。『新古今和歌集』の取りまとめに関わるが、とちゅうで亡くなる。

関連人物

皇太后宮大夫俊成→186ページ

▲寂蓮法師の父の兄。歌の才能があった寂蓮法師を養子にむかえた。

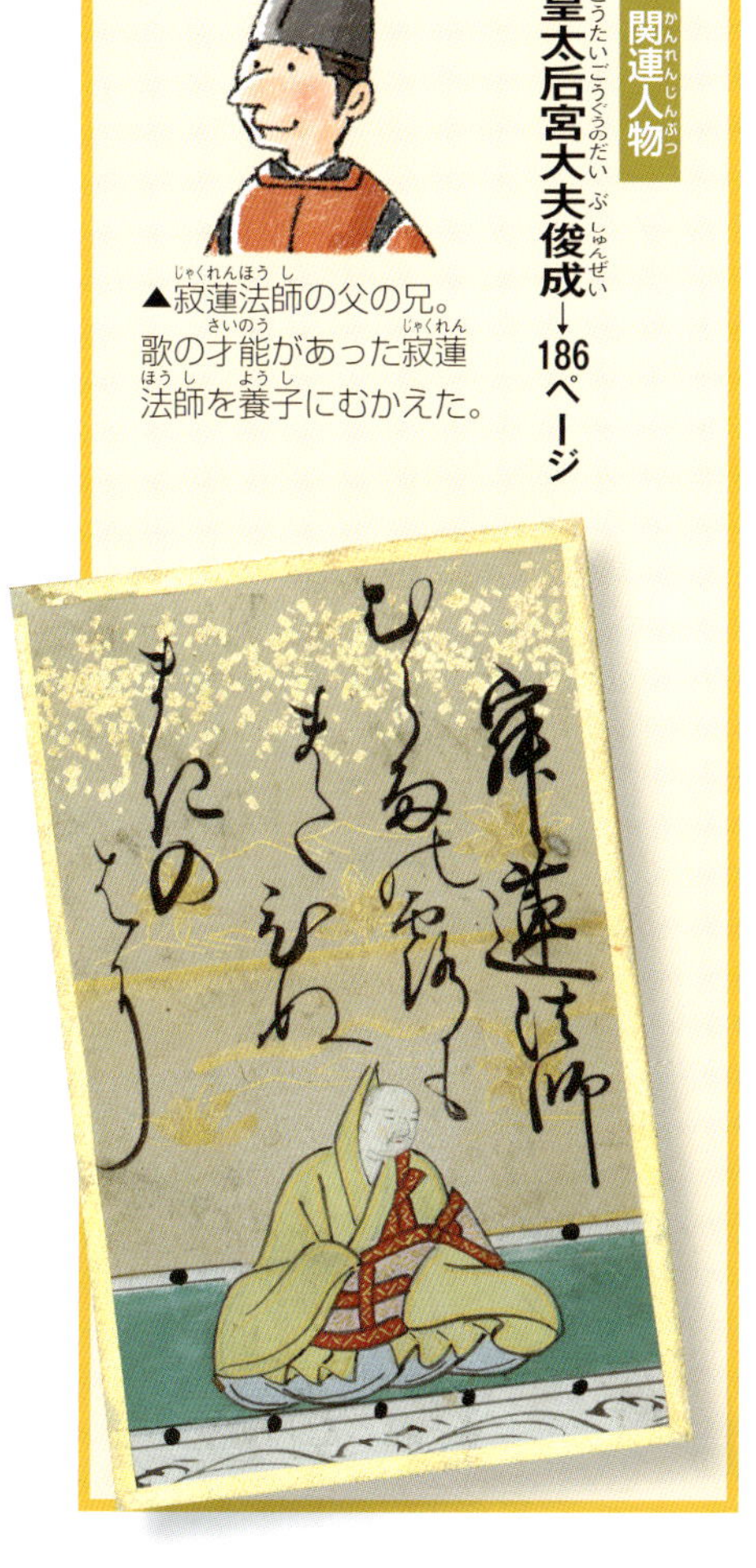

み吉野の　山の秋風　さ夜更けて　古里寒く　衣打つなり

参議雅経

出典『新古今和歌集』

94

意味　吉野の山に秋風が吹きぬけ、夜の闇が深まってくると、この里も冷えこんで、衣を打つ音が寒ざむと聞こえてきます。

さびしい音が、トントンと

わたしたちはふだん、数え切れないほど多くの音にかこまれて生活をしています。話し声や足音、料理をしている音、機械の音など、音だけでもどんなことをしているかわかる場合もあります。

この歌は、肌で感じたことや目で見たものだけでなく、「衣打つなり」ということばを使って、耳で聞いた音を歌に取り入れているところが特徴です。「衣打つ」とは、生地をやわらかくしたり、しわをのばしたりするために「砧」という板を台にして、木づちで布をたたくことです。この作業は、冬じたくとして秋の終わりにおこないました。

ああ…砧の音か…
いきなり音がしてビックリしたな…
トントン
なんだかあの音を聞くとさびしい気分になっちゃうねえ
秋だねえ

秋の夜、寒ざむとした吉野（現在の奈良県吉野郡のあたり）の里に響きわたる、衣を打つ音。作者は、里の情景と音をよみ、秋のさびしさを表現しました。

もっと知りたい

冬の歌から秋の歌に

この歌は、坂上是則（→158ページ）の「み吉野の　山の白雪つもるらし　ふるさと寒く　なりまさるなり（吉野の山の白雪がつもっているらしい。古都の奈良はますます寒くなってくるようだ）」という歌の本歌取り（→112ページ）です。本歌は冬の情景をよんでいますが、参議雅経は、季節を冬から秋に変え、吉野のさびしさを際立たせたのです。

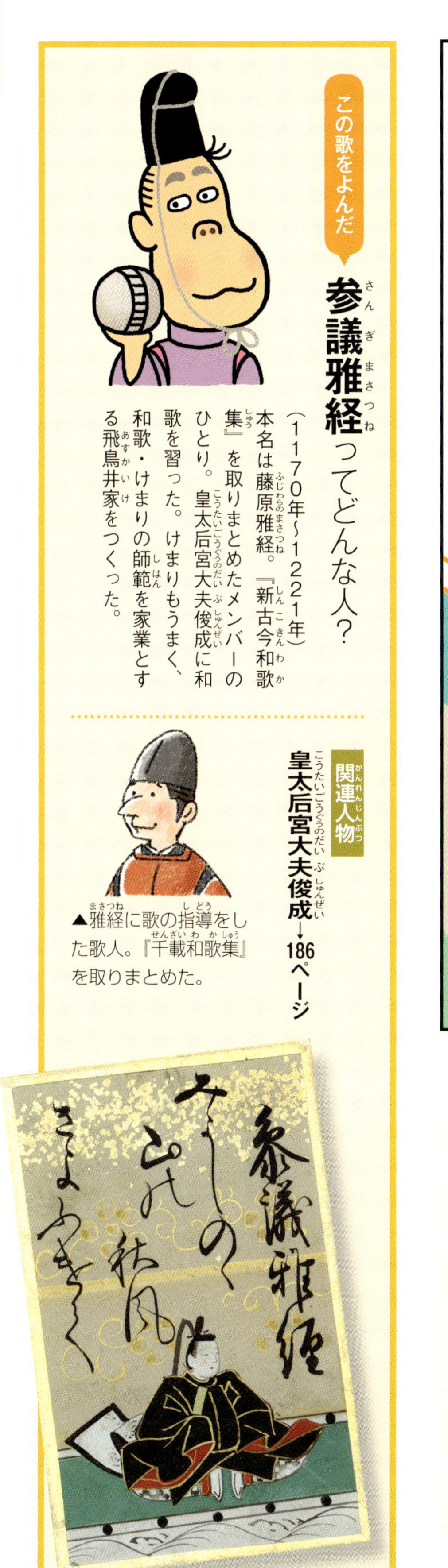

この歌をよんだ

参議雅経ってどんな人？

（1170年〜1221年）本名は藤原雅経。『新古今和歌集』を取りまとめたメンバーのひとり。皇太后宮大夫俊成に和歌を習った。けまりもうまく、和歌・けまりの師範を家業とする飛鳥井家をつくった。

関連人物

皇太后宮大夫俊成→186ページ

▲雅経に歌の指導をした歌人。『千載和歌集』を取りまとめた。

田子の浦に　打ち出でて見れば　白妙の
富士の高嶺に　雪は降りつつ

山辺赤人

出典『新古今和歌集』

4

意味 田子の浦へ出かけて、遠くをながめてみると、真っ白な雪をかぶった富士山が見え、その頂上には、今も雪がふりつづいています。

見えない雪まで、よんでしまう

日本でもっとも高い山である富士山は、古くは神が住む山としてあがめられていました。

作者の山辺赤人は、駿河国（現在の静岡県の一部）にある海岸・田子の浦から富士山を見て、この歌をよみました。山頂に雪のふりつもった富士山のすがたは美しいものですが、いくら目がよくても、田子の浦から富士山に舞い落ちる雪は見えません。赤人は、雪がふる景色を想像して歌をよんだのです。

この歌は、『万葉集』におさめられているときは「田子の浦ゆ　打ち出でてみれば　真白にそ　富士の高嶺に　雪は降

りける（田子の浦を通って、見晴らしのよい場所へ出ると、富士山の頂上には真っ白な雪がふっていた）」という歌でした。のちに、平安時代の人びとの好みに合わせてアレンジされたこの歌が、百人一首に選ばれたのです。

この歌をよんだ 山辺赤人ってどんな人?

（?年〜?年）
三十六歌仙（→16ページ）のひとり。『万葉集』を代表する歌人で、『万葉集』には、五十首もの歌が選ばれている。姓は、『万葉集』では「山部」、百人一首では「山辺」と表記されている。

関連人物
柿本人丸→18ページ

▲赤人とならび、『万葉集』を代表する歌人。宮廷に仕えていた。

もっと知りたい 人びとがたたえた「歌聖」

山辺赤人は『万葉集』を代表する歌人のひとりで、「あしひきの」（→18ページ）の柿本人丸とともに「山柿」とよばれ、尊敬されていました。紀貫之（→118ページ）は『古今和歌集』の仮名序（→16ページ）で、ふたりを「歌聖」（→19ページ）とたたえています。

鵲の　渡せる橋に　置く霜の　白きを見れば　夜ぞ更けにける

中納言家持

出典『新古今和歌集』 6

意味 鵲が、天の川にかけるといわれている橋。その橋が、霜が降りたように真っ白になっているのを見ると、すっかり夜もふけたものだと感じるなあ。

天の川と、その伝説に思いをはせて

この歌の「渡せる橋」にはふたつの説があります。ひとつは、「鵲がつばさを広げて連なることで織姫と彦星を逢わせた、天の川にかかる橋」、もうひとつは「宮中の階（建物をつなぐ階段）」です。階の白い霜を見た作者が、七夕伝説の白い鵲の橋を思ったのかもしれません。

この歌をよんだ
中納言家持ってどんな人？

（718年ごろ〜785年）本名は大伴家持。三十六歌仙（↓16ページ）のひとり。取りまとめに関わった『万葉集』には、もっとも多い四百七十三首もの歌がのっている。

（↓16ページ）

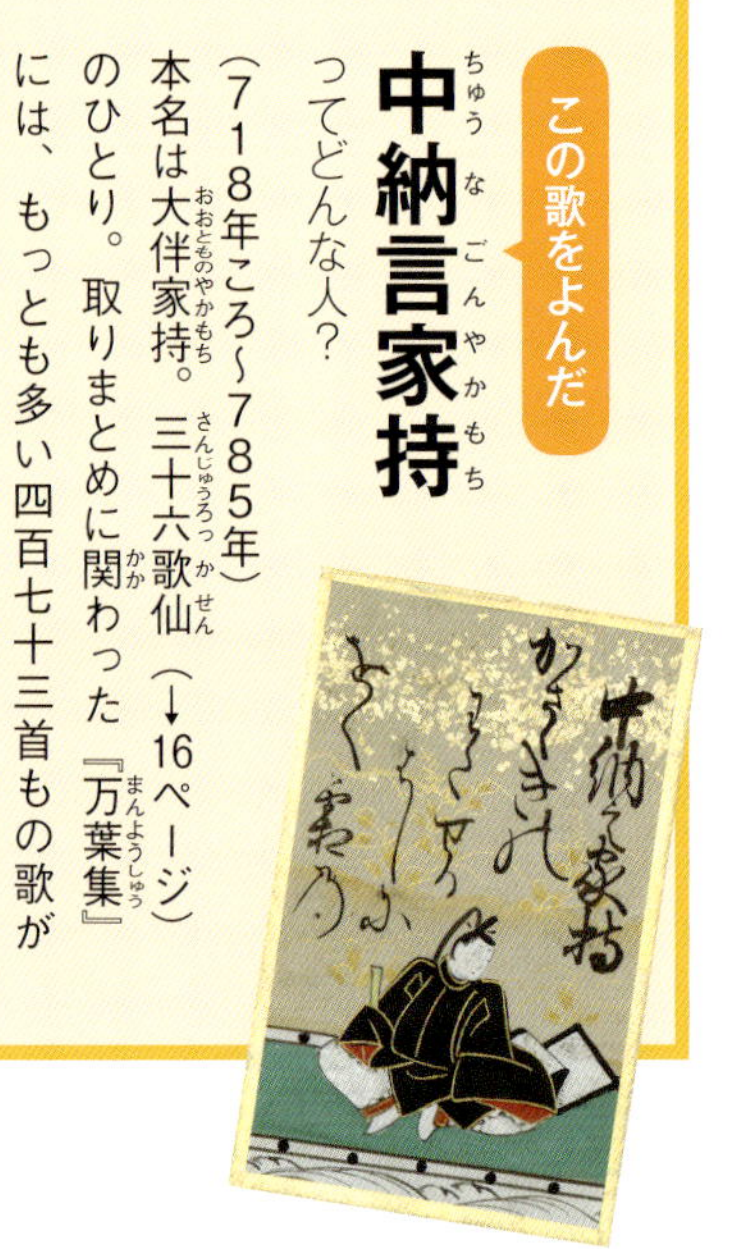

山里は　冬ぞ寂しさ　まさりける
人目も草も　かれぬと思へば

源宗于朝臣

出典『古今和歌集』 28

意味 山里では、冬がとくにさびしく感じられます。人がたずねてきてくれることもなくなり、草木もかれてしまうと思うと。

え？　どの季節がいちばんさびしいかって？
そりゃあ冬でしょう
ガラーン
人は来ないし
草木もかれる
しょぼ〜ん
ヒュー
ヒュー
人は秋がさびしいっていうけど、冬だね ウソだと思ったら来てみなよ
ブルルル

冬ってさびしい……

この歌は、藤原興風（→175ページ）の「秋来れば　虫とともにぞ　なかれぬる　人も草葉も　かれぬと思へば」という歌の、季節を秋から冬に変えた、本歌取り（→112ページ）です。「かれぬ」には、「（人が）離れる」と「（草が）かれる」の、ふたつの意味がかかっています。

この歌をよんだ

源宗于朝臣ってどんな人？

（?年〜939年）

三十六歌仙（→16ページ）のひとり。光孝天皇（→114ページ）の孫だが、のちに皇族の身分を離れた。紀貫之（→118ページ）と交流があったといわれる。

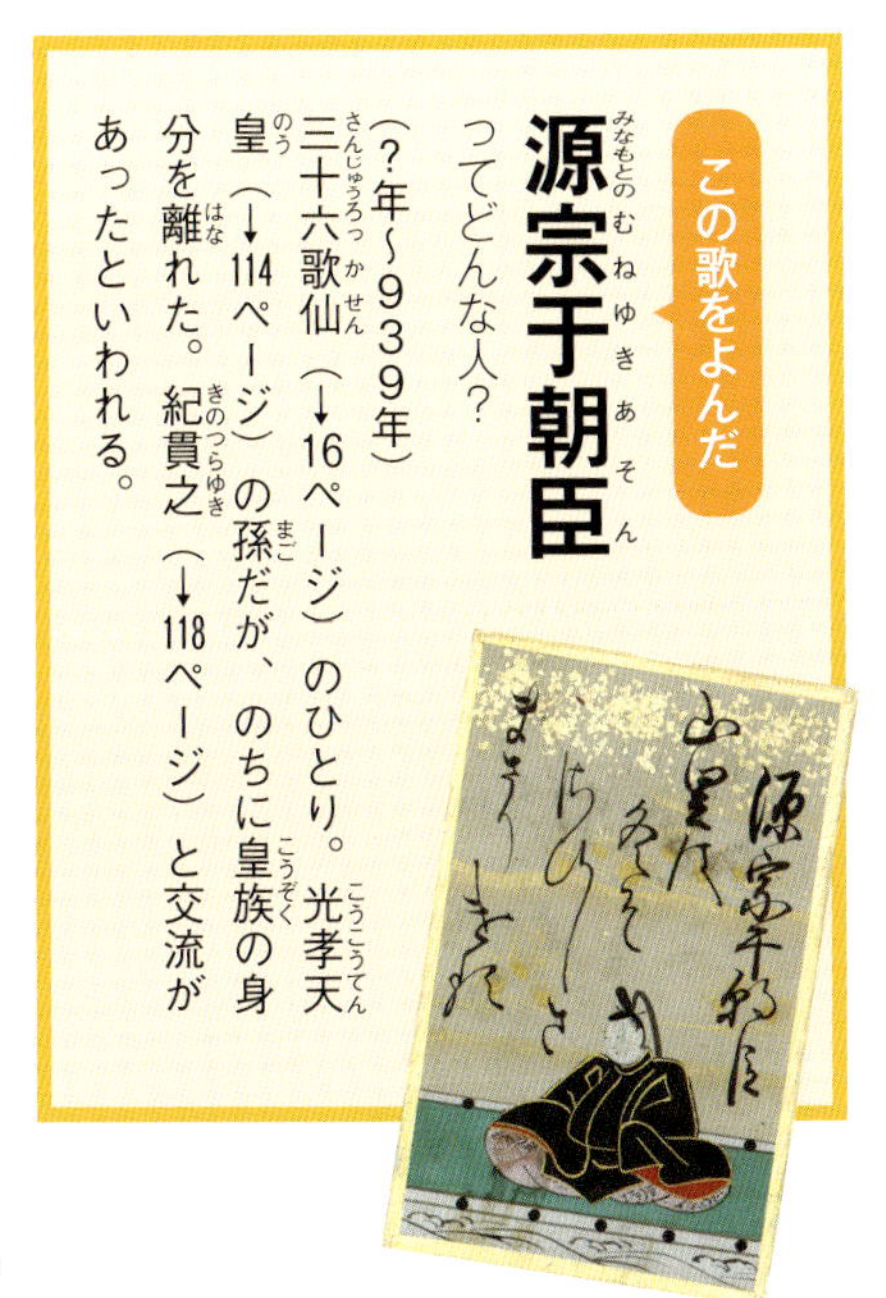

朝ぼらけ　有明の月と　見るまでに　吉野の里に　降れる白雪

坂上是則

出典『古今和歌集』

31

意味 あたりがまだ暗いころなのに、有明の月の光が照らしているのかと思ってしまうほどに、吉野の里にふりつもった白い雪が輝いています。

外が明るい理由は、雪!?

「朝ぼらけ」は、夜明け前の暗いころのことです。外があまりにも明るいので、月明かりのせいかと思った坂上是則ですが、実際は、ひと晩でつもった雪の雪明かりでした。吉野は人気のある歌枕（→44ページ）で、天皇と関係の深い土地です。

この歌をよんだ

坂上是則ってどんな人？

（?年〜?年）

三十六歌仙（→16ページ）のひとり。地位は低かったが文武両道で、歌人であるだけでなく、けまりの名手でもあった。

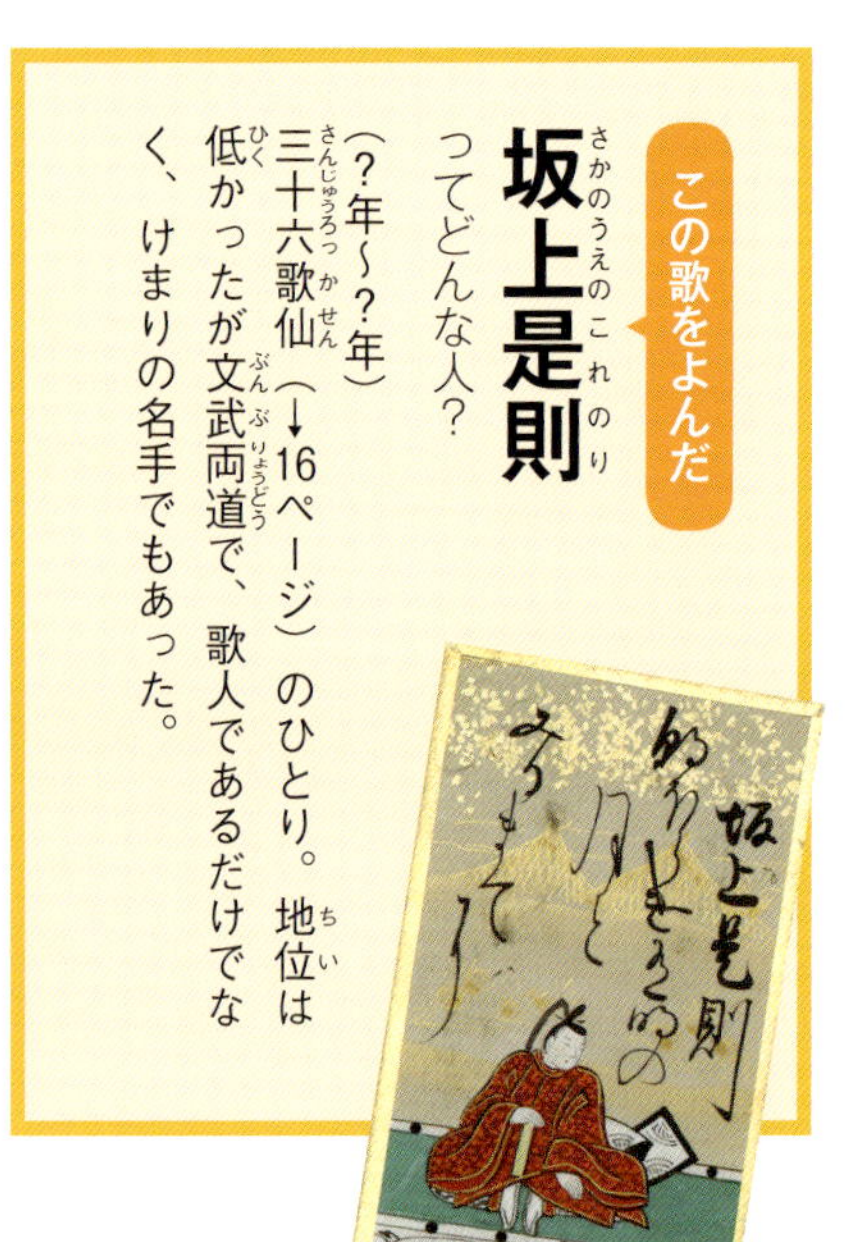

朝ぼらけ　宇治の川霧　絶え絶えに　現れわたる　瀬々の網代木

権中納言定頼

出典『千載和歌集』 64

意味 夜明け前、宇治川に立ちこめていた霧がとぎれとぎれになりはじめ、そのあい間から、川瀬のあちらこちらにある網代木があらわれてきましたよ。

冬の夜明け前の宇治川の美しさ

「網代木」とは、竹などを編んでつくった「網代」という魚をとるためのしかけを、川の浅瀬に固定するために打ちこむくいのことです。夜明け前の深い静けさのなかで、霧が晴れて網代木がすがたをあらわすようすは、冬の宇治川の風物詩とされていました。

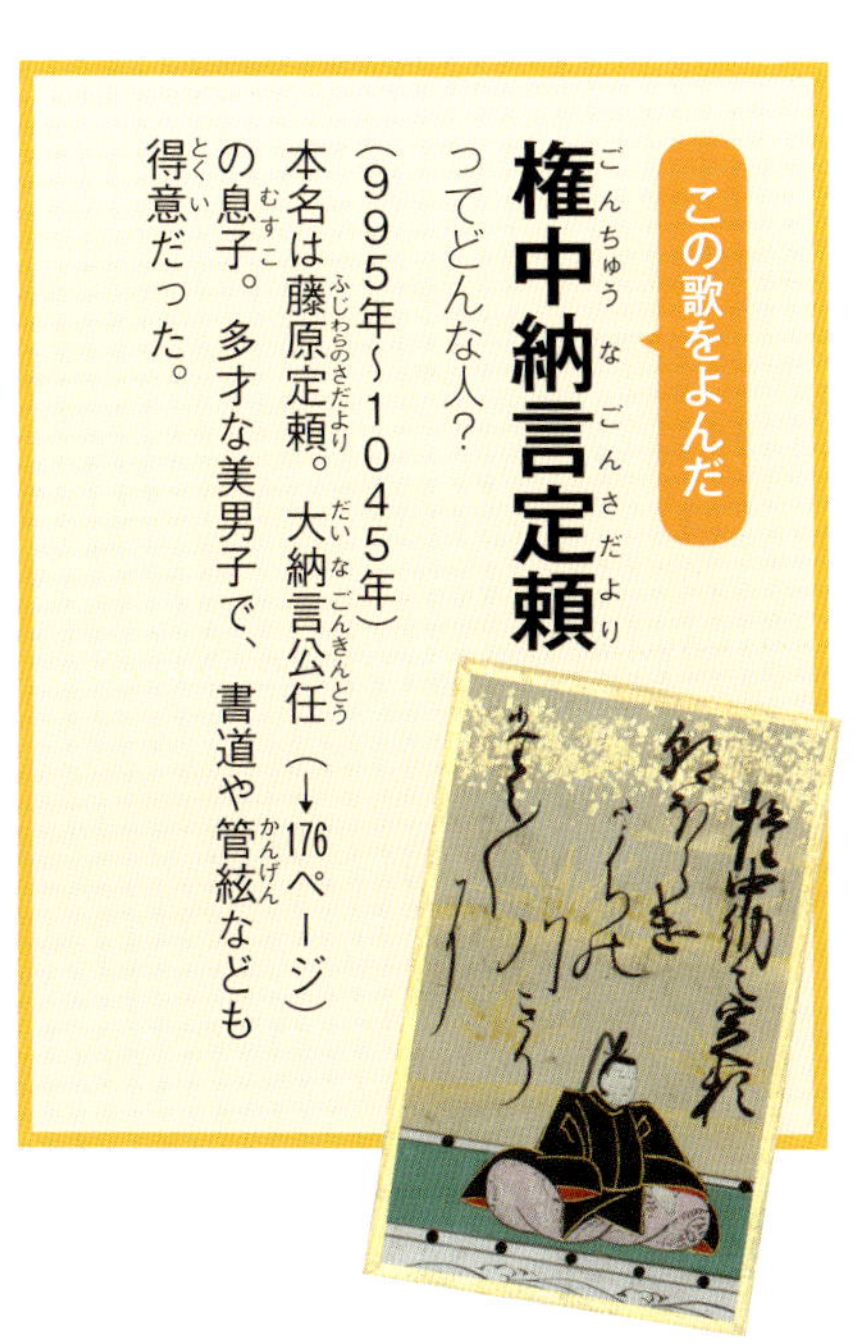

この歌をよんだ

権中納言定頼ってどんな人？

（995年〜1045年）本名は藤原定頼。大納言公任（→176ページ）の息子。多才な美男子で、書道や管絃なども得意だった。

淡路島　通ふ千鳥の　鳴く声に　幾夜寝覚めぬ　須磨の関守

源兼昌

出典『金葉和歌集』78

意味 淡路島から須磨まで、海をわたってくる千鳥の物悲しい鳴き声に、いったいどれだけの夜、目をさましたことでしょうか、須磨の関所の番人は。

千鳥の鳴く声が切なくて……

もしも、切なく美しい鳥の鳴き声が聞こえて目がさめたとしたら、いったいどんな気持ちになるでしょう。

千鳥は、草原や湿原、海や川のほとりなどにすんでいて、高くすきとおった声で鳴く鳥です。和歌では、千鳥は妻や恋人、友人など、恋しい人のことを想って鳴くとされていました。

また、須磨（現在の兵庫県神戸市）は古くは関所がおかれていた場所で、そこで働く関守（関所を守る番人）は、家族を故郷に残してきていました。

この歌は、作者の源兼昌が実際に須磨をおとずれたわけではなく、『源氏物

ピュイ
ピュイ
そんな切ない鳴き声で昔、須磨の関守はいったい何度目ざめたことだろう！
想像しただけで涙が…

語』（→179ページ）の「須磨の巻」をふまえて、よんだものだといわれています。

兼昌は、千鳥の切ない鳴き声と、それを聞いたときの須磨の関守のさびしい心情を想い、この歌をよんだのでした。

もっと知りたい

『源氏物語』ゆかりの地・須磨

『源氏物語』の「須磨の巻」は、主人公の光源氏が最愛の妻・紫の上を都に残して須磨の地に移り、さびしくくらしたようすがえがかれた巻です。この歌は、須磨の巻にある「友千鳥　もろごゑに鳴く　あかつきは　ひとり寝覚めの　床もたのもし」がもとになっているという説もあります。

この歌をよんだ

源兼昌ってどんな人？

（？年～？年）

数多くの歌合に参加していた歌人。『金葉和歌集』や『千載和歌集』などに、合わせて七首の歌が選ばれている。あまり出世はできず、のちに出家をしたといわれる。

関連人物

紫式部→178ページ

▲『源氏物語』の作者。「須磨の巻」は全五十四帖のうち十二帖目の巻。

もっと知りたい！

歌人おもしろランキング

百人一首には、さまざまな歌人の歌が選ばれています。どんな人たちがいたか、ちょっとだけランキングで見てみましょう。

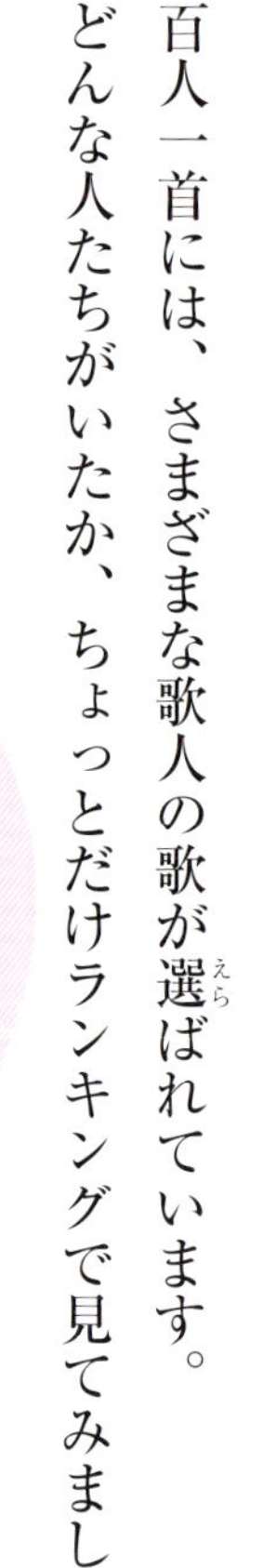

ぼくってモテモテ！

イケメン ベスト3

今も昔もイケメンはモテモテ。容姿がよいだけでなく、もちろん歌も得意でした。

1 在原業平朝臣 （➡136ページ）

小野小町（→ 168 ページ）が美女の代表だとしたら、在原業平朝臣は美男の代表といえるよ。

2 中納言敦忠 （➡28ページ）

数多くの恋をしたといわれる美男。１位の在原業平朝臣のひ孫なんだよ。

3 権中納言定頼 （➡159ページ）

書や管絃が得意で、声も美しかったけれど、ことばや態度が、少し軽い人だったみたい。

人生楽しい！

恋多き女性 ベスト3

多くの恋をしたから、すてきな恋の歌をたくさんよめたのかもしれません。

1 和泉式部 （➡100ページ）

たくさん恋をしたけれど、ラブラブなときばかりではなく、離婚も経験しているんだ。

2 伊勢 （➡46ページ）

貴族だけでなく天皇や皇子などにも愛され、情熱的な歌を多くよんだよ。

3 右近 （➡52ページ）

右近自身も数多くの恋をしていたけれど、相手も、恋多き男性だったりしたよ。

元気がいちばん！

長生きした人 ベスト3

平安時代、60 歳をこえる人はとても少なかったそうです。

1 道因法師 （➡72ページ）…93歳前後

90 歳をこえても、歌合に参加していたことがわかっているよ。

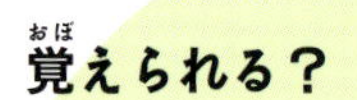

2 皇太后宮大夫俊成 （➡186ページ）…91歳

息子の権中納言定家（→ 78 ページ）も、80 歳まで生きたんだって。

3 清原元輔 （➡54ページ）…83歳
藤原基俊 （➡70ページ）…83歳

現代は、80 歳以上の人は大勢いるけれど、平安時代ではめずらしかったよ。

※このランキングは、おおよその生没年がわかっている歌人で構成しています。

覚えられる？

名前の長さ ベスト3

百人一首の歌人の名前は、本名ではなく役職などがついているため、すごく長い名前の人がいます。

1 法性寺入道前関白太政大臣 （➡185ページ）

なんと 12 文字！「法性寺」は住んだ寺の名前、「入道」は仏の道に入ったという意味だよ。

2 後京極摂政前太政大臣 （➡188ページ）

10 文字。「太政大臣」は、現代の内閣総理大臣のような役職だよ。

3 祐子内親王家紀伊 （➡68ページ）
皇太后宮大夫俊成 （➡186ページ）

ふたりとも８文字だね。それぞれ「紀伊」「俊成」が名前で、あとは位や役職をあらわしているよ。

5章

つぶやきたい

人生しみじみ

天の原 振りさけ見れば 春日なる 三笠の山に 出でし月かも

安陪仲麿

出典『古今和歌集』 7

意味 大空をはるか遠くまで見わたせば、東の空に美しい月が見えます。あの月は、ふるさとの春日にある三笠山に出ていた月と、同じ月なのでしょうか。

見上げた月は、あのときの月か

遠く離れたところにいても、空を見上げて、目にうつる月は同じものです。

この歌の作者・安陪仲麿は留学生として唐（中国）へわたり、そこで30年以上の長い年月をすごします。50歳をすぎたとき、ようやく日本へ帰れることになり、この歌をよみました。

三笠山は現在の奈良県にある春日大社のうしろにある山で、遣唐使が出発前に無事を祈るほこらがありました。仲麿は、30年以上前にその地で祈ったことを思い出して、この歌をよんだのかもしれません。しかし、日本に帰るために乗った船が嵐にあってしまったため、けっきょく

日本に帰国することはできず、唐で生涯を終えました。

では、なぜ仲麿の歌が日本に伝わったのでしょうか。この歌は、仲麿がよんだ漢詩を和歌に翻訳した、あるいは別の作者の歌である、ともいわれています。

もっと知りたい 「遣唐使」の役割

中国が唐の時代、現地のすぐれた文化や制度を学ぶために日本から送られたのが「遣唐使」です。遣唐使の役人のほかに留学生や留学僧が唐へわたり、学問や仏教、新しい制度などの知識を日本に持ち帰りました。このおかげで、日本の社会制度や文化は大きく発展しました。

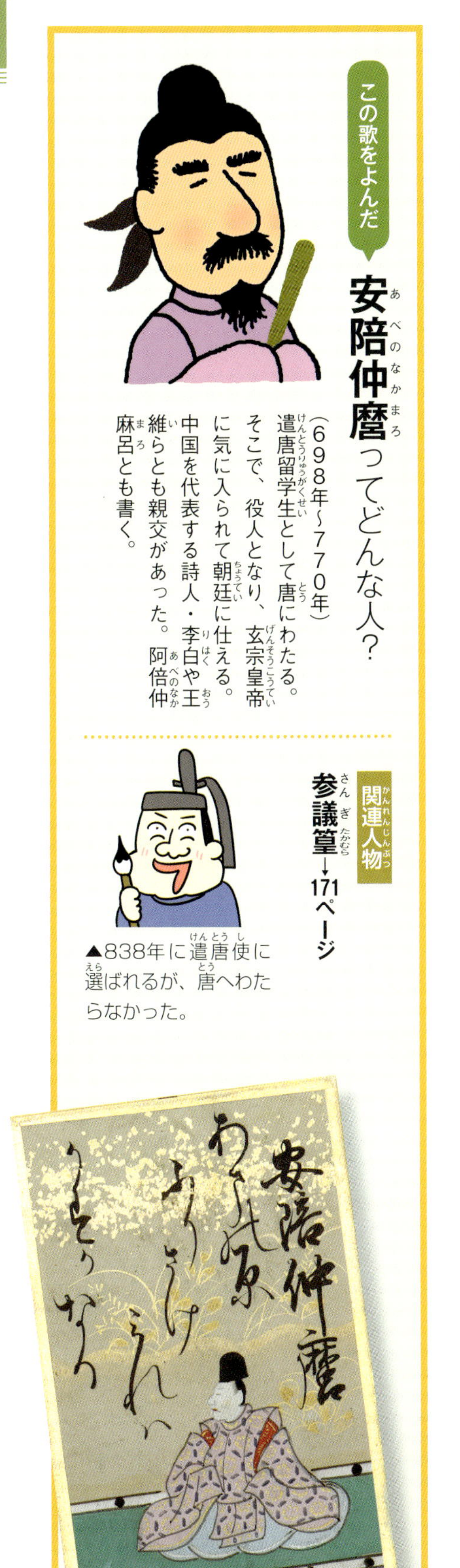

この歌をよんだ 安陪仲麿ってどんな人？

（698年～770年）遣唐留学生として唐にわたる。そこで、役人となり、玄宗皇帝に気に入られて朝廷に仕える。中国を代表する詩人・李白や王維らとも親交があった。阿倍仲麻呂とも書く。

関連人物 参議篁 →171ページ

▲838年に遣唐使に選ばれるが、唐へわたらなかった。

我が庵は　都のたつみ　しかぞ住む
世を宇治山と　人は言ふなり

喜撰法師

出典『古今和歌集』⑧

意味　わたしの住まいは、都より東南にあって、ごらんのように、心おだやかにくらしています。けれども世間の人びとは、わたしが世のなかをつらいと思って、宇治山に逃れ住んでいると思っているようです。

へんぴなところがよいところ

この歌の作者・喜撰法師は、都から離れて宇治山でくらしていました。そのことで、人びとは「喜撰法師は、世のなかをつらいと感じて宇治山にこもっている」とうわさしていたのです。

そこで喜撰法師は、山のなかでおだやかにくらしているようすを歌によみ、人びとのうわさを笑いとばしました。

「宇治山」の「うぢ」は、現在の京都の一部である「宇治」という地名と、「うし（つらい）」のふたつの意味がかかった掛詞（↓112ページ）です。また、「たつみ」は東南の方角をさし、都から見た宇治山の位置をしめしています。

この歌をよんだ

喜撰法師ってどんな人？

（？年〜？年）

六歌仙（↓16ページ）のひとり。宇治山に住んでいたということ以外、くわしいことはほとんどわかっていない。確実に喜撰法師の作といわれている歌は、この歌のみ。

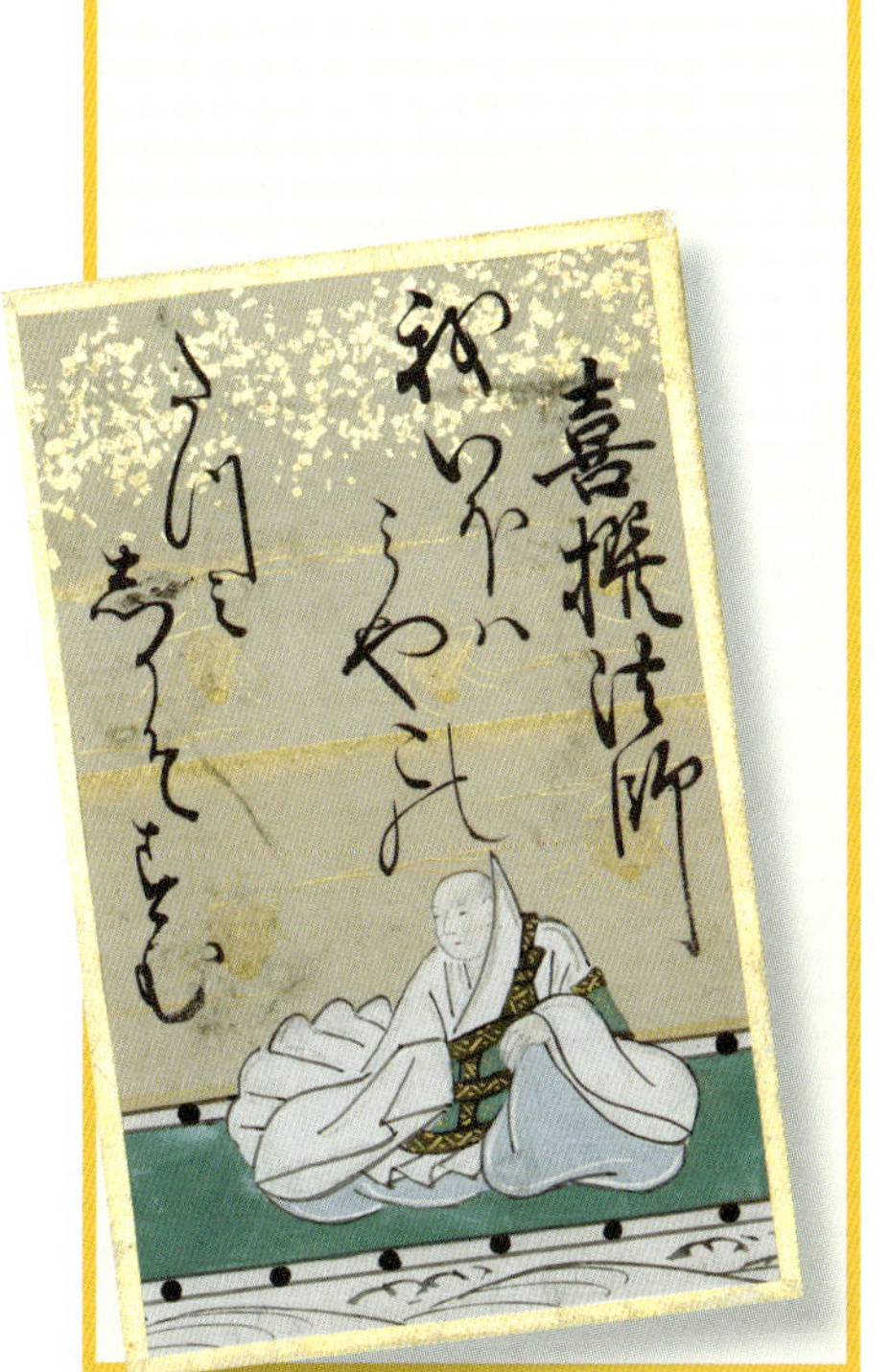

もっと知りたい

「たつみ」はなぜ東南？

平安時代は、方角は十二支を使ってあらわしました。東西南北の360度を十二等分し、北を「子」として右回りに「亥」までを順番に当てはめると、東南は「辰」と「巳」のあいだになるため、「辰巳」とよばれていたのです。

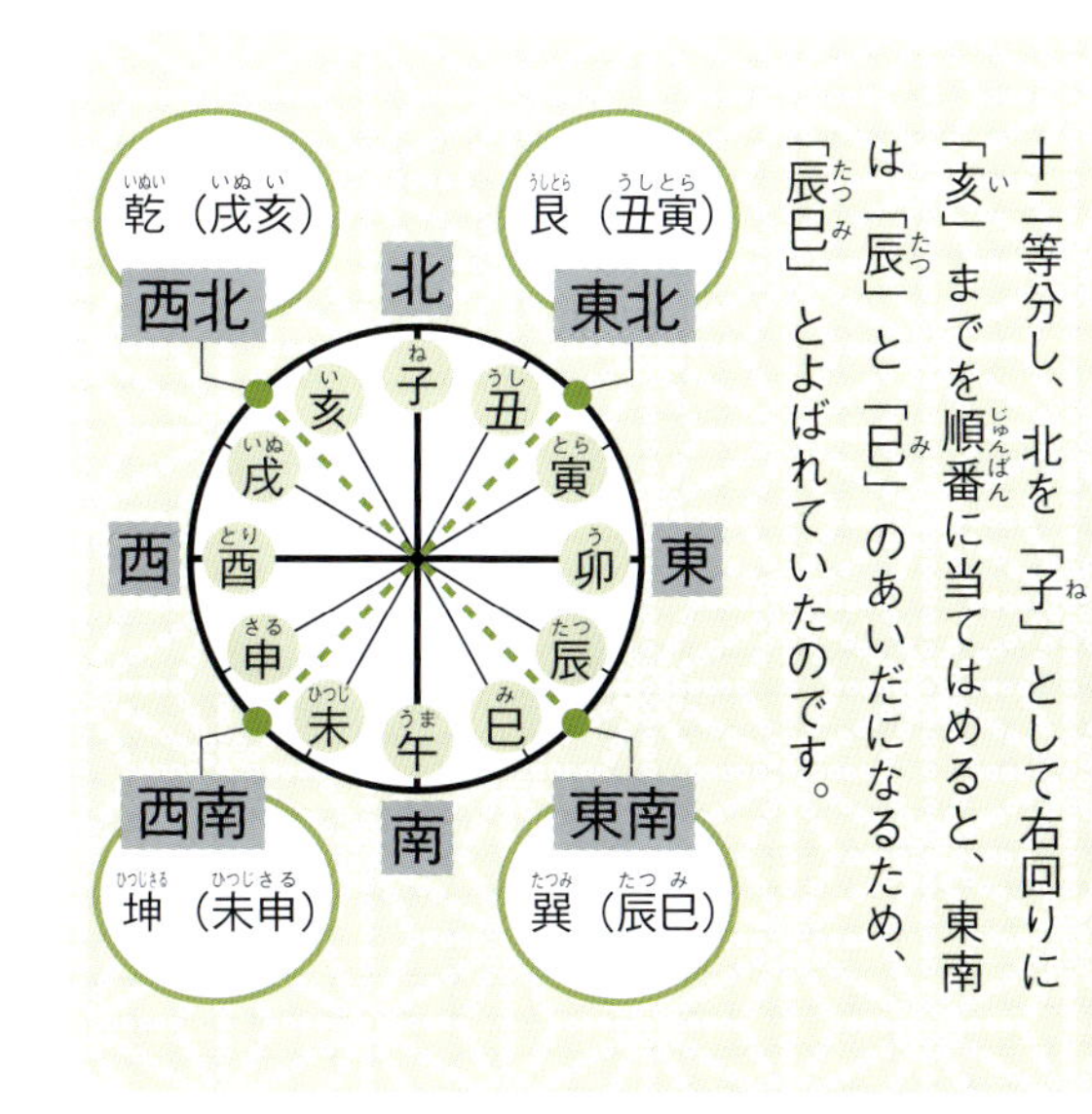

花の色は 移りにけりな いたづらに 我が身世にふる ながめせしまに

小野小町

出典『古今和歌集』 9

意味 美しい桜の花は、むなしく散ってしまいました。春の長雨がふっているあいだに。そして、わたしの美貌もおとろえてしまいました。物思いにふけって、月日をすごすあいだに。

時の流れにはかなわない

時間は、だれにでも平等に流れていくものです。だから、だれもが一年に1歳ずつ年を取っていきます。どれだけ文明が発達しても、時間をあやつり、若さや美しさをとどめることはできません。

この歌は「世界三大美女」のひとりで、絶世の美女といわれた小野小町がよんだ歌です。

この歌に出てくる「ふる」は、「雨が降る」と「世に経る（月日が経つ）」、「ながめ」は「長雨」と「眺め」というふたつの意味がこめられた掛詞（→112ページ）になっています。また、「眺め」には、「ものを見る」という意味のほかに、「物思

わたしの若さと美しさも
桜みたいに散っていくのね…
時間って
残酷…

いにふける」という意味もあります。
雨によって散ってしまった桜と、時間が経って年を取り、美しさがおとろえてしまった自分。そのふたつを重ね合わせて、小町はこの歌をよんだのでした。

もっと知りたい

「百夜通い」の伝説

小野小町が美人であったことをしめす伝説「百夜通い」。深草少将という若者が小町に恋をしますが、小町は「100日間、毎晩、わたしのところへ通うことができたらお逢いしましょう」と返事をします。小町のもとへ通いつづける少将でしたが、99日目の雪の晩にたおれて亡くなってしまいました。

この歌をよんだ

小野小町ってどんな人？

（?年～?年）
六歌仙（→16ページ）、三十六歌仙（→16ページ）のひとりで、仁明天皇に仕える女官だったといわれる。絶世の美女として知られているが、なぞが多く、さまざまな伝説が残っている。

関連人物
文屋康秀→138ページ

▲小野小町と親しく、地方に移る際にさそったといわれる。

これやこの　行くも帰るも　別れては　知るも知らぬも　逢坂の関

出典『後撰和歌集』

蝉丸

意味 ああこれが、都から出ていく人も都へ帰る人もここで別れ、知っている人も知らない人も、みなここで出会うという、うわさに名高い逢坂の関なのですねえ。

10

別れもあれば、出会いもあるさ

「逢坂の関」は、山城国（現在の京都府の一部）と近江国（現在の滋賀県）のあいだにもうけられた関所で、「逢坂」の「逢」には「（人に）会う」の意味もかけられています。出会ったもののはかならず別れる運命にあるという、仏教の考え方をあらわした歌です。

この歌をよんだ

蝉丸

ってどんな人？

（?年～?年）伝説の人物。盲目で琵琶の名手とされているが、くわしいことはわかっていない。法師ではなく、隠者（かくれてくらす者）である。

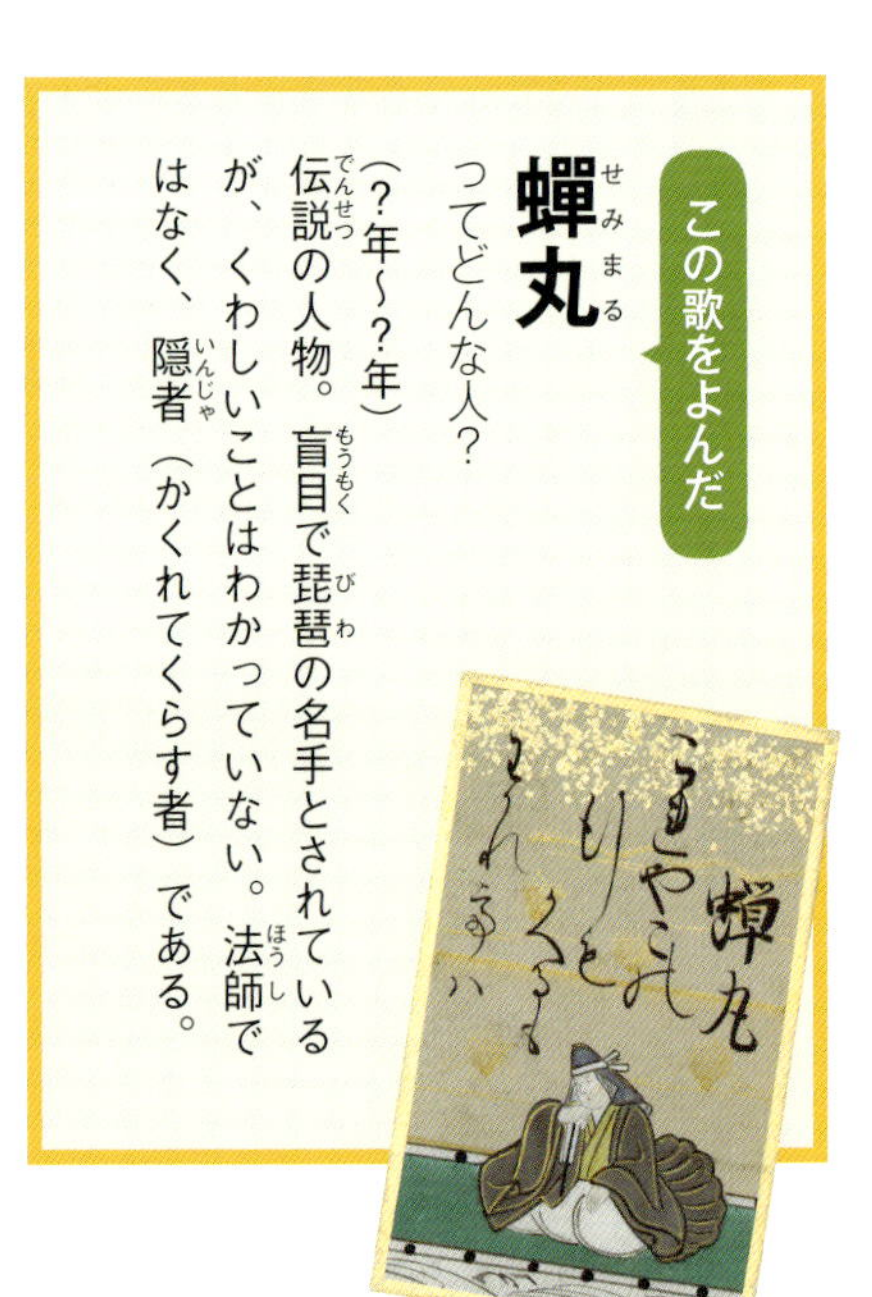

わたの原　八十島かけて　漕ぎ出でぬと　人には告げよ　海人の釣舟

参議篁

出典『古今和歌集』

11

意味　わたしは島じまをめざして、はるかかなたまで広がる大海原へこぎだしたと、都へ残してきた者に伝えてはくれまいか、漁師の釣り舟よ。

遠くへ行きます……

参議篁は遣唐使として中国へわたるよう命じられるも、仮病を使って船に乗ることをことわりました。さらに、遣唐使を批判する漢詩をつくったため、嵯峨上皇の怒りを買い、島流しとなりました。都を離れる不安や孤独をかくし、さっそうと旅立つかのようによんでいます。

この歌をよんだ

参議篁ってどんな人？

（802年～852年）

本名は小野篁。漢学者として活やくし、遣唐使に任命されるが、唐へわたらず、島に流される。のちにゆるされ、都にもどった。

天つ風 雲の通ひ路 吹き閉ぢよ をとめの姿 しばしとどめむ

僧正遍昭

出典『古今和歌集』 12

意味 大空に吹く風よ、雲のなかにある天への通り道を吹き閉じておくれ。天女のように美しい舞姫のすがたを、もうしばらくここにとどめておきたいから。

お坊さんが、見とれている?

作者の僧正遍昭は、35歳で出家してお坊さんになりますが、出家前は良岑宗貞という名で貴族としてくらしていました。宗貞が天皇に仕えていたころ、宮中で、天女のすがたをした舞姫が「五節の舞」という舞を披露しました。その舞を見て感動した宗貞がよんだのが、この歌です。「雲の通ひ路」とは、雲のなかにある、天上と地上を結ぶ道のことで、天女はこの道を通って天と地を行き来するという伝説がありました。目の前で舞う美しい女性にもう少しここにいてほしいので、帰れないように、風に通り道をふさいでもらおうと考えたのです。

百人一首の歌人名・僧正遍昭の「僧正」とは、最高位のお坊さんをさします。そのため、実際は出家前によんだ歌にもかかわらず、「位の高いお坊さんが女性に見とれるとは」と皮肉をいわれることがあったようです。

もっと知りたい 天女が舞う「五節の舞」

宮中では毎年秋になると、稲の収穫を祝い、次の年の豊作を祈る「新嘗祭」という行事がありました。「五節の舞」は、新嘗祭の翌日にとりおこなう「豊明節会（天皇が新米を食べる儀式）」の場でおこなわれる舞です。舞姫は、貴族の未婚の女性のなかから選ばれました。

この歌をよんだ 僧正遍昭ってどんな人?

（816年〜890年）桓武天皇の孫で、出家前の名は良岑宗貞。素性法師の父。六歌仙（→16ページ）、三十六歌仙（→16ページ）のひとり。仁明天皇に仕えるが、天皇の死をきっかけに35歳で出家した。

関連人物 素性法師→48ページ

▲僧正遍昭の息子。父である僧正遍昭のすすめで出家した。

立ち別れ　いなばの山の　峰に生ふる
まつとし聞かば　今帰り来む

中納言行平

出典『古今和歌集』　16

意味　わたしは、今からお別れして因幡国へ行ってしまいますが、因幡にある山の「松」の木のように、あなたがたがわたしの帰りを「待つ」と聞いたなら、わたしはすぐにでも、都へ帰ってきましょう。

松のように、待っていてくれるなら

優秀な役人だった中納言行平が、数年間、都を離れて、因幡国（現在の鳥取県の一部）へ行くことになったときによんだ歌です。「いなば」は「因幡」と「往なば（行くけれど）」、「まつ」は「松」と「待つ」のふたつの意味をもつ掛詞（→112ページ）です。

この歌をよんだ 中納言行平ってどんな人？

（818年～893年）

本名は在原行平。在原業平朝臣（→136ページ）の、母ちがいの兄。880年代に、記録にあるもののなかで最古の歌合とされる「在民部卿家歌合」を開いた。

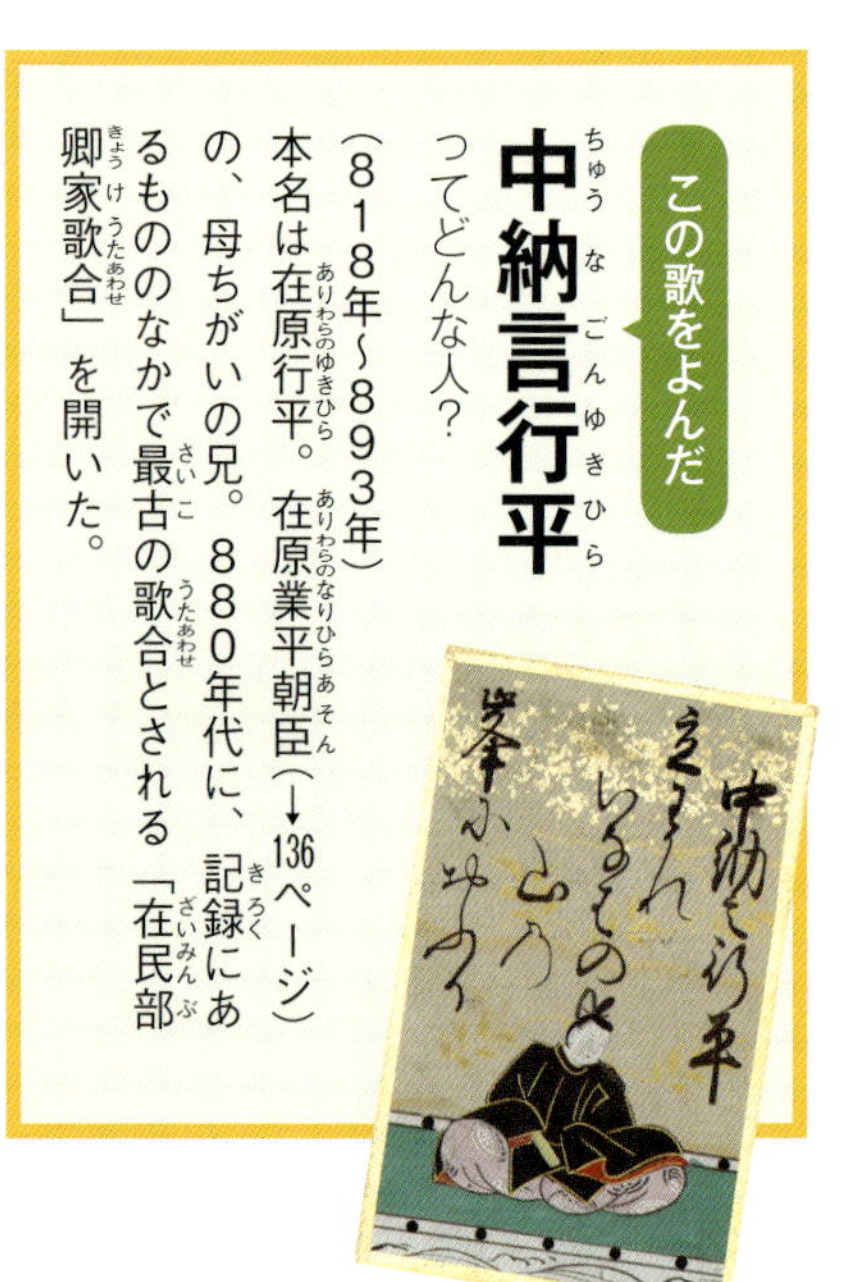

誰をかも　知る人にせむ(ん)　高砂の
松も昔の　友ならなくに

藤原興風

出典『古今和歌集』 34

意味 年を取ってしまったわたしは、いったいだれを、昔のことを語り合えるような親しい友とすればよいのでしょう。長寿として知られる、高砂の松も、昔からの友ではないのだから。

老いのさびしさが、つのります

「高砂」とは、現在の兵庫県高砂市あたりのことで、古くから松の名所とされてきました。松は、冬でも青あおとした葉をつけるため、不老長寿の象徴とされています。年老いていく自分と、松の古木を重ね合わせてよんだこの歌からは、作者の孤独感が切実に伝わってきます。

この歌をよんだ
藤原興風
ってどんな人？

（？年～？年）
『古今和歌集』がつくられたころの代表的な歌人で、三十六歌仙（↓16ページ）のひとり。和歌だけでなく、笛や琵琶などの演奏も得意で、琴の名手としても知られていた。

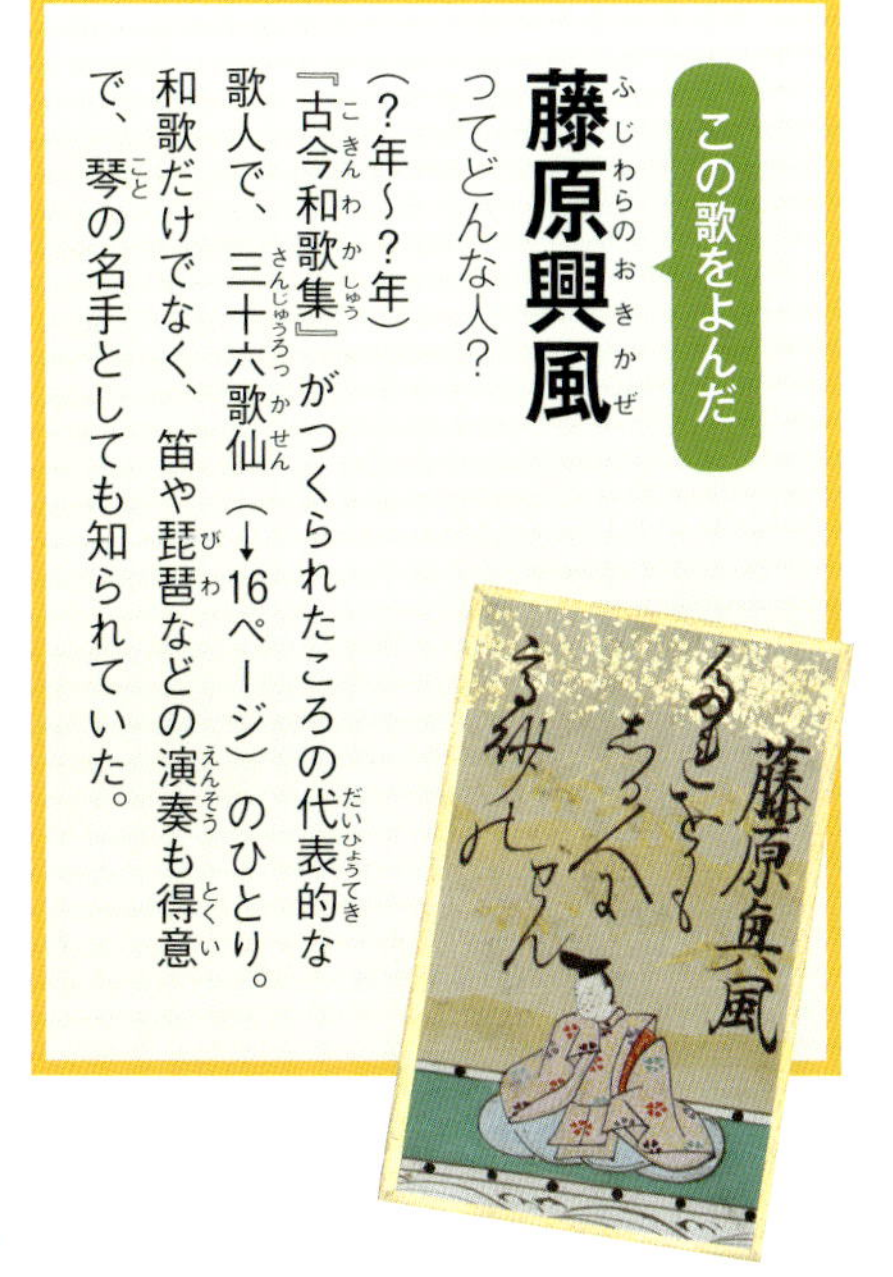

滝の音は　絶えて久しく　なりぬれど　名こそ流れて　なほ聞こえけれ

大納言公任

出典『千載和歌集』

55

意味　滝の流れがとだえてから、ずいぶん長い年月が経ったけれど、その滝の評判は、今も人びとのあいだに流れつづけています。

目に見えなくても、有名人

移りゆく時代のなか、すがたを変え、忘れられた景色があるいっぽうで、いつまでも人びとの心に残りつづける景色もあります。

作者の大納言公任が、もとは嵯峨天皇の離宮であった大覚寺をおとずれたときのこと。かつてはそこに、200年ほど前につくられた、すばらしい滝がありました。しかし、公任が目にしたのは滝の水がすっかりかれたようすでした。

そこで公任は、「滝の流れる音は聞こえないが、滝のうわさは聞こえます」と、この歌をよんだのです。

今も人びとのあいだでその評判が語り

つがれている滝のように、自分も名声を残したいという思いを、この歌にたくしたのかもしれません。

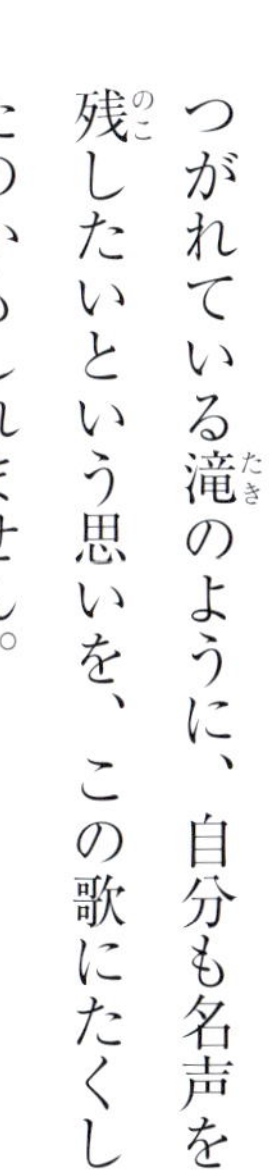

もっと知りたい 「滝の音」が「滝の糸」?

この歌はふたつの歌集に選ばれていて、『千載和歌集』では「滝の音は」、『拾遺和歌集』では「滝の糸は」という出だしになっています。作者は「滝の音」とよんだといわれていますが、『拾遺和歌集』を取りまとめた花山院は「滝の糸」に変えておさめたのです。百人一首では藤原定家がもとの表現を評価したため、「滝の音は」を採用したようです。

この歌をよんだ 大納言公任ってどんな人?

(966年〜1041年)本名は藤原公任。三十六歌仙(→16ページ)のもととなる『三十六人撰』を取りまとめた。権中納言定頼の父。詩、歌、管絃のどれにもすばらしい才能を発揮し、「三船の才」といわれた。

関連人物 権中納言定頼 →159ページ

▲大納言公任の息子。書や管絃など、多くの分野で才能を発揮した。

めぐり逢ひて　見しやそれとも　分かぬ間に　雲隠れにし　夜半の月かな

紫式部

出典『新古今和歌集』 57

意味 久しぶりに会ったのが本当にあなたかどうかわからないうちに、まるで雲にかくれる夜中の月のように、あなたはあっという間に帰ってしまいました。

楽しい時間ほど、短く感じるもの

久しぶりに再会した友だちとのおしゃべりは、いくら話しても話題がつきることがないくらい花が咲くものです。

この歌は、紫式部が幼なじみの女友だちと再会したときのことをよんだ歌です。あなたかどうかわからないうちにという大げさな表現で、楽しい時間があっという間にすぎてしまったことをあらわし、あわただしく帰っていく友だちを雲にかくれる月に見立てることで、別れをおしむ気持ちをよんでいます。

紫式部は、光源氏を主人公とした長編小説『源氏物語』の作者であり、和歌の世界では「『源氏物語』を読まない歌人は、

残念なものだ」といわれるほど、高い評価を得ていました。この歌が百人一首に選ばれたのも、紫式部が『源氏物語』の作者であることが大きく影響しているといわれています。

もっと知りたい

平安のベストセラー『源氏物語』

『源氏物語』は、光源氏を主人公とした、五十四帖からなる長編小説です。天皇の息子である光源氏が、すぐれた容姿と頭脳で多くの女性と恋に落ちる話を中心に、宮中の文化や政治のようすなどがえがかれています。物語のとちゅうで光源氏が亡くなってからは、その子どもたちの時代へと物語がつづきます。

この歌をよんだ

紫式部ってどんな人？

（970年ころ～1019年ころ）中納言兼輔（→88ページ）の孫で、大弐三位の母。一条天皇の中宮・彰子に仕える。『源氏物語』『紫式部日記』の作者。紫式部という名は、『源氏物語』の登場人物・紫の上にちなんでいるといわれる。

関連人物

大弐三位 →62ページ

▲紫式部の娘。母と同じく、一条天皇の中宮・彰子に仕えた。

大江山 いく野の道の 遠ければ まだふみも見ず 天の橋立

小式部内侍

出典『金葉和歌集』 60

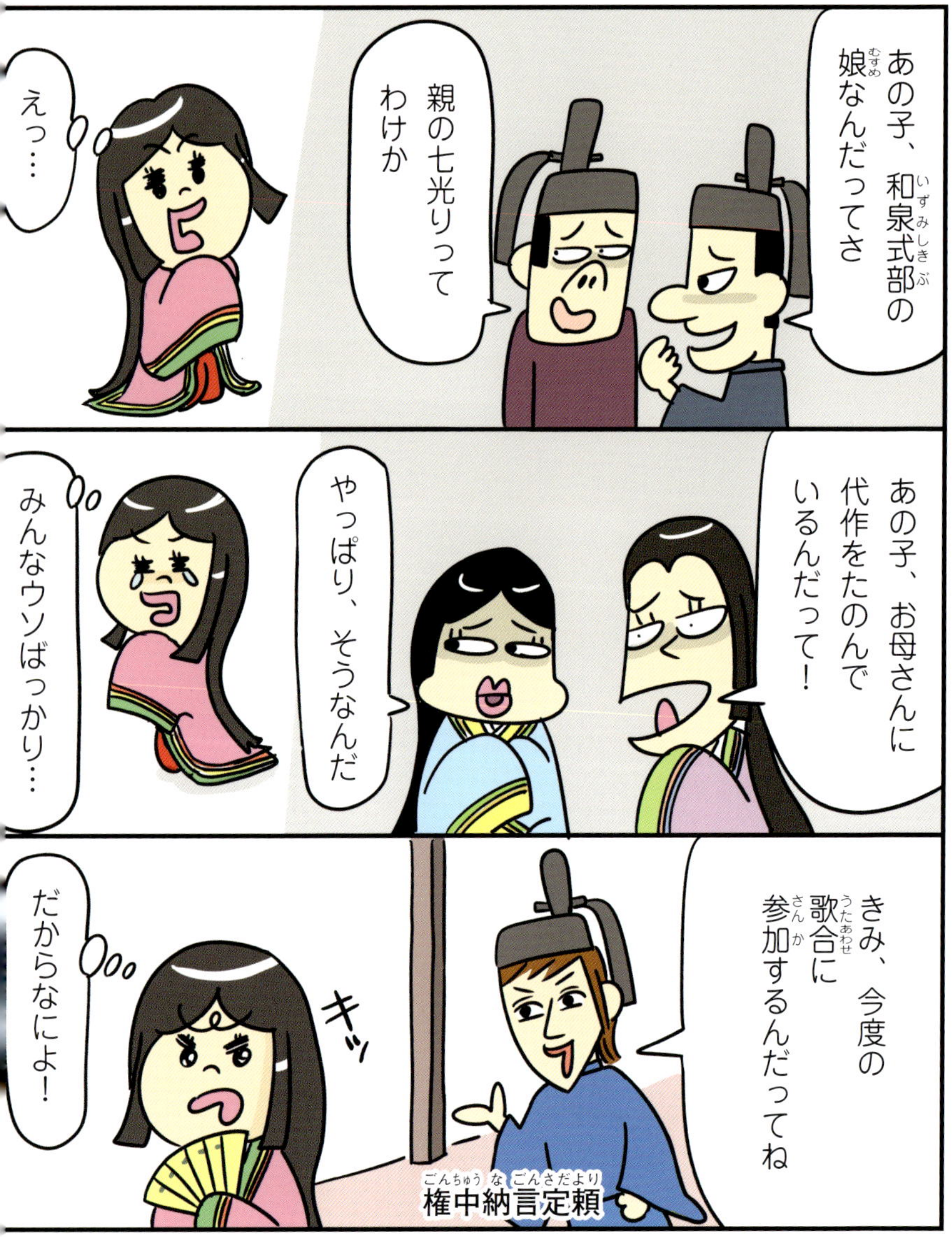

意味 母のいる丹後までは、大江山をこえ、生野の道を通る道のりが遠いので、まだ天橋立の地に足を踏み入れたこともなければ、母からの手紙を見てもいません。

わたしの才能

「ねえ、この作文、親に手伝ってもらったでしょう？」

あまりにすばらしいできだと、うたがってかかる人がいるかもしれません。

作者の小式部内侍は、カリスマ女流歌人・和泉式部の娘です。そのため、小式部内侍がすばらしい歌をよんでも、母による代作だとうたがう人がいたのです。

あるとき、権中納言定頼（→159ページ）に「母上に代作をたのめましたか」とからかわれ、この歌をよんだ小式部内侍。「いく野」には「生野（丹後へ向かう道中の地）」と「行く」、「ふみも見ず」には「踏みも見ず（その地に足を踏み入れ

ていない）」と「文も見ず（手紙を見ていない）」と、掛詞（→112ページ）を使ったみごとな歌をその場でよんだのでした。

この歌をよんだ

小式部内侍ってどんな人？

（？年～1025年）

橘道貞と和泉式部の娘。母と同じく、一条天皇の中宮・彰子に仕えた。恋多き女性として知られ、幼いころより歌の才能を発揮するが、出産直後に若くして亡くなる。

関連人物 和泉式部 →100ページ

▲小式部内侍の母。さまざまな男性と恋に落ちた。

もっと知りたい

丹後までの道のり

当時、小式部内侍は京の都、和泉式部は丹後国（現在の京都府北部）に住んでいました。この歌には「大江山」「いく野」「天の橋立」と、京から丹後へと向かう道中の地名がならべられています。

※大江山は「大枝山」のことではないかといわれています。

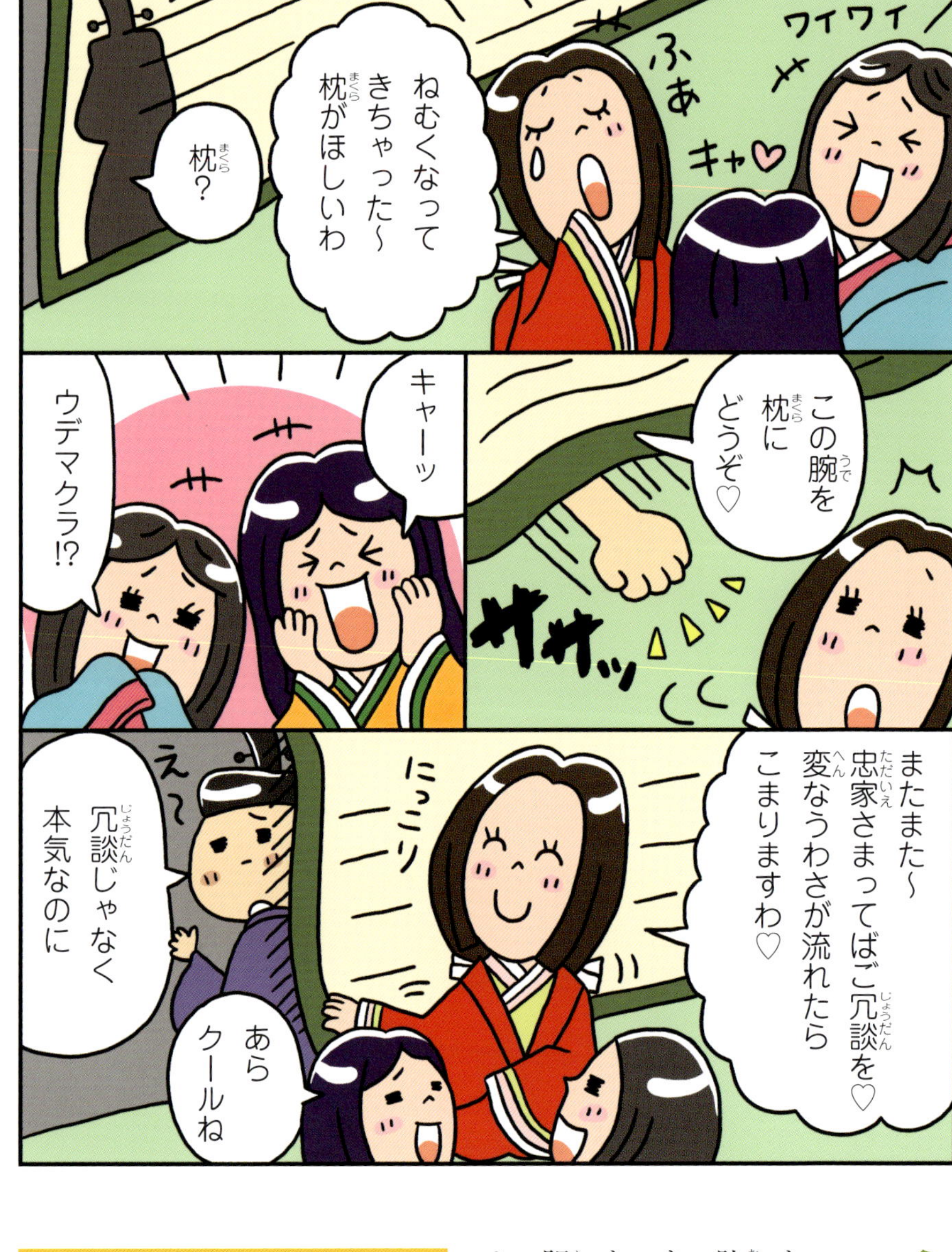

春の夜の 夢ばかりなる 手枕に かひなく立たむ 名こそ惜しけれ

周防内侍

出典『千載和歌集』 67

意味 春の夜に見るはかない夢のように、つかの間の腕枕をお借りしたとしたら、つまらないうわさが立つことでしょう。そのようなことは、とてもくやしく思うのです。

うわさが立ったら、こまります

天皇に仕える女房たちが、春の夜に話をしていたときのこと。ねむくなった周防内侍が「枕がほしい」というと、それを耳にした藤原忠家が、御簾の下から腕を差し出しました。しかし、忠家から大胆なさそいを受けた周防内侍はこの歌をよみ、粋にことわったのでした。

この歌をよんだ

周防内侍ってどんな人？

（?年～1108年ころ）本名は平仲子。内侍とは、内侍司（天皇や后が住む後宮の役所のひとつ）で働く女官の総称で、父である周防守・平棟仲の肩書きから、周防内侍とよばれた。

心にも あらで憂き世に 長らへば 恋しかるべき 夜半の月かな

三条院

出典『後拾遺和歌集』 68

意味 望んでいないけれど、このつらい世のなかで生きながらえてしまったならば、そのときは今夜のこの月が、きっとなつかしく思い出されることでしょう。

月だけが、心のたより

権力者・藤原道長に、天皇の座を、まだ幼い後一条天皇にゆずるようにせまられた悲劇の天皇・三条院。天皇だった5年のあいだに、宮中が二度も火事になり、目の病気にもかかっていた三条院にとって、月の明かりだけが生きる希望だったのかもしれません。

この歌をよんだ 三条院ってどんな人？

（976年～1017年）

平安時代の天皇。冷泉天皇の皇子。皇太子になってから25年の時を経て、36歳でようやく天皇になる。しかし、わずか5年で退位させられ、翌年亡くなる。

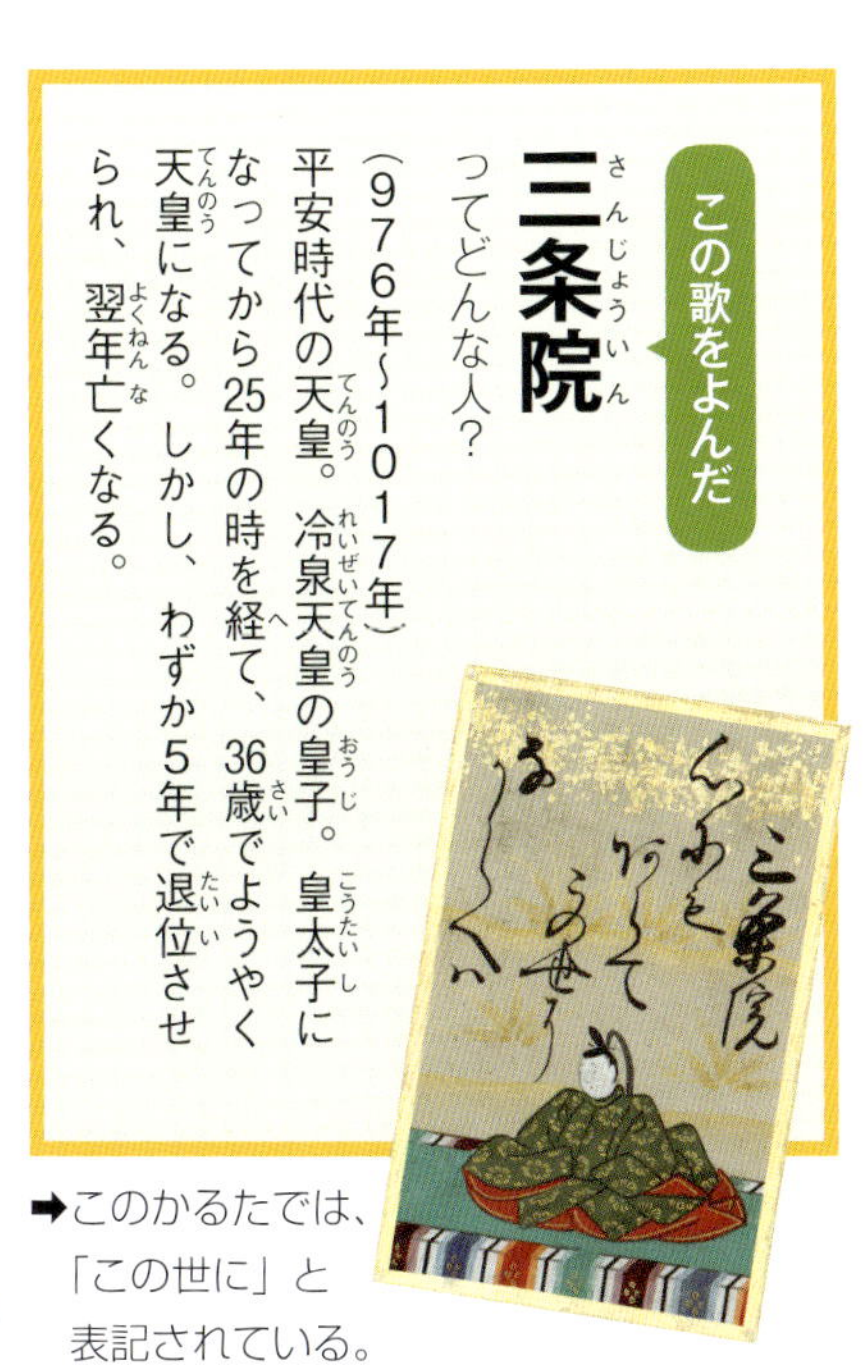

➡このかるたでは、「この世に」と表記されている。

寂しさに　宿を立ち出でて　ながむれば　いづこも同じ　秋の夕暮れ

良暹法師

出典『後拾遺和歌集』 70

意味　さびしさにたえきれず、家から外へ出てあたりを見わたしてみると、どこも同じように、さびしい秋の夕暮れの風景が広がっていました。

さびしい秋の夕暮れの、先がけの歌

この歌がよまれたころ「秋の夕暮れ」は、時刻をしめすだけのことばでした。しかし、良暹法師がこの歌で「秋の夕暮れ」のさびしい情景をよんだことによって、歌人のあいだで使われ方が変化し、『新古今和歌集』の時代には、さびしさを表現することばとして定着しました。

この歌をよんだ

良暹法師ってどんな人？

（？年〜？年）
現在の京都府と滋賀県にまたがっている、比叡山という場所で修行をしていた僧侶。数多くの歌合に参加し、年老いてからは京都の大原へと移り住んだ。

わたの原 漕ぎ出でて見れば 久方の 雲居にまがふ 沖つ白波

法性寺入道前関白太政大臣

出典『詞花和歌集』

76

意味 広びろとした海原に舟をこぎだして、はるか沖のほうを見わたすと、雲と見まちがえてしまうほど真っ白な波が立っています。

あれは雲？ それとも白波？

「わた」とは、海のことです。「雲居」は、雲の居るところという意味で空のことですが、この歌では、雲そのものをさしています。壮大な海のようすがありありと目にうかぶみごとな歌ですが、実際に海を見ながらよんだ歌ではなく、歌合の場で披露された歌です。

この歌をよんだ 法性寺入道前関白太政大臣ってどんな人？

（1097年～1164年）

本名は藤原忠通。前大僧正慈円（→190ページ）の父、後京極摂政前太政大臣（→188ページ）の祖父。

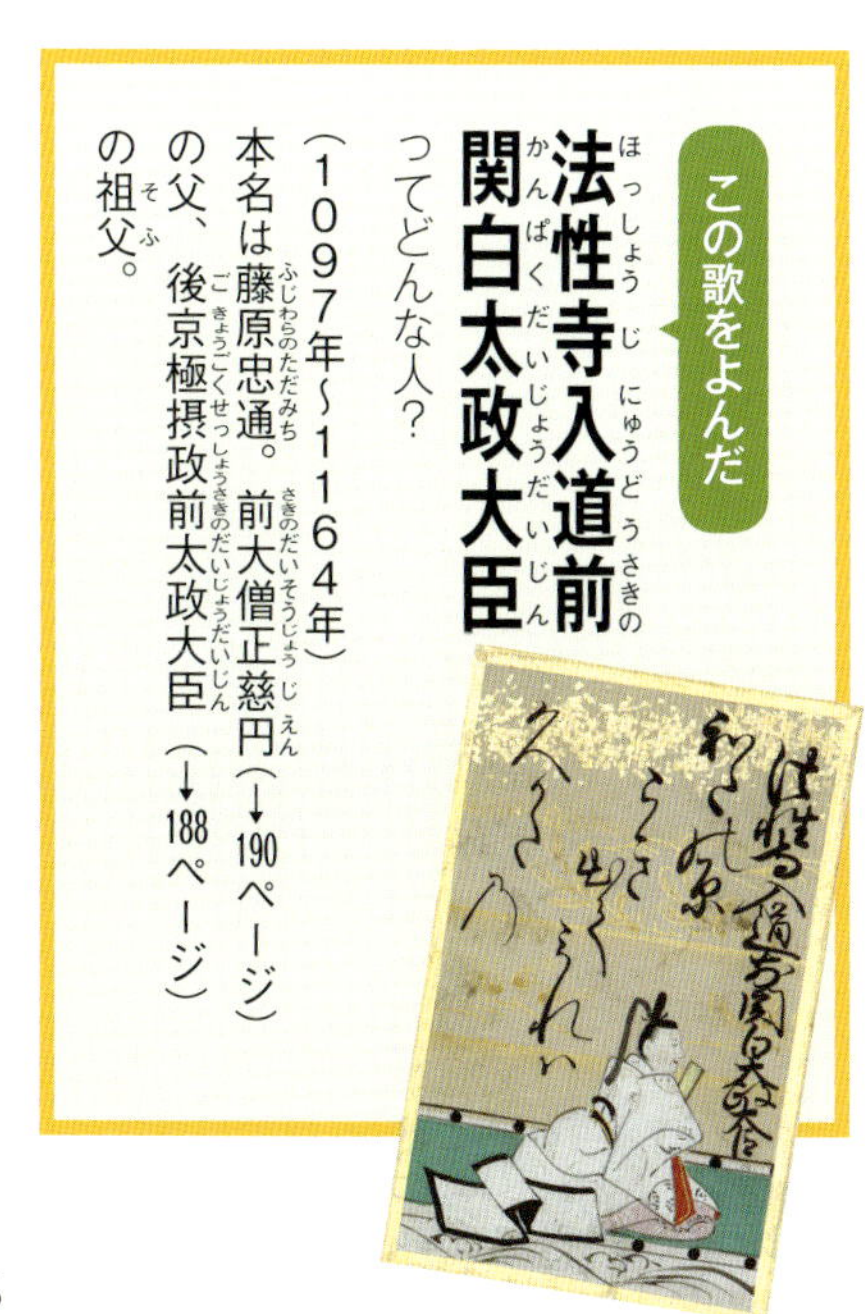

世の中よ　道こそなけれ　思ひ入る
山の奥にも　鹿ぞ鳴くなる

皇太后宮大夫俊成

出典『千載和歌集』 83

意味 この世のなかには、つらいことから逃れる方法などないのだなあ。なやみなやんで分け入ったこの山のなかでも、鹿が悲しげに鳴いています。

鹿の鳴く声で、覚悟を決める

この歌がよまれた当時、世のなかは貴族中心の社会から武士が権力をもつ社会へとゆれ動いていました。知人が次つぎと出家をするなかで、作者の皇太后宮大夫俊成も出家すべきかなやみます。しかし、つらいことはどこでもあると、山で鳴く鹿の声に気づかされたのでした。

この歌をよんだ 皇太后宮大夫俊成 ってどんな人?

（1114年〜1204年）

本名は藤原俊成。権中納言定家（→78ページ）の父。後鳥羽院（→191ページ）に仕えたのち、63歳で出家する。『千載和歌集』を取りまとめた。

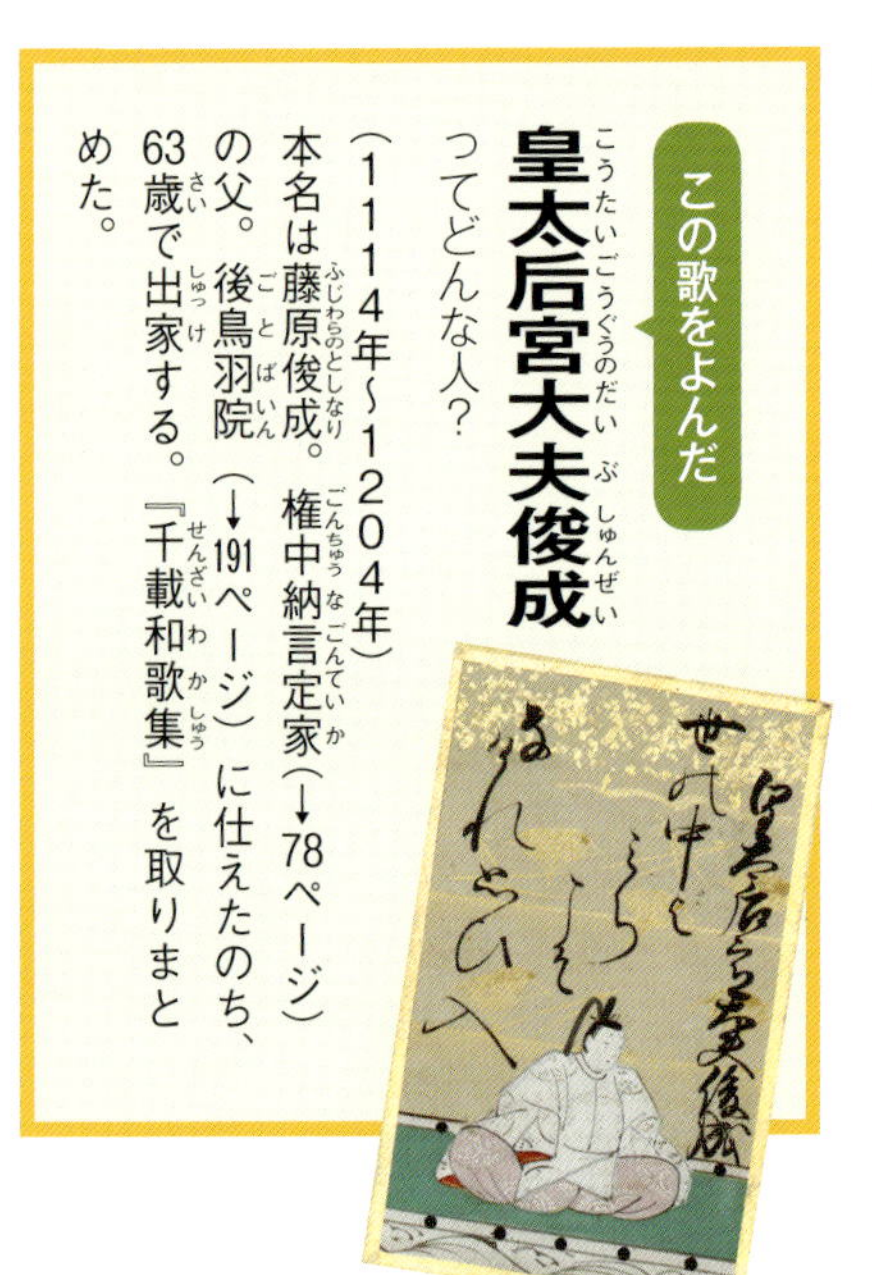

長らへば　またこのごろや　しのばれむ　憂しと見し世ぞ　今は恋しき

藤原清輔朝臣

出典『新古今和歌集』

84

意味 もしもこの先、生きながらえたとしたら、つらいと思っている今のことを、なつかしく思い出すことができるでしょうか。つらく苦しいと思っていた昔のことも、今では恋しく思えるのですから。

つらくても、いい思い出になるかも

この歌の作者・藤原清輔朝臣は、和歌で名高い家に生まれました。しかし、父親である左京大夫顕輔（→149ページ）とは仲が悪かったり、昇進もうまくいかなかったりした苦労人です。さまざまなやみをかかえた清輔だからこそ、よめた歌なのかもしれません。

この歌をよんだ 藤原清輔朝臣 ってどんな人？

（1108年～1177年）

左京大夫顕輔の息子。六条家という、和歌で名高い家に生まれる。和歌のよみ方などについて解説した『袋草紙』や『奥義抄』を書いた。

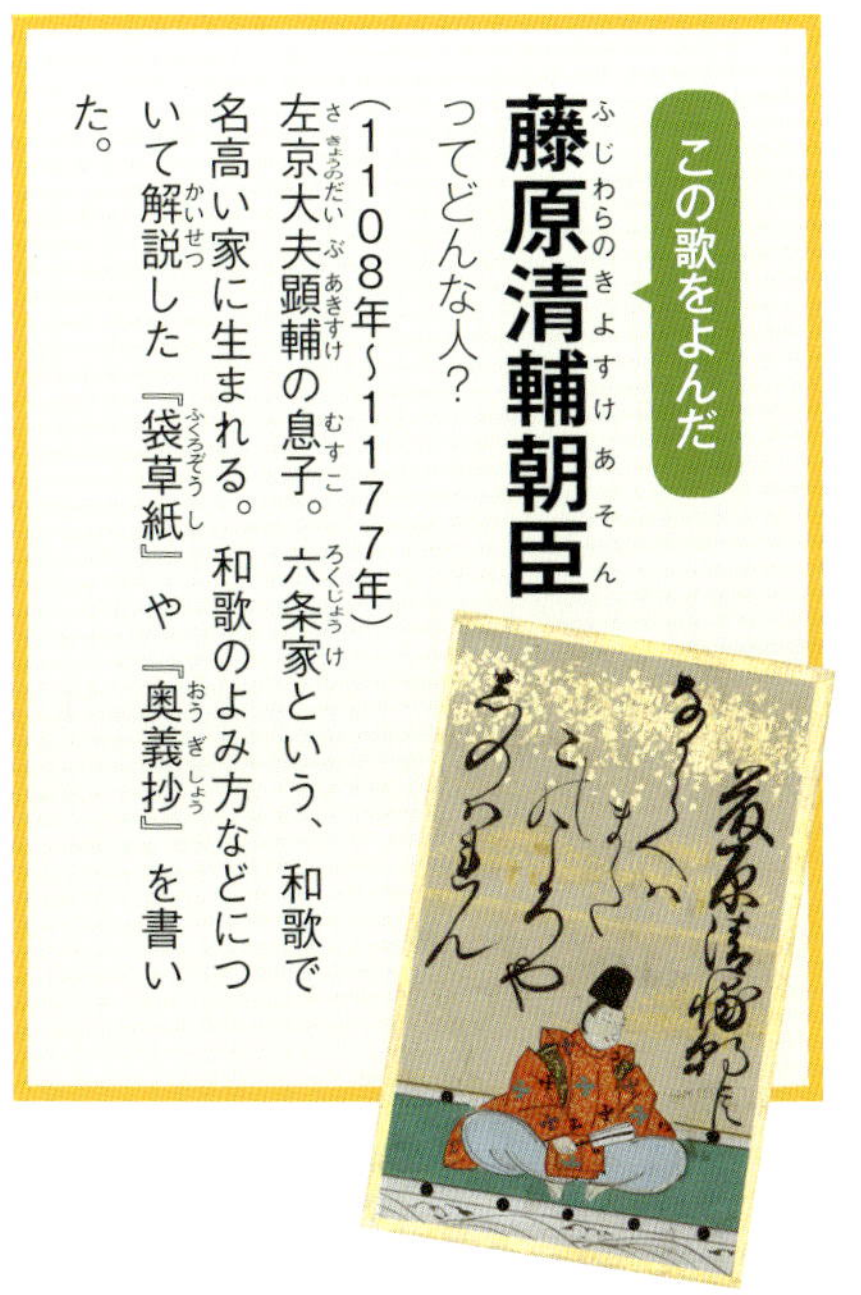

きりぎりす　鳴くや霜夜の　さむしろに
衣片敷き　独りかも寝む

後京極摂政前太政大臣

出典『新古今和歌集』

91

意味 こおろぎが鳴いている、霜が降りた寒いこの夜に、わたしはむしろの上で、自分の衣の片そでをしいて、ひとりさびしく寝るのでしょうか。

ひとり寝は、さびしいよ

「きりぎりす」とは、現在のこおろぎのこと、「さむしろ」とは、草を編んでつくった、そまつな敷物のことです。この歌の時代は、男女がいっしょに寝るときには、おたがいのそでを枕にしました。妻に先立たれた作者がよんだこの歌からは、さびしさが伝わってきます。

この歌をよんだ

後京極摂政前太政大臣

ってどんな人？

（1169年～1206年）

本名は藤原（九条）良経。法性寺入道前関白太政大臣（→185ページ）の孫。『新古今和歌集』では、仮名序（→16ページ）を書いた。

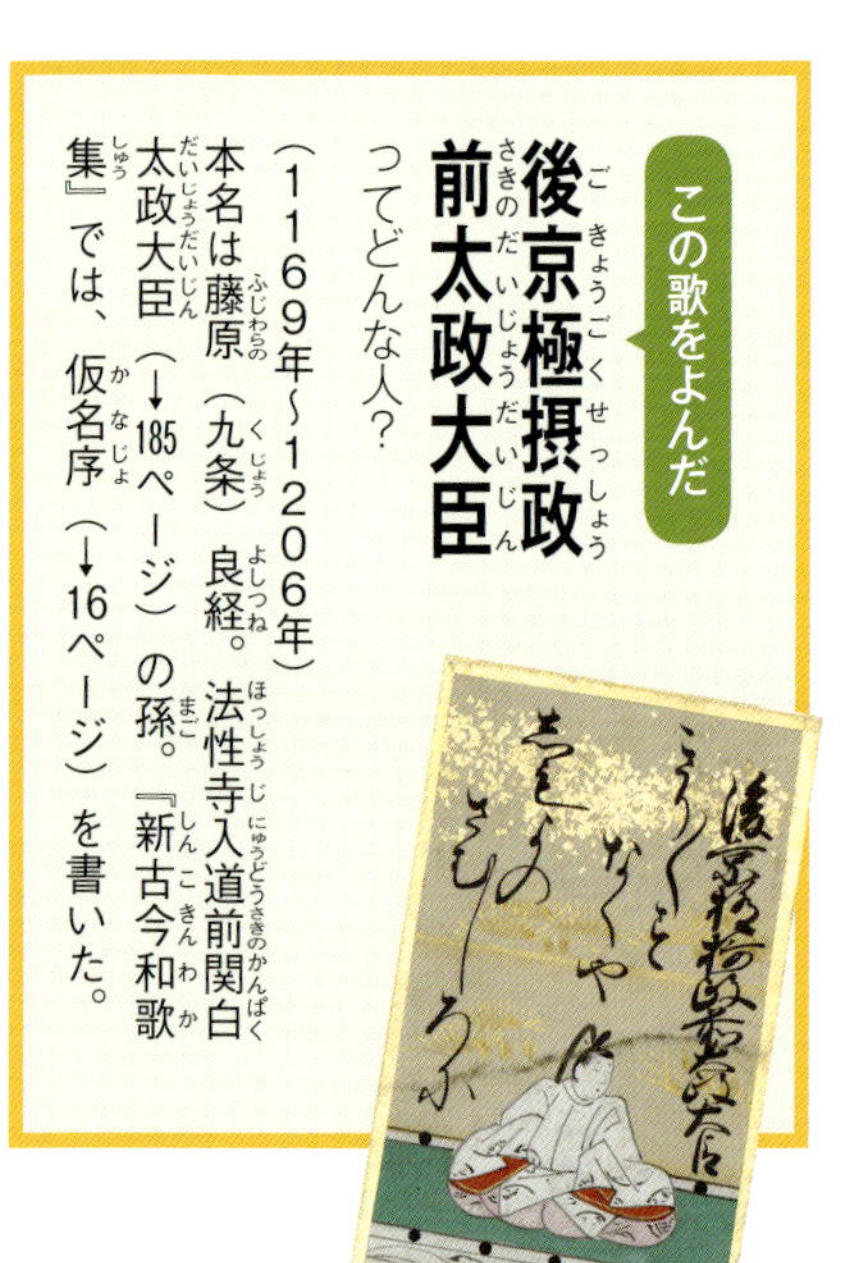

世の中は　常にもがもな　渚漕ぐ
海人の小舟の　綱手かなしも

鎌倉右大臣

出典『新勅撰和歌集』

93

やっぱり和歌は楽しいなあ

赤ペン定家先生から早く、和歌の添削来ないかなあ

ん？

ザザーッ

ザザー…

ザザーッ

ザザーッ

のどかだなあ…！
こういう平和な光景がいつまでもつづけばいいねえ

よし
一首できたっ！

意味 世のなかは、永遠に変わらずにいてほしいものだなあ。波打ち際をこいでいく漁師の小舟が、綱で浜に引きよせられているようすに、しみじみと心が動かされます。

おだやかなくらしが、いちばんの幸せ

作者の鎌倉右大臣は、鎌倉幕府の二代目将軍だった兄の頼家が殺されたため、12歳で三代目将軍となりました。争いの多い時代を生きてきた作者が、漁師のおだやかな日常生活に心を動かされ、それがずっとつづいてほしいと願う気持ちがこめられています。

この歌をよんだ

鎌倉右大臣ってどんな人？

（1192年～1219年）

本名は源実朝。鎌倉幕府の初代将軍・源頼朝の息子。和歌やけまりなど、京都の文化にあこがれ、京都に住む権中納言定家（→78ページ）に和歌を習った。

おほけなく　憂き世の民に　おほふかな　我が立つ杣に　墨染の袖

前大僧正慈円

出典『千載和歌集』 95

意味 身のほど知らずなことですが、仏の救いがあるよう、つらい世のなかを生きている人びとにおおいかけましょう。僧侶として比叡山に住みはじめたわたしが着ている、この墨染めの衣のそでを。

仏教の力で、人びとを救いたい……！

「おほけなく」は身のほど知らず、「我が立つ杣」は、たくさんの僧が修行をつんだ比叡山をさしています。戦乱や伝染病がつづいた平安時代末期によまれたこの歌からは、高い志をもって修行にはげみ、天台宗で最高の位についた前大僧正慈円の人柄が伝わってきます。

この歌をよんだ

前大僧正慈円ってどんな人？

（1155年～1225年）

父である法性寺入道前関白太政大臣（→185ページ）の死をきっかけに、10代前半で出家した僧侶。30代後半で、天台宗の最高位の僧侶になる。

人もをし　人も恨めし　あぢきなく　世を思ふゆゑに　物思ふ身は

後鳥羽院

出典『続後撰和歌集』 99

意味 ときには、人のことをいとおしく思い、ときには、うらめしくも思う。この世のなかをつまらないと感じているために、いろいろと思いなやんでしまっているわたしは。

天皇だった人も、いろいろなやみます

作者の後鳥羽院は、4歳で天皇となるも、19歳でその位をゆずり、上皇として政治をおこないました。この歌をよんだ当時、朝廷は力を失いつつありました。権力者であるために、さまざまな困難をかかえて生きた、作者の人生を象徴した歌なのかもしれません。

この歌をよんだ

後鳥羽院 ってどんな人?

（1180年～1239年）

平安時代末期から鎌倉時代初期の天皇で、順徳院（→192ページ）の父。「承久の乱」に敗れる。権中納言定家（→78ページ）に『新古今和歌集』の取りまとめを命じた。

ももしきや　古き軒端の　忍ぶにも
なほ余りある　昔なりけり

出典『続後撰和歌集』 100

順徳院

意味 宮中の、古びた建物の軒に生えているしのぶ草を見て、しのんでもしのびきれないほどなつかしく思うのは、宮中が栄えていた昔のことなのですよ。

ああ、昔がなつかしい……

人気の少ない場所はさびしいものですが、昔はにぎわっていた場所がさびれたとしたらどうでしょう。きっと、もっとさびしく感じるにちがいありません。

「ももしき」とは宮中のことです。「忍ぶ」は「しのぶ草」と「（昔を）しのぶ」、ふたつの意味がこめられた掛詞（→112ページ）です。

しのぶ草は、家の軒先などに生える草のことで、家や庭が荒れているようすをあらわしています。

この歌は鎌倉時代によまれたもので、当時、朝廷や貴族の権力はすっかり弱くなり、宮中もさびれてしまっていました。

この歌をよんだ

順徳院ってどんな人？

（1197年〜1242年）鎌倉時代の天皇で、後鳥羽院の息子。和歌の才能にめぐまれ、親交があった権中納言定家（→78ページ）から和歌を習う。「承久の乱」に敗れて佐渡へ流され、その地で生涯を終えた。

関連人物

後鳥羽院→191ページ

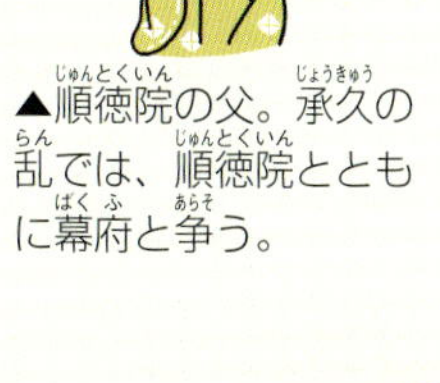

▲順徳院の父。承久の乱では、順徳院とともに幕府と争う。

この宮中も昔はもっとにぎやかで美しい場所だったのに…
はなやかだった時代が恋しいよお〜〜
うわ〜ん!!
元気出して〜

それを悲しんだ順徳院は、朝廷がはなやかだった昔を恋しく思い、その気持ちを歌にしたのです。

もっと知りたい

天皇親子ではじまり、終わる

天智天皇（父）と持統天皇（娘）の親子ではじまり、後鳥羽院（父）と順徳院（息子）の親子で終わる百人一首。そのあいだの歌は、ほぼ時代順にならんでいます。①から100の歌がよまれた期間は約600年にわたります。「ももしき」は、天智天皇がおさめた都（近江京）もさしていて、①の天智天皇の歌（→132ページ）を思い起こさせることで、百首が輪のようにつながるしかけなのかもしれません。

百人一首かるたのあそび方

百人一首が「かるた」として広まったのは江戸時代になってからのこと。今でも、「ちらし取り」「源平合戦」「競技かるた」などのあそび方で、親しまれています。

「歌かるた」として人びとに広まった百人一首

鎌倉時代に取りまとめられた百人一首が、今でも多くの人びとに親しまれているのは、百人一首が「歌かるた」として世のなかに広まったためです。「カルタ」はポルトガル語でカードを意味することばで、室町時代に日本に伝来し、定着していきました。もともと別荘のふすまにはる色紙のために選ばれた百首の和歌が、「歌かるた」というかたちとなったのは江戸時代初期のことです。金箔をほどこした高価なかるたがつくられ、貴族の女性の教育や嫁入りの道具とされました。

江戸時代の後期から明治時代にかけて印刷技術が発達すると、百人一首かるたが大量生産されるようになり、庶民にも百人一首が広まりました。

「覚える」かるたから「楽しむ」かるたへ

初期の百人一首かるたは、女性が教養を深める道具とされていたため、「読み札」には上の句だけ、「取り札」には下の句だけしか書かれていませんでした。それが、明治時代になると百首暗記をしなくても楽しめるよう、読み札に上の句と下の句の両方が書かれるようになりました。こうして百人一首かるたは、だれでも楽しめるあそびとして現代に受けつがれてきたのです。

百人一首の札

百人一首の札は、「読み札（絵札）」と「取り札（字札）」の2種類。それぞれ100枚あります。

読み札

歌人の絵、名前、歌が漢字仮名まじりで書かれている。

取り札

わかころも
てはつゆに
ぬれつつ

下の句が濁点なしの、仮名だけで書かれている。

あそび方1
ちらし取り

札の数 読み札100枚、取り札100枚を使う
人数 読み手はひとり、取り手はふたり以上
勝敗 取り札を多く取った人が勝ち

読まれた札を取っていく、いちばんかんたんなあそび方です。人数に制限なく、みんなで楽しめます。

1. 取り札100枚を表向きにして重ならないようにちらしておき、まわりに取り手がすわる。
2. 読み手は、読み札100枚をよくまぜ、裏返しておき、上の札から順番に読んでいく。
3. 取り手は、読み手が読んだ札を見つけて取る。歌のとちゅうで取ってもよい。
4. だれかが札を取ったら、読み手は次の札を読む。
5. 100枚の札を読み終わったときに、いちばん多く札を取っていた人の勝ち。最後の1枚は読まないこともある。

「お手つきをしたら1回休み」などのルールを決めることもあるよ。

あそび方2
源平合戦

札の数 読み札100枚、取り札100枚を使う
人数 読み手はひとり、取り手は2チーム（各チーム2、3人の同じ人数で対戦）
勝敗 自陣（自分の陣地）の札が早くなくなったチームが勝ち

源平合戦（源氏と平氏の戦い）の名前の通り、2チームに分かれて対戦します。取った札を自陣からのぞき、自陣の札が早くなくなったチームの勝ちになります。

1. 取り手は2チームに分かれて、向かい合ってすわる。
2. 取り札100枚をよくかきまぜ、両チームに50枚ずつ分ける。
3. 両チームは、取り札50枚を自分たちのほうに向けて、3段にならべる。
4. 読み手が読んだ札を見つけて取り合う。自陣の札、敵陣（敵の陣地）の札、どちらの札も取れる。
   - ・自陣の札を取ったら→その札を陣地からのぞく。
   - ・敵陣の札を取ったら→その札を陣地からのぞき、自陣の札を敵陣に1枚送る（敵陣の札が1枚ふえる）。
5. 自陣の札が早くなくなったチームの勝ち。

お手つきをすると、敵陣から札を1枚受け取るルールがあるよ。

あそび方3
競技かるた

札の数 読み札100枚、取り札50枚を使う

人数 読み手はひとり、取り手はふたり。一対一で取り合う

勝敗 自陣から札がなくなったら勝ち

全日本かるた協会が決めたルールにしたがって、一対一で札を取り合うのが競技かるたです。勝つためには、記憶力や集中力にくわえ、反射神経、相手とのかけひきなども必要とされ、まるでスポーツのようです。

1. 取り札100枚を裏返しにしてよくかきまぜ、それぞれ25枚ずつ取る。残りの50枚は使わないので箱にしまう。
2. 自陣に、取った25枚の札を自分のほうに向けて、3段にならべる。
3. 15分間、自陣と敵陣の取り札のならびを暗記する。
4. 相手と読み手に礼をし、読み手が序歌（試合開始の合図となる歌）を読みあげたら競技開始。
5. 読み手は上の句を読み、少し間を開けて、下の句を読む。使わない取り札（空札）もふくめて、読み札100枚すべてを読む。
6. 取り手は、読み手が読んだ札を取り合う。その札にさわるか、その札をはらって競技線から出れば取ったことになる。
7. 自陣の札、敵陣の札、どちらの札も取ることができ、敵陣の札を取った場合は、相手に自陣の札を1枚送る。
8. 自陣の札が早くなくなったほうが勝ち。相手と読み手に礼をして終了する。

序歌には、たいてい「なにはづに　咲くやこの花　冬ごもり　今を春辺と　咲くやこの花」が読まれるよ。

取り札のならべ方

横87センチメートルの陣地のなかに3段にしてならべます。ならべた札の外周を競技線といいます。

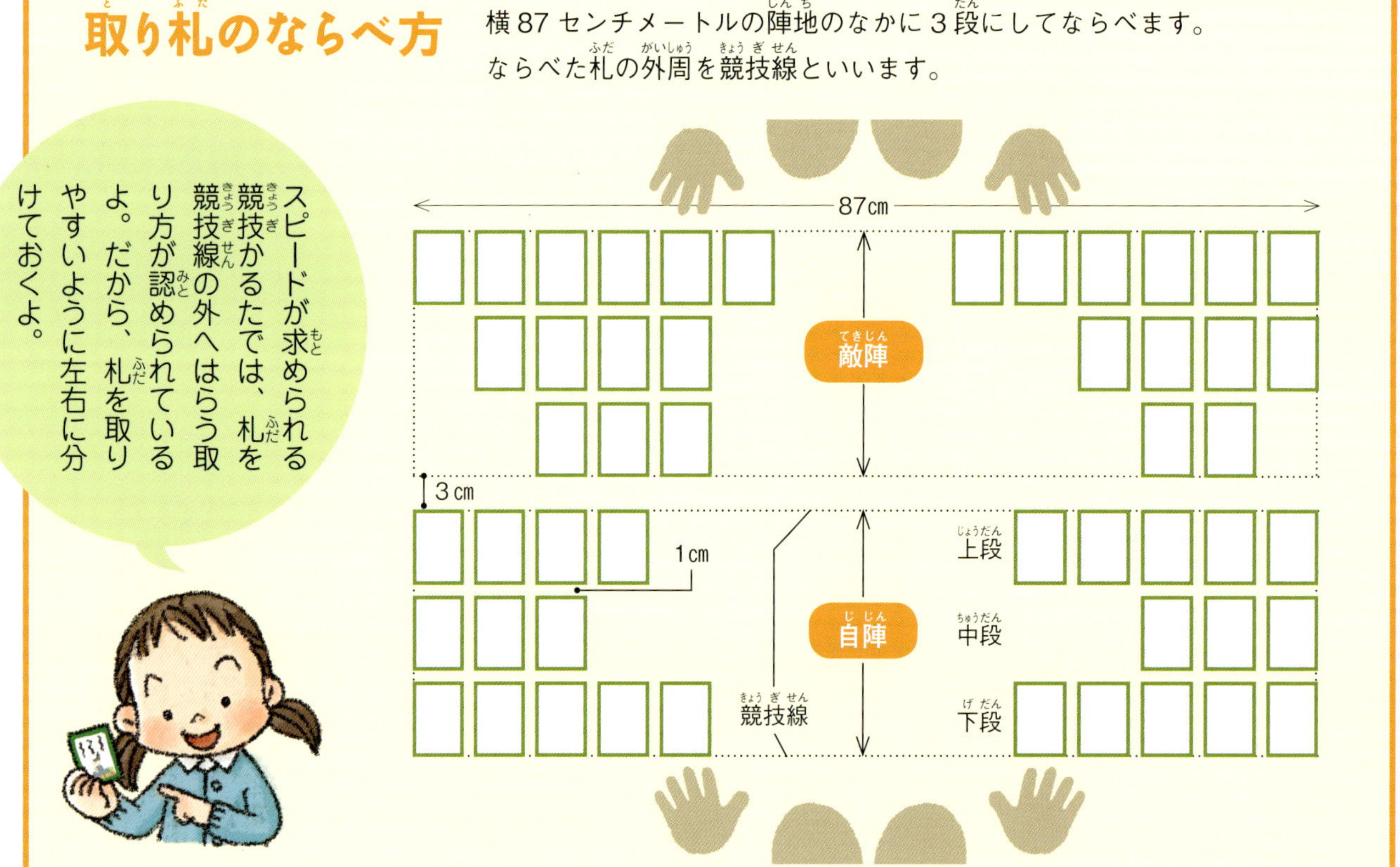

スピードが求められる競技かるたでは、札を競技線の外へはらう取り方が認められているよ。だから、札を取りやすいように左右に分けておくよ。
87cm
敵陣
3cm
1cm
上段
自陣
中段
競技線
下段

競技かるたのおもなルール

両手をたたみにつけておく

札が読まれるまでは、両手は自陣の競技線より手前につけておく。すわり方は正座が基本。

頭を敵陣に入れない

かまえているときに、身を乗り出して頭を敵陣の上に入れてはダメ。自陣の上段をこえないように気をつけて。

両手を使ってはダメ

札を取る手はどちらか片方に決めておく。一度右手を使って取りはじめたら、左手で取った札は無効となる。

音を立ててはいけない

読み手が札を読みはじめたら、話したり音を立てたりしてはいけない。

同時にさわったら自陣の取り手の取りに

もし同時に札にさわったら、その札が自陣にあった人の取りとなる。

お手つきは1枚送られる

お手つきをしたら、相手から1枚送られて、自陣の札が1枚ふえる。

【お手つきになるのは】

- 読まれた札がないほうの陣地の札にさわったとき。
- 空札が読まれたときに、札にさわったとき。

空札のときは、どちらの陣地の札をさわってもお手つきになるよ。空札に引っかからないように気をつけようね。

競技かるたで勝とう!

頭も体も使って勝利をつかもう

競技かるたで勝つには、札をたくさん取ること。とにかく集中して頭も体もフル回転させることが必要ですが、その前に、しっかりと準備することがあります。基本になるのは、次の4つの作戦です。

作戦その1 なにより暗記!

上の句を聞いて、下の句の札を取る競技かるたでは、歌を暗記することがなにより大切。歌をくり返し書いたり、声に出して読んだりして覚えましょう。取り札を見て、上の句がうかぶようになったらかんぺきです。

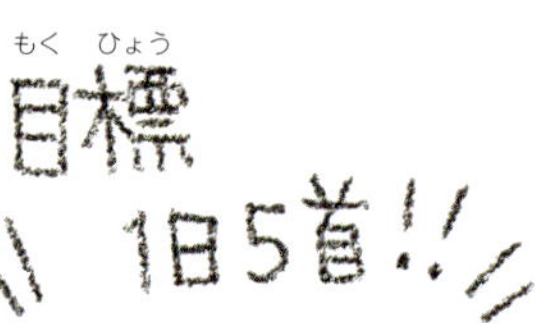

作戦その2 「決まり字」を活用

札をすばやく取るために役に立つのが、決まり字(↓200ページ)を覚えること。最初の何文字かを聞いただけで、下の句が特定できるのです。上の句一字だけで下の句がわかるものを「一字決まり」、二文字聞いてわかるものを「二字決まり」というようによびます。

一字決まりは「むすめふさほせ」の7枚!
二字決まりほかは、200ページの一覧表を見て覚えよう。

作戦 その3

ならべ方をくふうする

札をならべるときには、「自分に取りやすく、相手には取りづらく」と考えるのが基本。得意な札は自分の近くにおき、ならびをしっかり覚えましょう。相手に1枚送るときにも、どの札を送れば自分に有利になるか考えて。

競技かるたでは、競技のとちゅうで自陣のかるたの位置を変えることができるよ。いつも自分の取りやすいよう、相手が取りづらいようにしておこう。

たくさんゲームをする

いくら暗記をしても、札を取るのになれていないと、手がすっと出ないもの。反射的に札を取れるようになるには、ゲームになれることが大切です。自分に有利な札のならべ方などもだんだんわかってくるでしょう。

あそび方 番外編

ぼうずめくり

札の数 読み札100枚だけを使う
人数 ふたり以上
勝敗 札を多くもっている人が勝ち

読み札だけを使い、めくった札にかかれている歌人の絵によって札をもらったり、取られたりするあそびで、百人一首を知らなくても楽しめるあそび方です。

1. 輪になってすわり、読み札100枚を裏返してまんなかにつんでおく。
2. ひとりずつ順番に札をめくっていく。
   - 男の人の札が出たら→自分の前に表向きにつむ。
   - ぼうず（お坊さん）が出たら→今までつんだ札を全部まんなかに出す。
   - 女の人の札が出たら→ぼうずを引いた人がまんなかに出した札（ぼうず山）をもらえる。
3. 100枚全部の札をめくり終わったときに、もっている札がいちばん多い人の勝ち。

女の人を出した人は、ぼうず山をもらえるよ。

決まり字一覧表

※歌は旧仮名づかいで表記しています。
※赤色の字が決まり字（読まれたら下の句を特定できる字）です。
※表は、決まり字ごとの50音順にならんでいます。

【一字決まり（七首）】 ※むすめふさほせと覚えましょう。

歌番号	上の句	下の句	ページ
70	**さ**びしさに　やどをたちいでて　ながむれば	いづこもおなじ	184
18	**す**みのえの　きしによるなみ　よるさへや	ゆめのかよひぢ	84
77	**せ**をはやみ　いはにせかるる　たきがはの	われてもすゑに	38
22	**ふ**くからに　あきのくさきの　しをるれば	むべやまかぜを	138
81	**ほ**ととぎす　なきつるかたを　ながむれば	ただありあけの	128
87	**む**らさめの　つゆもまだひぬ　まきのはに	きりたちのぼる	150
57	**め**ぐりあひて　みしやそれとも　わかぬまに	くもがくれにし	178

【二字決まり（四十三首）】

歌番号	上の句	下の句	ページ
52	**あけ**ぬれば　くるるものとは　しりながら	なほうらめしき	32
3	**あし**ひきの　やまどりのをの　しだりをの	ながながしよを	18
43	**あひ**みての　のちのこころに　くらぶれば	むかしはものを	28
44	**あふ**ことの　たえてしなくは　なかなかに	ひとをもみをも	56
61	**いに**しへの　ならのみやこの　やへざくら	けふここのへに	119
74	**うか**りける　ひとをはつせの　やまおろしよ	はげしかれとは	104
65	**うら**みわび　ほさぬそでだに　あるものを	こひにくちなむ	66
5	**おく**やまに　もみぢふみわけ　なくしかの	こゑきくときぞ	134
72	**おと**にきく　たかしのはまの　あだなみは	かけじやそでの	68
82	**おも**ひわび　さてもいのちは　あるものを	うきにたへぬは	72
51	**かく**とだに　えやはいぶきの　さしもぐさ	さしもしらじな	96
6	**かさ**さぎの　わたせるはしに　おくしもの	しろきをみれば	156
91	**きり**ぎりす　なくやしもよの　さむしろに	ころもかたしき	188
97	**こぬ**ひとを　まつほのうらの　ゆふなぎに	やくやもしほの	78
24	**この**たびは　ぬさもとりあへず　たむけやま	もみぢのにしき	140
41	**こひ**すてふ　わがなはまだき　たちにけり	ひとしれずこそ	26
10	**これ**やこの　ゆくもかへるも　わかれては	しるもしらぬも	170
40	**しの**ぶれど　いろにいでにけり　わがこひは	ものやおもふと	24
37	**しら**つゆに　かぜのふきしく　あきののは	つらぬきとめぬ	145
73	**たか**さごの　をのへのさくら　さきにけり	とやまのかすみ	121
55	**たき**のおとは　たえてひさしく　なりぬれど	なこそながれて	176
4	**たご**のうらに　うちいでてみれば　しろたへの	ふじのたかねに	154
16	**たち**わかれ　いなばのやまの　みねにおふる	まつとしきかば	174
89	**たま**のをよ　たえなばたえね　ながらへば	しのぶることの	42
34	**たれ**をかも　しるひとにせむ　たかさごの	まつもむかしの	175
17	**ちは**やぶる　かみよもきかず　たつたがは	からくれなゐに	136
23	**つき**みれば　ちぢにものこそ　かなしけれ	わがみひとつの	139
13	**つく**ばねの　みねよりおつる　みなのがは	こひぞつもりて	82
36	**なつ**のよは　まだよひながら　あけぬるを	くものいづこに	126
33	**ひさ**かたの　ひかりのどけき　はるのひに	しづごころなく	116
90	**みせ**ばやな　をじまのあまの　そでだにも	ぬれにぞぬれし	76
14	**みち**のくの　しのぶもぢずり　たれゆゑに	みだれそめにし	20
94	**みよ**しのの　やまのあきかぜ　さよふけて	ふるさとさむく	152
100	**もも**しきや　ふるきのきばの　しのぶにも	なほあまりある	192
66	**もろ**ともに　あはれとおもへ　やまざくら	はなよりほかに	120
59	**やす**らはで　ねなましものを　さよふけて	かたぶくまでの	64
47	**やへ**むぐら　しげれるやどの　さびしきに	ひとこそみえね	146
71	**ゆふ**されば　かどたのいなば　おとづれて	あしのまろやに	148
46	**ゆら**のとを　わたるふなびと　かぢをたえ	ゆくへもしらぬ	92
85	**よも**すがら　ものおもふころは　あけやらで	ねやのひまさへ	74
62	**よを**こめて　とりのそらねは　はかるとも	よにあふさかの	36
20	**わび**ぬれば　いまはたおなじ　なにはなる	みをつくしても	22

番号	上の句			下の句	ページ
26	をぐらやま	みねのもみぢば	こころあらば	いまひとたびの	142

［三字決まり（三十六首）］

番号	上の句			下の句	ページ
79	あきかぜに	たなびくくもの	たえまより	もれいづるつきの	149
1	あきのたの	かりほのいほの	とまをあらみ	わがころもでは	132
39	あさぢふの	をののしのはら	しのぶれど	あまりてなどか	90
78	あはぢしま	かよふちどりの	なくこゑに	いくよねざめぬ	160
45	あはれとも	いふべきひとは	おもほえで	みのいたづらに	58
12	あまつかぜ	くものかよひぢ	ふきとぢよ	をとめのすがた	172
7	あまのはら	ふりさけみれば	かすがなる	みかさのやまに	164
56	あらざらむ	このよのほかの	おもひいでに	いまひとたびの	100
69	あらしふく	みむろのやまの	もみぢばは	たつたのかはの	147
30	ありあけの	つれなくみえし	わかれより	あかつきばかり	50
58	ありまやま	ゐなのささはら	かぜふけば	いでそよひとを	62
21	いまこむと	いひしばかりに	ながつきの	ありあけのつきを	48
63	いまはただ	おもひたえなむ	とばかりを	ひとづてならで	102
60	おほえやま	いくののみちの	とほければ	まだふみもみず	180
95	おほけなく	うきよのたみに	おほふかな	わがたつそまに	190
98	かぜそよぐ	ならのをがはの	ゆふぐれは	みそぎぞなつの	130
48	かぜをいたみ	いはうつなみの	おのれのみ	くだけてものを	60
80	ながからむ	こころもしらず	くろかみの	みだれてけさは	40
84	ながらへば	またこのごろや	しのばれむ	うしとみしよぞ	187
53	なげきつつ	ひとりぬるよの	あくるまは	いかにひさしき	98
86	なげけとて	つきやはものを	おもはする	かこちがほなる	106
25	なにしおはば	あふさかやまの	さねかづら	ひとにしられで	86
96	はなさそふ	あらしのにはの	ゆきならで	ふりゆくものは	122
9	はなのいろは	うつりにけりな	いたづらに	わがみよにふる	168
2	はるすぎて	なつきにけらし	しろたへの	ころもほすてふ	124
67	はるのよの	ゆめばかりなる	たまくらに	かひなくたたむ	182
35	ひとはいさ	こころもしらず	ふるさとは	はなぞむかしの	118
99	ひともをし	ひともうらめし	あぢきなく	よをおもふゆゑに	191
49	みかきもり	ゑじのたくひの	よるはもえ	ひるはきえつつ	94
27	みかのはら	わきてながるる	いづみがは	いつみきとてか	88
32	やまがはに	かぜのかけたる	しがらみは	ながれもあへぬ	144
28	やまざとは	ふゆぞさびしさ	まさりける	ひとめもくさも	157
8	わがいほは	みやこのたつみ	しかぞすむ	よをうぢやまと	166
92	わがそでは	しほひにみえぬ	おきのいしの	ひとこそしらね	110
38	わすらるる	みをばおもはず	ちかひてし	ひとのいのちの	52
54	わすれじの	ゆくすゑまでは	かたければ	けふをかぎりの	34

［四字決まり（六首）］

番号	上の句			下の句	ページ
29	こころあてに	をらばやをらむ	はつしもの	おきまどはせる	143
68	こころにも	あらでうきよに	ながらへば	こひしかるべき	183
75	ちぎりおきし	させもがつゆを	いのちにて	あはれことしの	70
42	ちぎりきな	かたみにそでを	しぼりつつ	すゑのまつやま	54
88	なにはえの	あしのかりねの	ひとよゆゑ	みをつくしてや	108
19	なにはがた	みじかきあしの	ふしのまも	あはでこのよを	46

［五字決まり（二首）］

番号	上の句			下の句	ページ
93	よのなかは	つねにもがもな	なぎさこぐ	あまのをぶねの	189
83	よのなかよ	みちこそなけれ	おもひいる	やまのおくにも	186

［六字決まり（六首）］

番号	上の句			下の句	ページ
31	あさぼらけ	ありあけのつきと	みるまでに	よしののさとに	158
64	あさぼらけ	うぢのかはぎり	たえだえに	あらはれわたる	159
15	きみがため	はるののにいでて	わかなつむ	わがころもでに	114
50	きみがため	をしからざりし	いのちさへ	ながくもがなと	30
76	わたのはら	こぎいでてみれば	ひさかたの	くもゐにまがふ	185
11	わたのはら	やそしまかけて	こぎいでぬと	ひとにはつげよ	171

歌番号さくいん

※歌は旧仮名づかいで表記しています。

49 御垣守　衛士のたく火の　夜は燃え　昼は消えつつ　物をこそ思へ　94
50 君がため　惜しからざりし　命さへ　長くもがなと　思ひけるかな　30
51 かくとだに　えやはいぶきの　さしも草　さしも知らじな　燃ゆる思ひを　96
52 明けぬれば　暮るるものとは　知りながら　なほ恨めしき　朝ぼらけかな　32
53 嘆きつつ　独り寝る夜の　明くる間は　いかに久しき　ものとかは知る　98
54 忘れじの　行末までは　かたければ　今日を限りの　命ともがな　34
55 滝の音は　絶えて久しく　なりぬれど　名こそ流れて　なほ聞こえけれ　176
56 あらざらむ　この世のほかの　思ひ出に　今一度の　逢ふこともがな　100
57 めぐり逢ひて　見しやそれとも　分かぬ間に　雲隠れにし　夜半の月かな　178
58 有馬山　猪名の笹原　風吹けば　いでそよ人を　忘れやはする　62
59 やすらはで　寝なましものを　さ夜更けて　かたぶくまでの　月を見しかな　64
60 大江山　いく野の道の　遠ければ　まだふみも見ず　天の橋立　180
61 いにしへの　奈良の都の　八重桜　今日九重に　にほひぬるかな　119
62 夜をこめて　鳥の空音は　はかるとも　よに逢坂の　関は許さじ　36
63 今はただ　思ひ絶えなむ　とばかりを　人づてならで　言ふよしもがな　102
64 朝ぼらけ　宇治の川霧　絶え絶えに　現れわたる　瀬々の網代木　159
65 恨みわび　干さぬ袖だに　あるものを　恋に朽ちなむ　名こそ惜しけれ　66
66 もろともに　あはれと思へ　山桜　花よりほかに　知る人もなし　120
67 春の夜の　夢ばかりなる　手枕に　かひなく立たむ　名こそ惜しけれ　182
68 心にも　あらで憂き世に　長らへば　恋しかるべき　夜半の月かな　183
69 嵐吹く　三室の山の　もみぢ葉は　竜田の川の　錦なりけり　147
70 寂しさに　宿を立ち出でて　ながむれば　いづこも同じ　秋の夕暮れ　184
71 夕されば　門田の稲葉　おとづれて　葦のまろ屋に　秋風ぞ吹く　148
72 音に聞く　高師の浜の　あだ波は　かけじや袖の　濡れもこそすれ　68
73 高砂の　尾上の桜　咲きにけり　外山の霞　立たずもあらなむ　121
74 憂かりける　人をはつせの　山おろしよ　激しかれとは　祈らぬものを　104

75 契りおきし　させもが露を　命にて　あはれ今年の　秋もいぬめり　70
76 わたの原　漕ぎ出でて見れば　久方の　雲居にまがふ　沖つ白波　185
77 瀬を早み　岩にせかるる　滝川の　われても末に　逢はむとぞ思ふ　38
78 淡路島　通ふ千鳥の　鳴く声に　幾夜寝覚めぬ　須磨の関守　160
79 秋風に　たなびく雲の　絶え間より　もれ出づる月の　影のさやけさ　149
80 長からむ　心も知らず　黒髪の　乱れて今朝は　物をこそ思へ　40
81 ほととぎす　鳴きつる方を　ながむれば　ただ有明の　月ぞ残れる　128
82 思ひわび　さても命は　あるものを　憂きに堪へぬは　涙なりけり　72
83 世の中よ　道こそなけれ　思ひ入る　山の奥にも　鹿ぞ鳴くなる　186
84 長らへば　またこのごろや　しのばれむ　憂しと見し世ぞ　今は恋しき　187
85 夜もすがら　物思ふころは　明けやらで　閨のひまさへ　つれなかりけり　74
86 嘆けとて　月やは物を　思はする　かこち顔なる　我が涙かな　106
87 村雨の　露もまだ干ぬ　まきの葉に　霧立ち昇る　秋の夕暮れ　150
88 難波江の　葦のかりねの　ひとよゆゑ　みをつくしてや　恋ひわたるべき　108
89 玉の緒よ　絶えなば絶えね　長らへば　忍ぶることの　弱りもぞする　42
90 見せばやな　雄島の海人の　袖だにも　濡れにぞ濡れし　色は変はらず　76
91 きりぎりす　鳴くや霜夜の　さむしろに　衣片敷き　独りかも寝む　188
92 我が袖は　潮干に見えぬ　沖の石の　人こそ知らね　乾く間もなし　110
93 世の中は　常にもがもな　渚漕ぐ　海人の小舟の　綱手かなしも　189
94 み吉野の　山の秋風　さ夜更けて　古里寒く　衣打つなり　152
95 おほけなく　憂き世の民に　おほふかな　我が立つ杣に　墨染の袖　190
96 花誘ふ　嵐の庭の　雪ならで　ふりゆくものは　我が身なりけり　122
97 来ぬ人を　まつほの浦の　夕凪に　焼くや藻塩の　身も焦がれつつ　78
98 風そよぐ　楢の小川の　夕暮れは　禊ぞ夏の　しるしなりける　130
99 人もをし　人も恨めし　あぢきなく　世を思ふゆゑに　物思ふ身は　191
100 ももしきや　古き軒端の　忍ぶにも　なほ余りある　昔なりけり　192

上の句さくいん

※歌はすべてひらがなにして、旧仮名づかいで表記しています。

下の句さくいん

※歌はすべてひらがなにして、旧仮名づかいで表記しています。

作者さくいん

※作者名は、この本に掲載した「百人一首かるた」の表記になっています。

[監修]
吉海直人（よしかい　なおと）

國學院大學文学部卒業。同大学院博士後期課程修了。博士（文学）。現在、同志社女子大学教授。また公益財団法人小倉百人一首文化財団理事（時雨殿館長）を兼ねる。専門は平安朝文学の研究。著書に『だれも知らなかった「百人一首」』（ちくま文庫）、『百人一首で読み解く平安時代』（角川選書）、監修に『こんなに面白かった「百人一首」』（ＰＨＰ文庫）、『百人一首への招待（別冊太陽 日本のこころ 213）』（平凡社）などがある。

装丁・本文デザイン●鷹觜麻衣子
ＤＴＰ●スタジオポルト
イラスト●アキワシンヤ、オオノマサフミ、斉藤みお、つぼいひろき、仲田まりこ
表紙および本文かるた写真提供●公益財団法人小倉百人一首文化財団（小倉百人一首殿堂「時雨殿」）
取材協力●末次由紀、全日本かるた協会、坪田翼
執筆協力●漆原泉
編集制作●株式会社童夢

はじめての百人一首

2015 年 11 月 13 日　初版第 1 刷発行

監　修／吉海直人
発行者／鈴木雄善
発行所／鈴木出版株式会社
〒 113-0021　東京都文京区本駒込 6-4-21
電話　03-3945-6611
ファックス　03-3945-6616
振替　00110-0-34090
ホームページ　http://www.suzuki-syuppan.co.jp/
印　刷／株式会社サンニチ印刷

ISBN978-4-7902-3312-1C8092
Published by Suzuki Publishing Co.,Ltd.
Printed in Japan
NDC911/207p/27.5cm